가축
이야기

인간과 동물이 맺은 새로운 관계

가축
이야기

서준 | 김규섭 지음

EBS BOOKS

새끼 늑대는 개도 아니고
노예도 아니에요. 야생일 뿐이죠.
사람의 말은 듣지 않죠.
늑대는 야생동물이라서
개와는 전혀 다른 동물이에요.
절대 길들일 수가 없어요.

우리에게는 예전부터
개를 먹는 문화가 없습니다.
개를 먹는 것은 금지되어 있습니다.
돼지는 먹죠. 개는 먹지 않고 죽게 되면
나무에 버립니다.

낙타는 자꾸 잡아주고, 타고 다니고,
또 놓아주면서 사람과 친밀해져요.
그래야 성격이 순해져요.
우리 집에서는 한때 새끼 낙타를
잡지 않고 놔뒀더니 성격이 나빠졌어요.

밥 먹고 2시간마다 교대해서 가축을 지켜야 해.
여기는 늑대가 많으니까 가축을 잘 봐야 해.
가축이 많고 길이 험하니 천천히 가야 한다.
내일 갈 길은 오르막길이고 눈도 많으니까
5시에 일어나야 해.

아주 옛날부터 차탄족은 순록을 키워 왔습니다.
몽골 사람들이 다른 가축을 키우듯이
우리는 순록을 기릅니다. 차탄족은 순록 없이
이 땅에서 살 수 없습니다.
순록과 우리는 그런 관계죠.

우리의 삶 어디든 있는 존재, 가축

오랜 시간, 가축은 낯선 존재였습니다. 어린 시절 시골에 살 때도 우리 집에는 개 한 마리 말고는 다른 가축이 없었습니다. 그 개와도 악연이었는데, 악동이던 저는 밥을 먹고 있는 녀석에게 돌을 던지다가 입술을 물려 큰 상처를 입었습니다. 그 개는, 세상에서 가장 귀한 손자를 해친 죄로 할머님께 응징을 당했죠(그러니 우리 개도 저를 좋아하지 않았을 것 같네요. 시비는 제가 먼저 걸었으니까요).

시골을 떠나 이사 온 서울에서는 가축과는 더욱 상관없이 살았습니다. 하지만 직접 가축과 만나지 않았을 뿐 가축은 내 삶 어디든 있는 존재였습니다. 먹을거리인 고기, 따뜻한 옷, 그 모든 게 가축에서 온 것임을 인식하지 못하고 살아온 것입니다. 아마도 대부분의 다른 이들도 나와 마찬가지일 것이란 생각이 듭니다.

그러다 중앙아시아에서 10년 이상 다큐멘터리를 제작하게 됐습니다. 농경민족으로 살아온 우리와 달리 중앙아시아의 사람들은 수천 년을 가축을 기르면서 살아왔습니다. 우리나라에서 어디를 가든 농작물을 볼 수 있듯, 그곳에서는 어디서나 가축을 볼 수 있었죠.

EBS 다큐프라임 〈가축〉은 그때의 기억에서 출발한 프로그램입니다. 이 책의 많은 내용은 지난 2017년에 첫 방송된 EBS 다큐프라임

〈가축〉의 내용과 에피소드들입니다. 그 외에도 EBS 다큐프라임 〈아시아대평원〉〈히말라야〉〈비밀의 땅 파미르〉를 제작할 때의 이야기도 일부 담겨 있습니다.

젊은 시절, 과학자를 꿈꿨지만 어쩌다 보니 PD란 직업을 가지고 살아왔습니다. 돌아보면 PD로서의 삶은 무척 행복했습니다. 방송을 통해 누군가에게 늘 이야기를 할 수 있었으니까요. PD 생활 내내 '어떻게 하면 재미있는 이야기를 시청자들에게 들려줄 수 있을까?'가 가장 큰 고민이자 행복이었습니다. 하지만 방송으로 전달할 수 있었던 이야기는 하고 싶던 이야기의 극히 일부분에 불과했습니다. 그런 면에서 이 책 『가축 이야기』는 방송에서 미처 못다 한 이야기라고 할 수 있습니다.

이야기할 기회를 마련해준 EBS 북&렉처팀의 유규오 팀장과 김현우 PD에게 감사를 전합니다. 부족한 글을 꼼꼼히 검토하고 멋진 책으로 만들어준 박민정 에디터님과 전상희 매니저님께는 많이 배울 수 있었습니다.

방송 일을 하면서 운 좋게 몇 번의 수상을 하기도 했습니다. 수상소감은 늘 스태프께 감사하다는 말이었습니다. '다음에는 좀 더 멋진 말을 해야지' 하고 생각하지만, 다음에 막상 그 자리에 서면 또다시 "스태프에게 감사한다"는 말이 나오곤 했습니다. 그게 사실이니까요. 이번에도 마찬가지입니다.

어려운 촬영을 함께한 조규백 감독, 김제범 감독, 서영호 감독, 강정호 감독, 정근래 감독, 강승우 감독께는 늘 고마운 마음입니다. 사랑하는 후배들, 이참슬 PD, 이이백 PD, 박태준 PD, 신현상 PD, 정준호

PD, 이연승 PD의 도움을 잊지 않겠습니다. 박계영 작가, 이선우 작가, 박민아 작가에게는 많은 신세를 졌습니다. 존경하는 황경선 선배와 성양기 선생님, 둔한 내게 항상 영감을 준 야생동물 전문가 최현명 형께 특별한 감사를 전합니다.

부족한 자식을 위해 늘 노심초사하신 사랑하고 존경하는 부모님과 두 동생, 늘 밖으로만 다닌 무심한 남편을 항상 격려하고 믿어준 사랑하는 아내와 잘 자라 준 두 아이 희수와 예은에게 이 작은 책을 드립니다.

이 멋진 세상을 만드신 하나님께 감사드립니다.

- 서준

인간과 동행하는 가축에 대한 예의

가축은 공기와 같은 존재다. 인간은 그들을 입고 먹는다. 가축은 인간의 몸을 보호하던 의복을 넘어 욕망을 표현하는 패션으로, 허기를 채우는 고기라는 제품으로 존재한다. 식탁 위에서도 항상 마주하지만, 맛으로 평가할 뿐 고마운 존재라는 것을 우리는 잘 모른다. 물론 나도 마찬가지였다. EBS 다큐프라임 〈가축〉을 제작하며 가축이 인간과 공존을 하게 된 이유와 과정에 대하여 조금은 이해할 수 있었다.

야생동물이 어떻게 가축이 되었을까?

개, 소, 말, 돼지, 양, 염소 등의 가축들이 정확히 어디에서 처음 가축화가 되었는지 현재로서는 알 수 없다. 그러나 지금도 그 가축들의 가축화는 진행 중이다. 목축이 주 산업인 중앙아시아의 유목민들에게서 인류가 어떻게 야생동물을 가축으로 길들였는지 그 실마리를 찾아볼 수 있다. 예를 들면 몽골의 쌍봉낙타는 야생동물처럼 자유롭게 방목을 한다. 집 나간 낙타를 찾아오는 데만 닷새가 걸릴 정도로 야생동물에 가깝게 살아간다. 낙타는 인간이 다룰 수 없을 만큼 크고 강하다. 그런 낙타를 유목민들이 다룰 때면 매우 폭력적이다. 건장한 남자 셋이 낙타의 발을 묶어 넘어뜨리고 뾰족한 나무 꼬챙이로 코를 뚫어 코뚜레를 한다. 낙타는 네 발이 묶인 채 고통스러워하며 토사물을 뿌려

보지만 소용없다. 그 큰 낙타도 코뚜레를 하니 인간이 통제하는 대로 따르는 데 채 몇 분이 걸리지 않았다. 말처럼 타기까지 2시간 정도면 충분했다. 또 어린 낙타는 주기적으로 묶어 둔다. 야생성이 살아나는 것을 방지하기 위함이라고 했다.

한번은 유목민이 낙타 등에서 떨어지는 일이 있었다. 낙타의 주인 은 성격 나쁜 낙타라서 그런 행동을 했다며 겨울 식량으로 가을에 도 축할 것이라고 내게 말했다. 나는 쌍봉낙타를 다루는 유목민을 보면서 '가축은 인간이 야생동물에게 가한 폭력의 산물이구나'라고 생각했다. 야생동물을 우리에 가두어 이동할 수 없도록 적응시키고, 코뚜레를 하 고도 인간의 의도대로 따르지 않으면 아예 도축을 해서 그 유전자를 차단하고는 순한 녀석들만 인간의 곁에 두는 그 행동이 가축화의 시작 이지 않을까? 이제 나는 EBS 다큐프라임 〈가축〉을 제작한 후부터 불 평불만 없이, 남김없이 늘 감사하게 고기를 먹는다. 그것이 인간과 동 행하는 가축에 대한 최소한의 예의라고 생각하기 때문이다.

제게는 최소한의 예의를 갖추어야 할 대상이 또 있습니다. 다큐멘 터리 제작으로 1년에 200일 이상 출장을 다니다 보니 어느 사이 아내 가 집안의 가장이 되었습니다. 많이 놀아 주지 못해 항상 미안한 아들 민재와 가장인 아내에게 고마운 마음을 전합니다. 아직도 밥때가 되면 아들 걱정을 하시는 나의 어머니 박옥순 여사께 언제나 그립고 사랑한 다고 전합니다.

– 김규섭

차례

PART 01

동행

| 몽골 바얀올기, 알타이의 여름

6월의 알타이는 숨이 막힐 듯 아름답다.

최초의 가축

가축의 기원에 관한 이야기는 대부분 베일에 가려 있지만 명확하게 밝혀진 사실 중 하나, 가장 먼저 가축이 된 동물은 개라는 것이다. 그 시작은 수만 년 전으로 거슬러 올라가는데 자세한 과정 역시 명확히 밝혀진 바는 없다. 하지만 또 한 가지 분명한 사실은, 개의 조상은 늑대라는 것이다. 종합해 보자면 '인류 최초의 가축은 늑대를 길들인 개'다.

야생에서 최고의 맹수로 꼽히는 사나운 늑대가 어떻게 인간에게 가장 친숙한 개가 되었을까? 이 과정을 설명하는 두 가지 가설이 있는데, 먼저 인간이 새끼 늑대를 주워 기르면서 점차 개로 길들였다는 주장이다. 즉 인간이 먼저 늑대에게 다가갔다는 것이다.

21세기인 지금도 늑대 굴에서 어린 새끼를 꺼내 기르는 곳이 있다. 몽골 서부 알타이Altai의 카자흐 유목민이나 톈산天山 기슭의 키르기스 유목민에게서 찾아볼 수 있는 풍습이다. 2016년 6월, 개의 가축화에 대한 단서를 찾아보기 위해 몽골이 서쪽 끝 비얀을기Bayan ölgii의 알

| 몽골 알타이에 사는 카자흐족
우리가 방문한 날 여자들이 옷을 만들고 있었다. 왼쪽 뒤 천막이 유르트, 오른쪽은 연료로 사용하는 야크 똥이다.

타이 카자흐족 유목민을 찾았다. 몽골의 알타이에서 살고 있는 카자흐
족은 19세기 말에 중국의 신장에서 이주한 사람들의 후예라는데 오랫
동안 외부 세계와 고립된 채 살아왔기에 아직도 유목민의 옛 전통을
그대로 간직한 채 살고 있다.

몽골 알타이(알타이는 러시아, 중국, 카자흐스탄, 몽골에 걸친 길이
2,000킬로미터의 거대한 산맥으로 러시아 알타이, 몽골 알타이. 고비 알타이
등으로 나뉜다. 러시아의 알타이 지역은 산림이 우거져 몽골과는 전혀 다른 환
경이다. 알타이는 몽골어로 금을 의미하는 알탄^{Aaltan}에서 유래했다)는 나무
한 그루 찾기 힘든 황량한 바위산뿐이지만, 1년에 한 번 6월만큼은 뭐
라 표현하기 어려울 만큼 아름답다. 눈 녹은 물이 흐르기 시작하면 황
량했던 바위산은 연두색 풀로 덮이고 야생화는 무리 지어 피어나 거대
한 자연 정원이 된다. 그곳에 카자흐 유목민의 유르트(몽골의 게르와 흡
사한 중앙아시아의 전통 천막집)가 점점이 흩어져 있었다. 우리는 타반복

가축 이야기

| 야크 똥 위에서 낮잠을 자는 파미르의 개
다른 곳보다 야크 똥 위가 따뜻한 모양이다.

드(몽골의 서부, 중국과 러시아, 카자흐스탄과의 국경지대에 있는 높이 4,374 미터의 산) 부근에 5~6채 정도의 유르트가 옹기종기 모여 있는 조그마한 마을을 찾았다.

늑대를 위한 마못 사냥

마을 구석에 있는 어느 집 근처에 새끼 늑대 두 마리가 쇠사슬에 묶여 있었다. 원래는 세 마리였다는데 한 마리는 죽었다고 한다. 겉모습만으로는 강아지와 구분하기 어렵다. 겉모습뿐 아니라 하는 짓도 영락없는 강아지다. 강아지처럼 낑낑거리고 손가락을 대주면 핥기도 한다. 한 마리 데려다 기르고 싶을 정도로 귀엽다(늑대와 같은 야생동물은 국제협약으로 해외 반입이 금지되어 있다. 오래됐지만 몽골에서 새끼 늑대에 검은 페인트로 점을 만들어 강아지로 위장해 국내로 밀반입했다는 황당한 이

| 몽골 바얀올기의 새끼 늑대들
강아지와 구분하기 어렵다.

야기를 들은 적도 있다). 하지만 이곳 사람들의 이야기에 따르면 새끼 늑대를 계속 키우기는 불가능하다고 한다. 늑대의 엄청난 식욕을 감당할 수 없기 때문이다.

늑대는 순수 육식동물로, 고기를 먹어야 하는데 사람의 식량인 가축을 먹이로 줄 수 없어 사람들은 초원에 굴을 파고 사는 설치류의 일종인 마못Marmot을 사냥해 먹이로 준다. 마못은 쥐의 일종이지만 토끼보다도 덩치가 훨씬 커서 야생에서도 늑대의 중요한 먹이 중 하나다.

어디든 마못은 많이 있었지만 놈들은 워낙 조심성이 많아 조금만 낌새가 이상해도 굴로 들어가 버린다. 한번 굴에 들어가면 그걸로 사냥은 끝이다. 마못은 위험이 완전히 사라졌다고 판단하기 전에는 절대 밖으로 나오지 않기 때문이다. 한번은 굴 앞에서 녀석이 나오기를 기다려 봤는데 내 인내력으로는 턱도 없었다.

늑대 주인인 하렐이 마못 사냥을 나간다기에 따라나섰다. 근방에

가축 이야기

| 하렐이 잡은 마못
덩치가 토끼보다 크다. 카자흐 민족은 마못을 먹지 않지만 몽골 사람들은 고기로 먹는다. 당연히 나도 먹어 봤는데 지방이 적어 담백한 맛이다.

서 최고의 사냥꾼이라기에 금세 잡을 것을 기대했으나 웬걸, 번번이 실패였다. 가장 큰 문제는 사냥총이었다. 대장간에서 뚝딱뚝딱 대충 만든 듯 한눈에 봐도 엉성하기 짝이 없는 총이라서 사냥감에 아주 가까이 접근해야만 했는데 사정거리 안으로 들어가려고 살금살금 접근하고 있자면 마못은 굴 입구에서 우리를 빤히 쳐다보고 있었다. 그 표정은 흡사 우리에게 '지금 뭐 하려고요?'라고 묻는 것 같았다. 조심조심 다가가 이 정도면 됐다 싶은 순간, 녀석은 힐끗 우리를 쳐다보고는 굴로 쏙 들어가 버렸다. 일부러 우리를 약 올리려는 것 같았다. 같은 일이 반복되니 화가 날 지경이 되었다.

거의 반나절 동안 마못에게 갖은 놀림을 당해 약이 오를 대로 올라 있었다. 하지만 어디나 말 안 듣는 녀석은 있기 마련이다. '위험이 느껴지면 굴로 숨어야 한다'는 가정 교육을 수도 없이 받았을 텐데 마못 한 녀석이 굴로 들어가는 대신 바위 뒤로 몸을 숨겼다. 그 녀석은 완벽하게 숨었다고 생각했는지 사냥꾼이 가까이 다가가는데도 바위 뒤에서 꼼짝 않고 있었다. 결국 그 녀석은 잠시 후 늑대 밥이 되고 말았다.

마못을 던져 주자 조금 전까지 강아지처럼 온순하던 새끼 늑대들이 순식간에 맹수로 돌변했다. 채 자라지도 않은 작은 이빨을 드러내더니 저희 덩치만 한 마못 한 마리를 게 눈 감추듯 순식간에 먹어 치웠다. 어린 새끼도 식탐이 이 정도니 늑대를 키우는 건 불가능할 것이다. 게다가 늑대는 순수 육식성이다. 인간이 버린 음식 찌꺼기만 먹고도 살 수 있는 개와 달리 늑대는 반드시 고기를 먹어야만 한다(야생에서 늑대는 과일이나 나무 열매를 별식으로 가끔 먹기는 한다. 하지만 이는 말 그대로 간식이다).

길들여지지 않는, 길들일 수 없는

늑대가 고기를 먹지 못하면 어떻게 될까? 우연히 타지키스탄에서 그런 늑대를 본 적이 있다. 파미르고원Pamir Plateau을 향해 가는 길에 새끼 늑대를 산에서 주워다 기르는 사람이 있다는 이야기를 듣고 그 집을 찾아갔다. 늑대는 굵은 쇠사슬에 매여 있었는데 갈비뼈가 보일 정도로 비쩍 마른 데다 군데군데 털까지 빠져 맨살이 드러난 채였다.

녀석은 우리를 보자마자 이빨을 드러내며 달려들었는데 무척 화가 나 있는 듯했지만 슬퍼 보였고 불쌍했다. 야생에서 만났던 당당하고 멋진 늑대와는 외모도 성격도 딴판이었다. 왜 이런 차이가 생겼을까? 이유는 먹이였다. 이 지역은 사람이 먹을 고기도 부족해 그동안 사람이 먹다 남은 빵을 늑대의 먹이로 주었다고 한다. 늑대는 개와 달리 빵(곡물)의 전분을 소화하는 효소가 없어 아마도 파미르의 불쌍한 늑대는 영양실조 상태였을 것이다. 고기를 먹지 못한 늑대는 더 이상 늑대가 아니었다.

늑대를 기르려면 엄청난 양의 고기가 필요하다. 그러니 옛날 우리 조상들이 늑대를 데려와 사람도 먹기 힘든 고기를 먹여 가며 개로 길들이려는 수고는 하지 않았을 것이다. 인간이 늑대를 길들이기 어려운 가장 큰 이유다.

먹이 문제 외에 늑대의 유별나게 강한 야생성도 늑대를 기르기 힘든 이유 중 하나다. 늑대는 결코 길들여지지 않는 동물이다. 어릴 때는 사람을 잘 따르는 것처럼 보이지만 어느 정도 자라면 야성이 살아나 틈만 나면 주변의 가축을 노리고 심지어 사람까지도 공격한다. 사람이 늑대를 기를 수 있는 최대한의 기간은 1년 남짓이라고 한다.

그래서 중앙아시아 유목민은 늑대가 어느 정도 자라면 죽여서 가죽을 얻거나 고기로 팔아 버린다. 이곳 사람들은 일반적으로 늑대고기를 먹지 않지만, 폐병에 효과가 있다고 해서 약으로 사용하기 위해 찾는 사람이 꽤 있다고 한다. 예전에 우리나라에서도 폐결핵에 늑대고기와 비슷한 개고기를 약으로 사용했던 경우와 다르지 않을 것이다. 새끼 늑대를 기르던 알타이의 카자흐 유목민은, 늑대는 개와는 전혀 다른 동물이라고 단언했다.

> 새끼 늑대는 개도 아니고 노예도 아니에요. 야생일 뿐이죠. 사람의 말은 듣지 않죠. 늑대는 야생동물이라서 개와는 전혀 다른 동물이에요. 절대 길들일 수가 없어요.
>
> ─ 하렐(몽골 서부 알타이 카자흐 유목민)

최근에는 늑대가 먼저 인간을 찾아와 개가 됐다는 주장이 힘을 얻고 있다. 늑대가 음식물 쓰레기를 먹으려고 인간 주변을 맴돌다(늑대는 무리 생활을 하는데 무리에서 쫓겨난 떠돌이일 가능성이 크며, 이런 녀석은 인간에게 좀 더 의존적이었을 것이다) 인간과의 만남이 자연스레 시작됐다는 주장이다. 청소부 늑대는 점점 온순해졌을 것이고 더 이상 인간을 두려워하지 않게 되었을 것이다.

인간 역시 늑대가 자신의 의사를 잘 알아차리고 주변 경계와 사냥에 쓸모 있다는 점을 알게 되면서 점차 가까이 두었을 것이다. 시간이 지나며 그런 늑대의 자손들은 점점 더 사람에게 순종적으로 변했고, 결국에는 인간의 가장 충실한 조력자인 개가 되었다는 설명이다. 한마디로 인간이 늑대를 선택한 것이 아니라 늑대가 인간을 파트너로 선택했다는 이야기다.

인간과 개는 일단 서로를 동료로 받아들인 후에 그 어떤 관계보다 친밀한 사이가 됐다. 가축이 된 개는 인간의 사냥을 도왔다. 이스라엘 남부의 네게브사막에서 발견된 약 5,000년 전 암각화에는 인간과 개가 협동해서 사냥하는 모습이 생생하게 새겨 있다.

개들이 야생 염소인 아이벡스Ibex를 꼼짝 못하게 포위하면 인간은 사냥감을 향해 활을 쏜다. 어떤 개는 아예 아이벡스를 물고 늘어지며 인간을 돕고 있다. 완벽한 팀워크다. 인간과 비교하기 어려울 정도로 뛰어난 후각과 신체 능력을 지닌 개와 함께하면서 사냥은 훨씬 쉬워졌을 것이다. 어찌 보면 사냥의 실질적인 주인공은 인간이 아닌 개다.

사냥을 돕는 개의 역할은 5,000년 전의 네게브사막이나 2020년의 한국이나 거의 똑같다. 우리나라의 멧돼지 사냥은 거의 개가 다 한다고 봐도 좋을 것이다. 사냥개가 예민한 후각으로 멧돼지를 쫓아 꼼짝 못하게 가둬 두면 현대의 사냥꾼은 멧돼지에게 활 대신 총을 겨눈다는 것이 다를 뿐이다. 그 과정에서 사나운 멧돼지의 반격을 받아 부상을 당해도 개는 절대 사냥을 포기하지 않는다. 말 그대로 개는 목숨을 걸고 인간을 돕는다. 반면에 인간이 개를 위해 목숨을 거는 일은 절대 없다.

늑대, 개 그리고 인간

이스라엘 갈릴리호수의 북쪽에 있는 홀라계곡 습지대는 구석기 시대 사람들의 거주지로 유명하다. 어퍼 갈릴리 박물관Upper Galilee Museum은 이곳에서 발굴된 구석기 유물을 전시한 곳으로 별다른 특징 없는 조그마한 박물관이지만 이곳에는 인간과 개의 오래된, 끈끈한 관계를 상징적으로 보여주는 유명한 전시물이 하나 있다.

홀라계곡의 한 집터에서 약 1만 3,000년 전 수렵채취 생활을 하던 사람들의 유물이 대량으로 발견됐는데 그중에서 가장 관심을 끈 것은 50대로 추정되는 한 여성의 유골이었다. 그녀의 왼손은 생전에 기르던 것으로 추정되는 개를 보듬고 있었다. 살아서는 물론 죽어서도 1만 3,000년이라는 긴 시간을 함께한 사람과 개.

이 유골은 인간과 개 사이의 아주 오래된 친밀한 관계를 상징적으로 보여 준다. 그 유골을 지켜보면서 여러 가지 생각이 들었다. 둘 사이에는 어떤 사연이 있었기에 개의 주인이었을 여인은 1만 3,000년이란 엄청난 시간 동안 자신의 개를 보듬고 있었을까?

| 훌라계곡의 인간과 개의 유골
여인의 왼쪽 머리맡에 개의 유골이 13,000년을 함께
했다는데. 둘 사이에는 무슨 사연이 있었을까 궁금하다.

| 이스라엘 네게브사막
인간의 사냥을 돕는 개의 모습을 새긴 암각화.

갑자기 우리 집 강아지 '쪼로로(우리 집의 유일한 가축으로 산책과 고
구마를 좋아한다)'가 많이 보고 싶어졌다. 한편으로 여인과 개 사이에는
끔찍한 이야기가 숨겨져 있는 것처럼 여겨졌다. 기르던 개가 죽자 사
람이 따라 죽었을 리는 없으니 어쩌면 그 개는 불쌍하게 순장을 당한
것일지 모른다.

개, 조상을 잊고 인간 곁에 서다

개에게 인간 이외의 모든 동물은 잠재적인 적이다. 심지어 자신들
의 조상인 늑대도 예외는 아니다. 세계의 지붕으로 불리는 파미르고원
에서 있었던 일이다. 파미르는 힌두쿠시, 쿤룬, 톈산 같은 중앙아시아
의 거대한 산맥들이 한데 모여 만든 고원지대로 평균 고도가 4,000미
터를 넘나드는 지구상에서 가장 외진 곳이다

2013년 겨울, 우리는 파미르고원에서 키르기스 유목민 아미르벡의 집에 묵으며 한 달째 야생동물을 촬영 중이었다. 아미르벡은 가족과 떨어져 혼자 살면서 야크를 돌보고 있었는데 그의 유일한 가족이자 친구는 몇 마리의 개들뿐이었다. 자연 다큐멘터리를 촬영하며 중앙아시아 곳곳을 다녀봤지만, 그중에서도 파미르는 가장 외지고도 야생이 생생히 살아 있는 거친 곳이었다.

　　하루는 끔찍한 일이 일어났다. 야크 주변을 맴돌던 늑대 무리에게 개가 변을 당한 것이다. 현장은 끔찍했다. 늑대 무리는 개를 집단으로 공격해 물어 죽인 후 내장 일부를 파먹고 사라졌다. 개도 끝까지 늑대에게 반격을 가한 듯, 죽은 개의 이빨에는 늑대의 피가 묻어 있었고 얼어붙은 땅바닥 군데군데 늑대의 털이 나뒹굴고 있었다. 개와 늑대 모두 말 그대로 죽기 살기로 혈투를 벌인 모양이었다.

　　어제 아침 9시쯤 야크들을 방목하고 들어올 때 늑대 한 마리가 눈에 띄었어요. 개들이 늑대를 잡으려고 뛰어가더니 개 한 마리가 늑대를 따라잡았죠. 그런데 갑자기 뒤에서 늑대 네 마리가 나타나

| 늑대에게 물려 죽은 개
개와 늑대 모두 죽기까지 싸운 듯했다.

| 자신이 물어 죽인 늑대 앞에 앉아 있는 개

더니 개를 물어 죽이고 뜯어 먹어 버렸어요.

– 아미르벡(파미르고원 키르기스 유목민)

이 일이 일어난 며칠 후, 이웃 마을에서 또 다른 끔찍한 광경을 보
게 되었다. 지난번과는 반대로 이번엔 개가 늑대를 물어 죽인 현장이
었다. 어느 집 앞에 어린 늑대 한 마리가 처참하게 죽어 있었다. 다 자
란 늑대라면 개에게 쉽게 당하지 않았을 것이다. 늑대를 물어 죽인 개
가 주변을 서성거리고 있었다. 덩치가 무척 큰 개였다.

개는 자기가 물어 죽인 늑대 앞에 앉아 있었는데, 내 눈에는 마치
주인에게 '저 잘했죠?' 하며 자랑하는 듯 보였다. 개 주인은 그런 자신
의 개를 자랑스러워했고 개도 주인의 사랑에 만족스러운 듯 보였다.

한 달간의 촬영을 마치고 파미르를 떠나는 날이었다. 알리추르(파
미르고원을 지나는 파미르 하이웨이에 있는 마을)라는 마을에서 개와 늑대
의 관계를 상징적으로 보여주는 광경을 목격했다. 마을 중앙에 사람들

| 인간과 개의 합동 작전으로 생포된 늑대
늑대의 눈에서 푸른빛이 뚝뚝 떨어졌다.

이 모여 웅성거리고 있었다. 무슨 일인가 싶어 가 보니 늑대 한 마리가
생포돼 주둥이와 다리에 굵은 줄이 묶여 있었고, 개들이 그 주변을 맴
돌고 있었다. 이야기를 들어 보니 이번에는 개가 사람과 합세해 늑대
를 생포했다는 것이다. 온몸을 꽁꽁 묶인 채 사람과 개에 둘러싸인 늑
대는 분노와 공포로 눈에서 시퍼런 빛이 뚝뚝 떨어지는 것 같았다. 묶
여 있었지만 심장이 서늘했다.

이 늑대가 덫에 걸린 후에도 1.5킬로미터 정도 덫을 끌고 도망갔
어요. 그때 우리 개가 따라가서 늑대를 잡았죠. 한쪽에서는 늑대
한테 가축을 잡아먹히기도 하고 또 다른 한쪽에서는 개가 늑대를

잡아주기도 하죠. 키르기스 사람들은 이렇게 살고 있습니다.

– 절르크스바예브(파미르고원 키르기스 유목민)

잔인하게도 그렇게 무방비 상태로 묶여 있는 늑대를 개가 가끔씩 물어댔다. 알다시피 개의 조상은 늑대로 지금도 둘은 교배를 해서 새끼를 낳을 수 있을 정도로 가깝다. 하지만 이제 개와 늑대는 인간을 사이에 두고 철천지원수가 되고 말았다. 개는 인간과 함께한 후 과거는 모두 까맣게 잊어버린 것 같다. 인간을 위해서라면 자신의 조상을 공격해 죽이기도 하고 기꺼이 인간을 위해 목숨까지 버린다. 늑대 입장에서 보면 인간에게 붙어 자신을 공격하는 개가 정말 미울 것 같다는 생각도 든다. 지주보다 오히려 지주에 붙은 마름이 더 미운 법이다.

늑대와 개 그리고 인간, 참으로 복잡하게 얽힌 악연이다.

특별한 가축, 개

인간은 거의 모든 동물, 특히 가축은 고기로 먹는다. 그런 면에서 개는 특별한 존재다. 대부분의 문화에서 개는 고기로 생각하지 않기 때문이다. 하지만 처음부터 인류가 개를 먹지 않았던 것은 아니다. 개가 처음 가축이 되었을 때 개는 중요한 먹을거리였다고 한다. 식량이 떨어지면 옆에 있던 개부터 잡아먹었기 때문일 것이다.

인간이 오래전부터 개를 고기로 먹어 온 생생한 증거를 남미 페루에서 목격한 적이 있다. 안데스의 파라카스라는 조그만 도시에서 길거리를 배회하는 개를 만났다. 그런데 어딘가 이상한 모습이었다. 가까이 다가가 보니 털이 없는 벌거숭이 개였다.

진돗개만 한 크기의 검은 개였는데 머리와 꼬리에만 굵은 털이 듬성듬성 나있을 뿐 나머지 부위는 살갗이 그대로 드러나 있었다. 개가 사랑스러운 이유 중 하나는 복슬복슬한 털이 아닌가. 징그럽고 흉측한 몰골이었다. 처음에는 피부병에 걸려 털이 빠진 줄 알았는데 이야기를 들어 보니 이 개는 원래 이런 모습이란다. 옛날 마야문명에서는 개가 중요한 식량이었는데 개를 요리할 때 털을 제거하기가 불편해 아예 털이 없는 개를 만든 것이라고 한다.

멕시코를 배경으로 한 〈코코〉라는 디즈니 애니메이션에 등장하는 개도 페루에서 만났던 털 없는 개와 모습이 비슷했는데, 아마도 그쪽 동네에서는 꽤 유명한 듯싶다.

대접받는 파푸아의 개

파푸아의 원주민 다니족에게 가장 중요한 가축은 돼지지만 여러 마리의 개도 기르고 있었다. 의아한 것 한 가지는 세계 어디서나 가장 많이 기르는 닭은 볼 수 없다는 것이었다(우리가 방문한 마을에는 닭이 없었는데 그렇다고 이를 일반화하기는 어렵다. 우리가 방문한 곳은 파푸아의 극히 일부분에 불과했다).

(닭은 왜 기르지 않으십니까?)
기를 수는 있어요. 하지만 닭들은 집 위쪽으로 올라가서 지붕을 망가뜨려 버려요.

– 디디무스 마벨(파푸아 다니족)

닭을 키우지 않는 이유를 묻자 '지붕을 망가뜨리지 않기 위해서'라는 대답이 재미있다. 다니족도 개는 특별 대접을 한다. 다행히 개는 지붕을 망가뜨리지 않는 모양이다. 그 귀한 돼지도 실내에는 들이지 않지만 개는 자유롭게 집안을 드나들었다. 다니족 사람들은 개를 무척

| 인도네시아 파푸아의 다니족 노인과 개
다니족 사람들은 개를 무척 아낀다.

예뻐하는데 옆에 앉히고는 정성스레 털을 골라 주고 심지어 밥 먹을 때면 자기 몫을 조금씩 나눠 주기까지 한다. 내가 보기에 개는 늘 빈둥거리고 딱히 하는 일도 없어 보였는데 대우는 남달랐다.

파푸아에서는 먹을거리, 특히 단백질이 부족하다. 오랫동안 지속되었던 식인 풍습도 단백질 부족이 원인이라는 주장이 있을 만큼 먹을거리가 극도로 부족한 곳이니 당연히 개도 잡아먹으리라 생각했지만 예상과는 달리 개는 먹지 않는다고 한다.

> 우리에게는 예전부터 개를 먹는 문화가 없습니다. 개를 먹는 것은 금지되어 있습니다. 돼지는 먹죠. 개는 먹지 않고 죽게 되면 나무에 버립니다.
>
> – 까루(파푸아 다니족)

먹을 것이 부족한데도 개를 먹지 않는 이유가 무엇인지, 다른 부족도 개를 먹지 않는지, 왜 죽은 개를 나무에 버리는지, 궁금한 점이 많았지만 다니족과 이야기하려면 여러 번 통역을 거쳐야 했기에 속시원한 답을 듣지는 못했다.

사람으로 환생을 꿈꾸는 몽골의 개

전통적으로 수렵 유목민은 개고기를 먹지 않는다. 개는 매일같이 사람을 도와 가축을 돌보는 존재이기 때문이다. 개의 도움을 받으며 살아가는 사람들에게 개를 먹는다는 것은 상상조차 할 수 없는 일이다.

몽골 사람이 개고기를 먹지 않는 다른 이유는 그들의 종교인 티베트 불교와도 관계가 있어 보인다. 세계를 정복한 몽골족은 쿠빌라이칸(칭기즈칸의 손자 쿠빌라이는 중국을 정복해 원나라를 세우고 정복전쟁을 마무리했다) 때 티베트 불교를 국교로 받아들였고, 지금도 몽골의 전통 천막집인 '게르'의 중앙에 마련된 조그만 제단에는 달라이라마의 사진이 놓여 있는 경우가 많다. 티베트 불교에 따르면 모든 생명은 환생을 하는데, 특히 개는 인간으로 환생하기 바로 전 단계에 이른 존재라고 한다. 그래서 몽골 유목민은 개를 먹어서는 안 되는 동물이라 여긴다.

몽골인은 기르던 개가 죽게 되면 독특한 장례를 치른다. 아끼던 개가 죽으면 꼬리를 자르고 땅에 묻는데 머리는 산山 쪽으로 향하게 한다. 이때 잘라낸 꼬리를 머리에 베게 하고 몸에는 우유를 뿌려 준다. 내세에 사람으로 환생하기를 기원하는 의식이라고 한다.

개는 몽골 사람들에게 아주 친한 친구예요. 저녁에는 울타리와 집 근처에서 늑대로부터 지켜 주고, 낮에는 양을 모는 일을 도와주죠. 우리는 개고기는 먹지 않아요. 낙타, 말, 소, 양, 염소, 이렇게 다섯 가지 보물이라고 하는 가축이 있는데 왜 개를 먹겠어요. 조상 때부터 개를 먹지 않는 것이 전통이에요. 개고기라는 말만 해도 사람들이 비난하고 난리가 나죠.

– 블러르마(몽골의 여성 유목민)

개는 사람으로 환생하기 바로 전 단계입니다. 옛날 우리 부모님도 개를 사람 대하듯 아꼈죠. 그러니 개고기를 먹겠다는 생각조차 할 수 없었습니다.

– 몽골 유목민

카트만두 쓰레기장의 개 떼

네팔의 수도 카트만두에서는 도시 어디를 가든 길거리를 떠도는 개를 쉽게 볼 수 있다. 매연과 자동차, 인파 속에서 아슬아슬하게 살아가는 개들은 하나같이 비쩍 말라 있다. 생기 없이 흐느적거리며 걷는 개의 모습은 도시의 삶이 얼마나 힘든지를 말해 준다. 카트만두에서 가장 많은 개가 몰려 있는 곳은 도시 외곽의 쓰레기 매립장이다. 쓰레기를 실은 차가 도착할 때마다 까마귀와 개가 떼로 모여 쓰레기 더미를 뒤지며 먹이를 찾느라고 난리법석이었다.

이곳에서 살아가는 개는 족히 오십 마리는 되어 보였는데 덩치가

| 카트만두 쓰레기장의 개들

거의 송아지만 한 놈부터 아주 작은 발바리까지 종류도 다양했다. 가끔 싸움이 벌어지기도 하는데 사실 싸움이라기보다는 집단 린치에 가까웠다. 무엇이 마음에 안 드는지 대장 개가 한 놈을 공격하면 주변에 있던 다른 개들이 떼로 모여들어 그놈을 집단으로 물어뜯는데, 공격받은 개는 배를 드러내며 자비를 구하지만 집단 공격은 쉽게 멈추지 않는다. 말 그대로 반쯤은 죽이는 것이다.

일본의 사진작가 후지와라 신야의 저서 『인도방랑』에서 읽었던 장면이 떠오른다. 화장한 시신이 모인 강 중간의 퇴적지에서 인육을 먹고 살던 개들의 이야기다. 후지와라 신야가 그 모습을 카메라에 담으려다 개 떼에게 봉변을 당한 이야기가 나오는데 나도 그런 일을 당하지 않을까 섬뜩했다.

쓰레기장의 환경은 그야말로 열악하기 짝이 없었다. 가장 먼지 후각이 쓰레기장으로 들어가기를 거부했다. 지독한 악취였다. 하수도 냄새, 썩는 냄새 그리고 또 무슨 냄새인지 각종 악취가 뒤섞인, 말로 표현하기 힘든 고약한 냄새로 머리가 어지러웠다. 게다가 바닥은 침출수로 질퍽거려 발 디딜 곳조차 마땅치 않았다. 그나마 다행인 것은 자기들끼리는 으르렁대며 싸우는 놈들도 사람에게는 적대적이지 않다는 것이었다. 사람에게는 아예 무관심한 듯했다.

쓰레기 더미 속에서도 개는 새끼를 낳아 기른다. 태어난 지 보름이나 됐을까. 아직 제대로 움직이지도 못하는 강아지를 만났다. 한번 쓰다듬어 주려다가 녀석 주변의 쓰레기가 눈에 들어와 슬그머니 손을 뺐다. 지독한 냄새를 도저히 견딜 수 없어 쓰레기장을 빠져나오며 들었던 의문 한 가지는 개들은 왜 이런 쓰레기장을 나와 다시 산으로 돌아가서 늑대로 살지 않을까 하는 것이었다. 내 눈에는 이곳 쓰레기장이 지옥 같았지만 여기에 사는 개들에게는 늑대가 살아가는 야생이 진정한 지옥인 모양이다.

용왕님도 개를 싫어한다

개에 대한 인간의 태도는 일관성이 없다. 고기로 먹지 않을 만큼 친근한 존재로 여기지만 다른 한편으로는 가장 모욕적이고 불결한 동물로 여긴다. 쉽게 생각해 보면 대부분의 문화권에서 욕설에 등장하는 동물은 압도적으로 개가 많다. 송아지나 망아지는 욕이 아닌데 강아지는 심각한 욕이다.

심지어 용왕님도 개를 싫어한단다. 신입 PD 시절, 강원도 삼척에 있는 '소한샘굴'이라는 수중동굴을 촬영할 때의 일이다. 물이 가득 차 있는 수중동굴 탐사는 극히 위험하고 어려운 일이다. 동굴 안으로 깊이 들어가면 빛이 완전히 사라져 눈을 뜨고 있는 것과 감은 것이 똑같다. 그래서 동굴을 절대 어둠의 공간이라고도 말한다.

절대 어둠의 공간, 그것도 완전히 물에 잠긴 소한샘굴에도 생명이 살고 있었다. 그곳에서 송어와 민물게를 볼 수 있었는데 아마도 송어는 계곡 아래에 있는 송어 양식장에서 탈출한 놈들인 것 같았다. 하지만 정말 신기했던 것은 동물의 뼈였다. 수중촬영팀이 물에 잠긴 동굴의 안쪽에서 몇 종류의 동물 뼈를 발견해 가지고 나왔는데 그중의 하나는 개의 턱뼈로 추측되었다. 물에 잠긴 동굴 깊은 곳에서 개의 뼈가 발견된 것이 무척이나 의아했다.

다음날 아랫마을에 사는 할머니에게서 그 이유를 들을 수 있었다. 예전에 가뭄이 심하면 이곳 소한샘굴에서 기우제를 지내곤 했는데 제물이 바로 개였다고 한다. 개를 가마니로 둘둘 말아 물에 던져 넣으면 개를 싼 가마니가 빙빙 돌며 동굴 안쪽 깊숙이 빨려 들어갔다고 한다. 이렇게 기우제를 지내면 사흘 내로 비가 왔다는데 그 이유가 흥미로웠다. 용왕님이 개 때문에 더러워진 동굴을 씻어내기 위해 비를 억수같이 뿌렸다는 것이다.

가축이 된다는 것

야생동물은 가축이 되면서 많은 변화를 겪는다. 여러 변화 중 첫 번째로 외모를 꼽을 수 있다. 개를 보면 먼저 주둥이의 길이가 짧아지는데, 늑대와 몽골 개 그리고 애완견인 코커스패니얼을 비교해 보면 확연히 드러난다. 애완견 중에는 극단적으로 주둥이가 짧아진 퍼그 같은 종들도 있다. 개로 길들여지면서 인간이 주는 먹이를 받아먹게 되었으므로 더 이상 사냥할 필요가 없어졌기 때문으로 생각한다. 또한 안면 각도 줄어드는데 그 결과 얼굴의 형태가 인간이 보기에 귀엽게 변한다.

가축이 되며 나타나는 또 다른 외형의 변화는 털의 색깔이 다양해진다는 점이다. 야생동물의 체색體色은 자연에서 주변 환경에 가장 잘 녹아 들어가는 갈색 계통이 대부분이다. 포식자의 눈에 띄지 않으려는 이유일 것이다. 하지만 야생동물이 가축이 되면 털의 색이 다양해지는데 자연에서 가장 눈에 잘 띄는 흰색도 흔하다(어찌 보면 가축은 흰색이 대세다. 양, 염소, 돼지, 닭 모두 흰색이 많다).

야생동물 중에도 알비노Albino라는 유전적인 변이로 흰색으로 태어

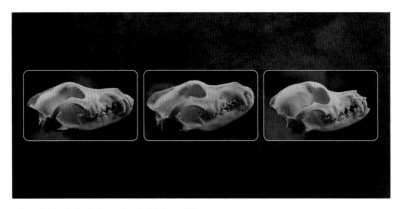

| 왼쪽부터 늑대, 몽골 개, 코커스패니얼의 두개골
인간과 친밀해지면서 점점 주둥이의 길이가 짧아졌다.

나는 경우가 가끔 생긴다. 흰사슴, 백호, 흰까치 등이 발견되면 사람들은 큰 경사가 날 징조라며 좋아하는데, 사실 당사자 입장에서는 그리 좋아할 일이 못된다. 흰색으로 태어난 녀석들은 천적의 눈에 쉽게 띄어 제명대로 살기 힘들기 때문이다.

예를 들어 백호白虎라고 하면 일반적인 호랑이보다 더 멋지고 용맹해 보이지만 실제로는 야생에서 먹고살기 힘들다. 사냥감의 눈에 잘 띄어 사냥이 힘들 테니 말이다. 하지만 가축이야 인간이 먹이를 주고 천적으로부터 보호도 해 주니 위장을 할 필요가 없다. 오히려 인간의 눈에 잘 보이는 편이 생존에 유리하다. 가축의 털색이 다양하게 변하는 이유다.

야생동물은 가축화되면서 뇌의 크기도 줄어든다고 한다. 돼지의 경우를 보면 멧돼지에 비해 뇌의 크기가 30퍼센트가량 줄어 있다고 한다. 이는 가축이 되면서 지능이 낮아지는 것이 아니라 뇌에서 후각이

| 양의 조상인 야생 양 무플론(상)

가축화되면서 뿔이 작아지고 덩치도 크게 줄어들었다. 무플론에게서 현재의 양을 상상하기란 쉽지 않다.

| 염소의 조상인 야생 염소 베조아르 아이벡스(하)

무플론과 비슷하지만 양과 달리 염소는 수염이 있다.

나 청각과 같은 감각을 관장하는 부분이 줄어들면서 생기는 현상이라는데, 인간과 함께 살면 먹이를 사냥할 필요가 없고 포식자로부터 공격을 받는 일도 거의 일어나지 않아 야생의 조상과 같은 예민한 후각이나 청각이 불필요해지기 때문이다.

거대한 뿔, 쓸모없는 뿔

가축이 되면서 뿔의 크기가 작아지는 변화도 생긴다. 양과 염소의 조상으로 알려진 야생 양 무플론Mouflon이나 야생 염소 아이벡스는 수컷의 뿔이 거의 1.5미터까지 자라고 무게 또한 10킬로그램에 육박한다. 그 거대한 뿔을 보고 있자면 얼마나 목이 아플지 안타까운 생각이 들 정도다. 수컷 야생 양이나 야생 염소의 뿔이 이렇듯 거대하게 자라는 것은 번식기에 암컷을 두고 싸움을 할 때 뿔을 무기로 사용하기 때문이다. 뿔이 크면 클수록 싸움에 유리해 암컷을 차지할 확률이 높아졌을 것이다. 반면에 가축이 된 양이나 염소를 보면 뿔이 어디에 있나 싶을 정도로 보잘것없다. 이제 짝짓기는 인간이 통제하므로 암컷을 두고 박 터지게 싸울 필요가 없기 때문이다.

한창 추운 12월, 몽골에서 촬영할 때의 일이다. 양과 염소 중에 아랫배에 무언가를 달고 있는 놈들을 심심치 않게 볼 수 있었는데 얼핏 보면 마치 앞치마를 두른 듯했다. 알고 보니 몽골어로 '훅'이라고 부르는 이것은 수컷의 아랫배에 달아서 암컷과의 짝짓기를 원천적으로 막기 위한 도구였다. 일종의 피임 도구인 셈이다. 가축이 되면 번식은 인간이 전적으로 통제한다.

| 혹을 달고 있는 수컷 양
가축의 번식은 인간이 통제한다.

만일 가축들이 시도 때도 없이 짝짓기를 하고, 그 결과 다음해 봄에 새끼를 시도 때도 없이 낳는다면 새끼를 돌보기가 어려워질 것이다. 그 때문에 사람은 가축의 출산 시기를 조절할 필요가 있었고, 혹은 그 도구인 셈이다.

몽골 유목민들은 양과 염소의 임신 기간을 고려해 출산에 가장 좋은 시기를 맞춰 혹을 제거해 준다. 그러면 거의 동시에 모든 암컷이 짝짓기를 하고 다음해 봄이면 거의 같은 시기에 새끼를 출산한다. 이러니 수컷들에게 싸움의 기술은 아무런 필요가 없다. 암컷을 차지하기 위해 박 터지게 싸워 챔피언을 먹어 봤자 주인이 아랫배에 혹을 채워 버리면 모든 게 끝장이다. 얼마나 허탈할까.

가축이 된 양이나 염소에게는 암컷을 차지하기 위한 싸움 도구인 커다란 뿔은 쓸모가 없어졌고 오히려 불편하기만 할 뿐이다. 그러니 자연스레 불필요하고 거추장스런 뿔은 크기가 작아졌을 것이다.

온순해지는 가축들

하버드 대학의 리처드 랭엄Richard Wrangham 교수는 '가축이 되며 생기는 가장 중요한 변화는 야생 조상에 비해서 공격성이 감소하는 것'이라고 주장했다. 가축화는 온순해지는 과정으로 여기에는 예외가 없다는 뜻으로 해석할 수 있을 것이다.

늑대와 개, 멧돼지와 집돼지, 야생 양과 양, 야생 낙타와 낙타, 오록스Aurochs(현재는 멸종된 유럽에 서식하던 야생 소의 조상으로, 덩치가 크고 성격도 거칠었다고 한다)와 소, 야생 말과 말까지, 모두 가축이 되면서 공격성은 줄어들고 온순해졌다. 돼지는 극적인 예다. 실제로는 꽤 민첩하지만 대부분의 사람들은 돼지를 둔하고 온순한 동물로 여기며 돼지가 사람을 공격했다는 말은 들어본 적이 없을 것이다. 이 때문인지 최근 들어 돼지는 애완동물로도 인기가 있다. 하지만 돼지의 조상인 멧돼지는 야생에서 천적이 드물 정도로 매우 사나운 동물이다.

이제 멧돼지 이야기를 좀 더 해 보자.

우리 조상들은 호랑이와 표범을 엄격히 구분하지 않고 모두 범이라고 했다는데, 현재 한국 범이 서식하고 있는 유일한 지역은 러시아의 연해주 지역으로 자연환경이나 생태계가 한반도와 거의 비슷하다. 당연히 이곳의 최대 포식자는 호랑이와 표범이다. 그런데 이곳에서 멧돼지의 천적은 호랑이가 유일하다. 심지어 표범도 멧돼지는 쉽게 공격

| 한반도 최고의 맹수였던 한국호랑이(아무르호랑이)
현재 러시아 연해주와 중국 동북 지역에 5백 마리 정도만 남아 있다.

하지 않는다고 한다.

　다 자란 수컷 멧돼지는 몸무게가 250킬로그램까지 나가는 거구에다 성격까지 난폭해 이런 녀석은 호랑이조차 사냥을 꺼린다. 흔하지는 않지만 멧돼지의 반격을 받아 호랑이가 죽거나 다치는 경우도 있다고 하니 멧돼지가 얼마나 거친 동물인지 알 수 있다. 하지만 후손인 집돼지는 그 공격성이 모두 사라져 순하기 짝이 없다. 돼지를 잡는 현장을 여러 차례 봤는데 죽음의 순간 돼지의 유일한 저항은 멱따는 소리로 울부짖는 것뿐이었다. 돼지의 예를 보아도 가축화와 공격성의 감소는 법칙인 것 같다.

　가축화와 함께 공격성이 감소하는 현상이 나타나는 이유는 인간이 야생동물을 가축화하면서 성격이 난폭한 놈들은 도태시키고 온순

가축 이야기

한 개체만을 선택적으로 교배했기 때문이라고 한다. 어린 시절 우리 집에서도 닭을 몇 마리 길렀는데 닭백숙이 되는 영순위는 다른 닭을 괴롭히는 못된 성격을 지닌 놈이었다. 이런 과정이 수천 년 지속되면서 온순한 성질을 가진 개체만이 후손을 남기게 되어 가축은 시간이 갈수록 온순해졌다고 한다.

가축화의 가장 큰 특징을 공격성의 감소로 꼽는다는 점에서 인간 또한 스스로를 가축화해 왔다고 주장하는 학자들도 있다. 이름하여 인간의 '자기가축화Self Domestication'다. 옛날부터 인간들은 범죄자(대부분 공격성이 높다)를 감옥에 가두는 등 사회에서 격리하여 후손을 남기지 못하게 했고, 죄질이 더 나쁜 자들은 사형해서 사회에서 도태시켜 왔다는 것이다.

가축과 마찬가지로 공격적이고 사나운 성질을 가진 인간들은 더 이상 번식을 하지 못하도록 한 결과 인간도 과거의 조상에 비해서 공격성이 줄어들었다는데, 이를 인간이 스스로를 가축화한 과정이라는 설명이다.

그렇다면 가축과 마찬가지로 현대인은 과거의 우리 조상들보다 공격성이 줄어들어 온순하며 평화로워졌을까? 하지만 현대인이 쉼 없이 저지르는 전쟁, 테러, 환경 파괴, 제노사이드와 같은 못된 짓들을 보면 쉽게 '그렇다'라고 답하기 어렵다(하버드 대학의 랭엄 교수에 의하면 인간의 자기가축화 과정에서의 공격성 감소는 외부의 자극에 즉각적으로 반응하는 형태의 공격성 감소를 의미한다. 계획적으로 저지르는 인류의 범죄와는 구분된다는 것이다). 그런 면에서 아직도 우리 인간은 가축화가 덜 되었고 갈 길이 멀다. 우리 모두 조금 더 가축화될 필요가 있다.

개여우 혹은 여우개

    야생동물이 가축이 되는 과정은 아주 오랜 시간을 두고 일어났는데 짧게는 몇천 년, 길면 몇만 년이 걸렸다고 한다. '이 과정을 짧게 줄여 볼 수는 없을까?'라는 의문을 품은 이가 있었다. 구소련의 유전학자인 드미트리 벨라예프^{Dmitri Belayev}였다.

| 러시아 노보시비르스크 세포 유전학 연구소의 여우 사육장

가축 이야기

그는 1959년에 가축화 연구에서 가장 유명한 실험을 고안했다. 북극지방에 서식하는 야생 여우인 은여우는 모피의 질이 좋아 농장에서 사육하기도 했다. 벨라예프의 실험은 아주 간단했는데 은여우 중에서 성격이 온순한 녀석들만 선발해 교배를 시키고, 그렇게 태어난 새끼 중에서 또다시 온순한 놈들만 골라내 교배를 시키는 방법이었다. 결과는 놀라웠다.

불과 4세대 만에 사람에게 다가와 낑낑거리고 꼬리를 흔드는 개와 유사한 행동을 하는 은여우가 나타난 것이다. 세대가 지나면서 개와 비슷한 여우의 비율은 점점 늘어났는데 몸에 반점이 생기고, 꼬리를 둥글게 말아 올리거나 귀가 접히며(늑대로 생각하고 열심히 촬영했는데 알고 보니 개였던 경우가 종종 있었다. 사실 외모만으로 늑대와 개를 정확히 분간하기는 어렵다. 늑대와 개의 구분법으로 야생동물 전문가 최현명 선생이 알려 준 정보인데, 아무리 모습이 늑대처럼 생겼어도 꼬리를 만다든지 귀를 접고 있다면 그건 개다. 늑대는 꼬리를 말거나 귀를 접지 않기 때문이다), 안면각이 줄어 두개골이 짧고 뭉툭해지는 다양한 변화가 생겼다. 늑대가 개로 되며 생긴 변화가 은여우에게도 나타난 것이다.

벨라예프는 1985년에 세상을 떠났지만, 그의 실험 동료였던 류드밀라 트루트Lyudmila Trut를 중심으로 현재도 이 실험은 진행 중이다.

여우 사육장의 '밥때'

2016년 11월 19일, 은여우 실험이 이루어진 러시아 시베리아의 노보시비르스크Novosibirsk에 있는 세포유전학 연구소를 찾았다. 건물 벽

| 류드밀라 트루트 박사

에 붙은 온도계를 보니 영하 28도였다. 시베리아에 온 것이 비로소 실감났다. 시베리아 사람들은 이런 추위를 어떻게 견디는지 물었더니 돌아온 답이란 "춥지 않도록 옷을 따뜻하게 입어야 한다"는 것이었다. 추위를 이기려면 시베리아 사람도 한국 사람도 따뜻한 옷을 입어야 한다. 맞는 말이지만 왠지 허탈한 것은 사실이다.

류드밀라 트루트 박사의 수제자인 수석 연구원 갈리나 오를로바가 우리를 반갑게 맞았다. 그녀의 사무실에는 붉은여우 두 마리, 은여우 한 마리 모두 세 마리의 여우가 놀고 있다가 우리를 보더니 재빠르게 구석으로 숨었다. 말로만 듣던 여우개였다.

구석에 숨어서 눈치를 보던 녀석들은 오를로바가 부르자 쪼르르 달려 나와 그녀의 무릎 위로 올라가 손을 핥아대며 재롱을 부렸다. 하는 짓은 영락없는 개였다. 이 녀석들은 미국의 한 연구소로 보내기 위

가축 이야기

해 집 안 생활에 적응 중이라고 했다. 현재 연구소에서는 여우개를 300만 원 정도의 가격으로 분양을 한다는데, 연구소에 대한 예산지원이 줄어들면서 부족한 연구비를 충당하기 위해 불가피하게 분양을 시작했다고 한다.

야외에 있는 여우 사육장을 찾았다. 비를 피할 수 있는 정도의 지붕, 녹슨 철제 우리, 역사적인 실험이 이루어지는 장소치고는 무척이나 허술해 보였다. 사육장 케이지마다 한 마리씩 자리 잡은 가축화 실험 여우는 약 3백 마리에 달했다. 우리가 사육장을 찾은 시간은 마침 '밥때'였다. 사육장의 여우에게는 하루에 두 번 고기를 갈아 먹이는데 멀리서 밥 주는 사람의 발소리가 들리자 수백 마리의 여우가 한꺼번에 짖고 밥그릇을 두드리며 야단법석이었다. 언젠가 우리나라에서 봤던 개 사육장의 밥때와 똑같은 풍경이었다.

가축화에 대한 가장 위대한 실험

오를로바가 사육장 통로를 지날 때마다 좌우의 여우들이 꼬리를 흔들고 몸을 구르며 낑낑거리는 등 개와 같은 행동을 했다. 그녀 역시 "아, 귀여운 것! 이리 오렴, 안아 줄까?" 하며 여우의 몸짓에 화답하는 인사를 수시로 건넸다. 실험 여우를 정말로 아끼고 사랑하는 것이 느껴졌다. 오를로바가 케이지의 자물쇠를 열고 여우 한 마리를 꺼내어 품에 안자 개와 같이 애교를 부렸다. 도망갈 생각이란 아예 없는 듯 품에 꼭 안긴 채였다.

가축화가 진행되고 있는 여우의 외형적 특징을 몇 가지 볼 수 있었다. 첫째는 털색의 변화였다. 이는 가장 눈에 띄는 특징으로 붉은여우, 은여우 모두 흰털을 가진 개체가 많았다. 둘째는 꼬리의 변화였다. 개처럼 꼬리가 말린 개체가 태어나는 것이다. 셋째는 귀의 변화였다. 야생 여우는 귀를 세우는 데 반해 이곳에서는 생후 1년이 지나도 처진 귀를 그대로 유지하는 개체가 발생한다는 것이다. 마지막은 턱의 변화였다. 여우의 얼굴 앞면과 턱의 비율이 짧게 변화한다고 한다. 야생 여우의 주 먹잇감은 설치류가 절대적이다. 여우는 사냥할 때 귀를 쫑긋 세우고는 쥐가 내는 소리를 통해 방향과 위치를 찾는다. 주변 환경과 비슷한 털색은 은밀한 접근을 가능하게 한다. 그리고 사냥감에 달려들거나 힘찬 점프를 할 때 꼬리는 균형을 잡아준다. 케이지 안의 여우들은 설치류를 잡기 위한 최적의 외형적 특징을 하나하나 버리며 가축이 되어가고 있었다.

노보시비르스크에서 꼭 만나야 할 사람이 있었다. 고인이 된 벨랴예프와 함께 여우의 가축화 연구를 시작한 류드밀라 트루트 박사다. 하지만 80대의 노학자는 병원에 3주째 입원 중이었다. 그녀를 못 만나게 될까 봐 안타까워하고 있는데 한국에서 촬영팀이 왔다는 이야기를 전해 들은 트루트 박사는 한걸음에 달려와 주었다. 병색이 짙은 얼굴이었지만 지난 가축화 연구 과정을 설명할 때는 무척이나 열정적이었다. 마음속으로 '트루트 박사님, 감사합니다!'를 몇 번이나 외쳤다.

노학자는 여우 가축화 연구 중 가장 감동했던 순간을 다음과 같이 회상했다.

임신한 여우와 함께 집에 있었어요. 새끼를 낳을 때가 됐거든요.

가축 이야기

| 러시아 **모스크바**의 산책 중인 여우개
산책이 무언가 어색하다.

계속 곁에 있어 주었죠. 밤에도 같이 있어 주기도 했고요. 얼마 후 어미는 여섯 마리의 새끼를 낳았어요. 그런데 그 여우가 새끼를 한 마리 끌어내어 제 다리 옆에 놓았어요. 제가 그 여우한테 무얼 하는 거냐고 물었어요. 갓 태어났기 때문에 완전히 축축한 상태였 거든요. 얼마 후 그 여우는 여섯 마리의 새끼를 모두 제 다리 주변 에 가져다 놓았어요. 그때 그 여우가 저와 매우 가까워졌다는 걸 알 수 있었죠. 그 여우는 새끼들을 저희와 연결하고 싶어 했어요.
　　　　　 - 류드밀라 트루트(생물학 박사, 노보시비르스크 세포학 및 유전학 연구소)

연구소에서 가정집으로 분양한 여우를 만나러 모스크바를 방문했 다. 누보시비르스크는 영하 28도였는데 모스크비는 영상 1도였다. 과거에 러시아에서 죄수를 시베리아로 유형流刑을 보낸 이유가 이거였구나 싶었다. 작은 아파트에 살고 있는 사진작가 에브게니는 여우를 분양받아 2년째 기르고 있다고 했다. 대부분의 러시아인처럼 에브게니 또한 첫인상은 무뚝뚝했다. 하지만 러시아에 오래 거주한 지인의 말을 들어 보면 러시아인만큼 정 많은 사람들이 없다고 한다. 첫 만남부터 과장되게 반가운 척하는 유럽인이나 미국인과는 다르며, 우리나라 사람과 정서가 비슷하다고 한다. 또 하나의 공통점이란 보드카 한잔을 같이하면 급속도로 가까워진다는 것이란다.

에브게니가 기르는 여우는 연구소에서 봤던 여우보다도 부끄러움을 많이 타는지 우리가 방문한 첫날에는 한 번도 모습을 드러내지 않고 숨어 있었다. 다음날 다시 방문했을 때는 밖으로 나와 에브게니의 무릎 위에 올라가고 먹이도 받아먹었다. 하지만 개와는 달리 우리에게는 별다른 관심이 없어 보였다. 개처럼 목줄을 하고 공원으로 산책을 나갔는데 야외에서 녀석의 행동은 전형적인 야생 여우였다. 참나무 숲으로 들어가자 낙엽더미에 귀를 대고 있었다. 쥐를 찾으려는 것이었다. 밖으로 산책을 나가면 곳곳에 영역 표시를 하고, 지나가는 사람이나 산책하는 다른 개에 관심을 보이는 개와는 달리 에브게니의 여우개는 사람에게는 전혀 관심이 없었다. 여우개는 개와는 전혀 다른 동물이라는 생각이 들었다. 인간과 관계를 맺고 유대감을 갖는 것이 개처럼 자연스럽지 않기 때문이다.

숲에서 낯선 사람을 보면 피하려고 해요. 눈 위를 뒹굴고, 쥐를 찾아다니고, 뛰어다니면서 이렇게 산책을 해요. 사람에 대한 관심은

| 산책 중 늑대개와 만난 여우개
여우개가 진정한 개가 되려면 아직도 많은 시간이 필요하다.

항상 그다음이죠.

- 에브게니(사진작가, 여우를 분양받아 키우는 청년)

여우 가축화 실험의 주인공인 트루트 박사도 자신의 실험이 아직
완성되지 않았다고 한다.

여러분은 우리가 길들이는 여우들의 행동을 보고 개와 매우 흡사
하다고 생각하는 거죠? 개와 비슷한 성향이 있어요. 그렇지만 개
는 아니에요. 개와 매우 유사하지만 완전한 개는 아니죠. 완전히
그렇게 되려면 먼저 우리 밖으로 꺼내 사람과 함께 지낼 수 있도
록 해 줘야 해요.

- 류드밀라 트루트

여우가 진정한 가축이 되려면 인간과의 깊은 교감이 더 많이 필요하다는 것이 노학자의 견해다. 여우 실험은 지금도 현재 진행형인데 최근에는 개를 닮아가는 여우의 외형이나 행동 변화를 만드는 유전자 연구가 중심이 되고 있다고 한다.

사람을 두려워하지 않는 여우들에게서는 'STAR'라는 특정한 유전자에서 돌연변이가 나타난다고 한다. 시베리아 노보시비르스크의 여우 실험은 가축화에 대한 영감을 제공한 위대한 실험으로 불린다. 하지만 아직은 여우의 모습을 한 개가 아닌 개와 비슷한 행동을 하는 여우인 모양이다. 연구소를 떠나며 개여우가 여우개가 되려면 아직도 시간이 많이 필요하다는 생각이 들었다.

고산의 가축

야크는 우리에게 다소 낯설지만 티베트에서 처음으로 가축이 된 동물로(현재도 티베트에는 야생 야크가 소수 서식하는데 가축화된 야크보다 덩치가 두 배는 크다) 현재는 히말라야, 톈산산맥, 파미르고원, 알타이산맥, 몽골북부 등 중앙아시아의 고산지대에서 주로 기른다. 야크를 처음 본다면 소를 연상하게 된다. 겉모습은 소와 아주 비슷하지만 좀 더 야성미가 느껴진다. 특히 망토를 두른 듯 텁수룩한 털이 온몸을 덮은 모습이 인상적인데, 이는 고산의 극심한 추위를 견디기 위해서일 것이다. 산소가 희박한 고산에 적응해 폐와 심장이 그 어느 동물보다 크고, 이들 장기를 보호하는 갈비뼈 또한 무척 크다. 이렇게 커다란 가슴으로 당당한 체형이 돋보이는 야크를 처음 본 사람들은 길고 굽은 뿔과 텁수룩한 털로 덮인 강렬한 외모가 인상적이라고 말한다.

그런데 내가 느낀 것은 조금 달랐다. 겉모습이 소와 닮아 "음메" 하고 울 줄 알았는데 엄청난 반전이 일어났다. 돼지같이 "꿀꿀"거리는 것이었다. 그 이후로 수없이 많은 야크를 보았고, 지금도 야크를 떠올리

| 파미르고원의 야크
야생 야크는 모두 검은색이지만 가축 야크는 흰색도 있다.

면 당당한 외모보다 "꿀꿀"거리는 울음소리부터 생각난다.

고산에 가면

야크가 주로 생활하는 곳은 해발 4,000미터의 고지대다. 나로서는 상상도 되지 않는 높이다. 내가 대학에 다니던 1980년대 초반, 방학 때면 배낭을 짊어지고 산에 들어가 몇 주씩 머물다 오곤 하던 일은 대학생들에게 흔한 여행 문화였다. 나 역시 시간만 나면 산을 찾았는데 그 당시 가장 많이 갔던 곳은 설악산과 지리산이었다. 대청봉은 1,708미터, 천왕봉은 1,915미터로 높이가 2,000미터가 채 되지 않았는데 정상으로 가는 길은 엄청나게 멀기도 멀고 높기도 높았다. 그러니 내게 해발

| 라다크의 중심 도시 레

2,000미터 이상의 고산은 먼 세상 이야기다. 사실 그때는 일반인의 해외여행은 꿈도 못 꾸던 시절이라 히말라야, 안데스, 파미르고원과 같은 지명은 사회과 부도에서나 볼 수 있었다.

　그러다 나이 마흔을 한참 넘겨 히말라야를 가게 되었다. 북인도 잠무카슈미르 라다크의 중심지인 레Leh라는 곳이었는데 해발고도가 3,200미터에 달했다. 레에 도착했을 때 가장 기억에 남는 장면은 기압이 낮아져 빵빵하게 터질 듯 부풀어 있던 라면 봉지였는데, 내 폐도 라면 봉지처럼 부풀어 터질 것만 같았다. 안내인이 꼼짝 말고 있으라고 주의를 주는 통에 꼬박 하루를 호텔에 누워 있었다.

　처음에는 부풀어 오른 라면 봉지 생각이 나서 무서웠지만 하루 이틀 지나자 조금씩 고지에 적응이 되었다. 해발고도 3,000미디 이상의

| 톈산의 자일로
키르기스 유목민의 여름 목
초지로 자일로의 전형적인
모습이다.

| 자일로의 6월
야생화가 끝없이 피어난다.

| 톈산의 겨울 풍경

고산에서는 산소가 부족해 숨쉬기조차 힘들고 조금만 걸어도 심장이 터질 것 같았다. 솔직히 털어놓자면, 이런 고지대에서 가장 힘든 일은 용변을 보는 일이었다. 인간이라면 피할 수 없는 중요한 일이며, 게다가 짧은 시간에 온 힘을 쏟아야 하는 이 큰일을 마치고 나면 그야말로 하늘이 노랗게 느껴질 정도였다. 그때 난생 처음 '먹지 않고 살 수 없을까?'라는 생각을 했으니 말이다.

히말라야나 안데스 같은 고산지대로 여행을 가는 사람들이 가장 걱정하고 두려워하는 것이 바로 고산병이다. 고지대로 갈수록 산소농도가 낮아져 고산병이 발생한다는데 아직도 특효약은 없다고 한다. 그나마 물을 많이 마시고 소변을 자주 보며 몸을 따뜻이 하는 게 예방에 도움이 된다고 한다. 그런데 내 경험으로 고산병은 복불복이고 종잡을 수 없는 것이었다. 히말라야 이후로도 톈산과 파미르고원 등 중앙아시아 여러 곳의 고산을 다녔는데 희한하게도 고산병에 걸린 사람들은 20대 청년들뿐이었다. 고산병이 찾아온 사람들의 이야기를 들어 보면 얼마나 머리가 아픈지 아예 머리를 도려내고 싶다고 하니 겪어 보지 못한 나는 그 고통을 짐작할 수도 없다.

그런데 무슨 이유인지 우리 촬영팀에서 나이 든 축에 속하는 나와 촬영감독은 한 번도 고산병에 걸린 적이 없었다. 이상한 일이었다. 전혀 과학적인 근거는 없지만 내 생각은 이렇다. 젊고 튼튼한 사람일수록 폐활량도 뛰어나 숨을 쉴 때 많은 양의 산소를 필요로 하지 않을까 하는 것이다. 그렇다면 나같이 저질 체력은 폐활량도 적어 적은 양의 산소로도 충분히 숨을 쉴 수 있을 것이다. 따라서 산소가 부족한 고산의 환경에서는 폐활량이 적어 산소 요구량두 적은 허약한 사람이 유리

한 게 아닐까? 과학적인 근거는 없지만 그럴듯하지 않은가.

휴양의 장소 자일로에서

키르기스스탄의 톈산은 중앙아시아의 알프스로 불린다. 유럽은
가 보지 못했지만 오히려 유럽의 원조 알프스보다 이곳이 더욱 아름다
울 거라 여긴다. 특히 6월에 톈산을 가면 한 번에 사계절을 모두 볼 수
있다. 정상 부근에는 만년설이 덮여 있고, 그 아래로는 녹색의 침엽수
림이 빽빽하게 우거져 있으며, 가장 아래의 초원지대는 야생화가 끝없
이 펼쳐져 있다. 눈을 의심하게 할 만큼 아름다운 풍경이다.

> 5, 6, 7월은 아주 아름다워요. 나뭇잎이 자라고 모든 꽃들이 피어
> 나면 정말 보기 좋죠. 지금 보시다시피 정말 아름답잖아요. 봄
> 이 오면 풀들이 자라서 꼭 초록색 이불을 덮은 것처럼 보이죠. 지
> 금은 눈이 녹고 모든 게 막 피어나는 시기예요. 앞으로 15일만 지
> 나면 노란색은 하나도 없이 온통 초록으로 뒤덮일 거예요.
> – 오로즈(키르기스스탄 톈산 유목민)

키르기스 사람들은 톈산을 얼룩덜룩하다는 뜻의 알라타우$^{Ala-Tau}$라
부르는데 고도에 따라 흰색과 녹색, 연두색 등 다양한 색의 향연이 펼
쳐져 이를 멀리서 보면 얼룩덜룩하게 보이기 때문이다. 아름다운 계절
6월, 키르기스스탄에서 톈산으로 향하는 도로는 곳곳에서 심각한 교
통체증이 발생하는데, 이는 자동차가 아닌 가축 때문이다. 키르기스

| 여름 목초지 자일로에 도착해 유르트를 설치하는 키르기스 유목민
여기에서 여름을 보내고 겨울이 오면 산 아래로 내려간다. 왼쪽 남자가 쓰고 있는 흰 모자는 키르기스 민족의 전통 모자인 '갈파크'다.

유목민은 계절에 따라 산을 수직으로 오르내리며 가축을 기르는데 겨울철은 산 아래에서 보내고 이듬해 봄이면 다시 산을 오른다.

매년 5월 말에서 6월 초가 되면 키르기스 유목민은 이처럼 모든 가축을 끌고 자일로라고 부르는 산 중턱에 있는 여름 목초지로 이동하고, 자일로에 도착한 사람들은 이동식 천막집인 유르트를 치고 여름을 보낸다.

자일로는 조상들로부터 받은 곳이죠. 이 목초지에 와서 두 세달 동안 가족과 쉬면서 가축을 먹입니다. 여기서 가축을 살찌우고 겨울에 마을로 돌아가 식량으로 이용합니다. 이때는 친척들도 자일로에 찾아와서 말젖을 마시며 함께 즐깁니다. 그러기 위해 자일로에 오는 것이기도 하죠.

– 즈르가르벡(키르기스스탄 톈산 유목민)

자일로는 가축을 키우는 장소인 동시에 휴양의 장소이기도 하다. 여름철, 자일로에는 가족과 함께 친척들도 모이는데 이때는 양도 한 마리 잡고 말젖을 발효해서 만든 크무스라는 술을 마시며 행복한 시간을 보낸다. 한번은 길을 묻기 위해 어느 유르트를 방문했는데 마침 일가친척들이 모여 양고기를 차려 놓고 크무스를 마시고 있었다.

그러고는 나를 보더니 한 잔 마셔 보라며 커다란 잔에 크무스를 가득 부어 주었다. 이게 웬 떡인가 싶어 단숨에 잔을 비웠더니 기특하다며 또다시 잔을 가득 채워 주었다. 결국에는 남의 집안 모임에 아예 자리를 잡고 앉아 취하도록 술잔을 비웠다. 말젖으로 만든 마유주馬乳酒는 중앙아시아의 대표적인 음료인데 몽골에서는 '아이락'이라고 부른다. 아이락은 시큼한 맛이 강했고 크무스에서는 불맛이라고 부르는 탄내가 느껴졌다. 크무스를 만드는 과정에서 불맛이 날 이유가 없는데 알 수 없는 일이었다. 개인적인 취향이겠지만 내 입맛은 아이락보다는 크무스 쪽이었다.

아이락이나 크무스에는 마유주라는 이름이 붙었지만, 알코올 함량이 낮아 술이라기보다는 음료수에 가까워 어린아이들도 즐겨 마신다. 몽골에서는 아이락을 증류해 알코올 함량이 높은 소주를 만들기도 하는데, 이것이 고려에 전해져 우리나라의 전통 소주를 만드는 방법이 되었다고 한다.

야크는 어디에

자일로로 향하는 모든 도로는 양과 염소, 말과 소 같은 가축 무리와 가축을 모는 목동들이 한데 뒤엉켜 아수라장인데 이상하게도 톈산의 대표적인 가축으로 알려진 야크는 한 마리도 보이지 않았다. 자일로에서 여름을 보낸 유목민들은 가을이 되면 다시 가축을 끌고 산 아래로 내려와 겨울을 난다. 이때도 야크는 열외다. 야크는 추위에 강한 대신 더위를 견디지 못해 1년 내내 높은 산 위에서 살아야 하기 때문이다. 기온이 15도만 되어도 체온이 부쩍 올라가 먹이를 먹지 못하고 심하면 죽기도 한다. 게다가 야크는 우리에 가두어 놓으면 먹이를 먹지 않고 번식도 하지 않아 풀어놓고 기를 수밖에 없다고 한다.

톈산의 겨울은 가혹하다. 기온은 영하 30도까지 내려가고 눈은 허벅지까지 쌓인다. 이런 극한의 자연에서 야크는 우두머리를 중심으로 무리를 지어 생활하는데, 스스로 먹이를 찾아 이동하고 짝짓기를 해서 새끼도 낳는다. 늑대의 습격을 받으면 야크 무리는 새끼를 중심으로 둥글게 원을 만들어 새끼를 보호하고, 늑대와 맞서 스스로를 지킨다. 인간의 도움을 거의 받지 않고 살아가는 것이다. 인간이 하는 일이란 가끔씩 멀리서 야크가 잘 있는지 확인하고, 때가 되면 젖을 짜고 잡아먹는 게 전부다.

야크가 인간에게 의지하는 유일한 것은 소금이다. 모든 동물은 생존을 위해 염분이 필요한데 이는 자연에서 얻기가 가장 어려운 것이기도 하다. 사냥한 동물의 피에서 염분을 섭취할 수 있는 육식동물과 달리 초식동물은 특히 염분 섭취가 어렵다(야생에서 초식동물은 토양에 함유된 소량의 염분을 섭취한다. 특히 바위나 흙이 무너져 내린 곳은 염분이 비교적 많이 포함되어 있어 이런 곳에 초식동물이 모여든다). 이 때문에 유목민들은 가끔 야크에게 소금을 주는데, 이에 길들여진 야크는 멀리 가지 않고 사람들 주변에 머무르게 된다. 유목민은 이렇게 소금으로 야크를 통제한다.

양들의 침묵

가축에게 염분 섭취가 무엇보다 중요하다는 사실을 알게 된 것은 2014년 11월 말, 몽골의 중앙에 있는 아르항가이를 찾았을 때였다. 마침 우리가 방문한 집에서 겨울에 먹을 고기를 준비하느라 가축을 도축하고 있어 마당에 피가 흥건하게 고여 있었다. 그때였다. 갑자기 양과 염소들이 어디선가 떼로 모여들더니 땅에 떨어진 피를 정신없이 핥아 먹는 게 아닌가.

'양과 염소가 피를 먹다니! 이놈들이 갑자기 뱀파이어가 됐나!'

어느 누가 양이 피를 먹으리라고 상상할 수 있을까? 양과 염소 모두 주둥이는 피칠갑이 되었고, 흰털에도 군데군데 붉은 피가 묻었다. 흰 양이 입가에 붉은 피를 잔뜩 묻히고 '메에' 하고 우는 모습은 영화 〈양들의 침묵〉보다 더한 충격이었다. 그야말로 공포영화의 한 장면 같았다. 그런 양과 염소의 모습을 보며 경악하고 있는 나와는 달리 현지인들은 아무렇지도 않은 표정이었다. 양과 염소가 피를 먹는 것은 염분을 섭취하기 위한 행동이었다는 것을 그때 알게 되었다.

양은 염분을 섭취하기 위해서라면 그동안 쌓아 온 고결한 '이미지'도, 초식동물이라는 정체성도 깨끗이 포기한다. 그만큼 염분은 동물에

70

| 늑대에게 잡아먹힌 어린 야크

게 소중하다. 그리고 인간은 그 점을 이용해 소금으로 가축을 쉽게 통
제한다.

파미르고원의 야크

　세계의 지붕, 파미르고원에서 야크는 가장 중요한 가축이다. 키르
기스 유목민 아미르벡의 집을 처음 방문했을 때의 일이다. 무언가를
찾으러 창고에 들어갔는데 대낮인데도 내부는 무척 캄캄했다. 어둠 속
저쪽 구석에 무언가가 잔뜩 쌓여 있었다. 가까이 다가가 정체를 확인
하고는 소스라치게 놀라고 말았다. 야크의 머리를 모아 놓은 것이었
다. 얼핏 봐도 족히 스무 개는 넘어 보였다(파미르에는 놀랄 일이 많다).
　야크 머리를 쌓아 놓은 이유를 들어 보니 조금 시글펐나. 아미르벡은 자기 소유의 가축이 없는 가난한 처지로 남의 가축을 대신 돌봐 주는 일로 생계를 잇고 있었다. 이곳에서는 늑대나 눈표범의 습격으로 상당수의 야크를 잃어버리는데, 이와 같은 경우에는 주인이 관리 책임을 묻지 않는단다. 그래서 나중에 가축 주인에게 야생동물의 습격으로 야크를 잃었다는 증거로 야크 머리를 보관하는 것이라고 한다. 이렇게 맹수에게 많은 수의 야크가 죽임을 당하는데도 야크는 우리에 들이지 않고 내다 기른다. 톈산에서 들었던 것과 같은 이유였다. 야크를 우리에 가두면 먹지 않고 번식도 하지 않아 어쩔 수 없이 풀어놓고 키워야 하는 것이다.

한번은 족히 열 마리는 넘어 보이는 늑대 무리를 본 적이 있다. 내가 보았던 것 중 가장 큰 늑대 무리였다. 그런 늑대 무리 주변에서 야크들이 태연히 풀을 뜯고 있었다. 늑대를 별로 겁내지 않는 모습이었다. 다행히 그날 늑대에 의한 피해는 없었지만 그 모습을 보면서 들었던 생각이 있다. 야크는 완전한 가축이 되기에는 너무나도 자유로운 영혼을 지닌 동물이라는 것이다.

가축 이야기

툰드라의 순록 유목민, 네네츠

2016년 12월 중순, 러시아 툰드라 지역에서의 일이다. 북극의 겨울은 밤의 계절이다. 낮은 하루 2~3시간에 불과해 태양은 멀리 지평선을 따라 떠오르다 말고 다시 가라앉는다. 그나마 다행인 것은 밤이 되어도 눈이 반사하는 약간의 빛 때문에 칠흑 같은 어둠이 아닌 새벽 여명 같은 희미한 빛 속의 날들이 밤낮으로 지속된다는 것이다.

순록 유목민 네네츠^{Nenets}족을 만나러 가기 위해 스노모빌에 몸을 실었다. 정말이지 스노모빌은 두 번 다시 타고 싶지 않은 이동 수단이다. 얼핏 보면 설원은 평평해 보이지만 사실은 엄청나게 울퉁불퉁하다. 스노모빌은 시속 40킬로미터의 속도로 그 험한 길을 달렸다. 별다른 완충 장치가 없어 바닥의 충격이 고스란히 온몸으로 전해져 왔다. 통나무를 타고 돌밭을 달린다면 이런 고통이 아닐까 싶었다.

영하 30~40도의 추위 속에 맞바람을 맞으며 가다 보면 머릿속이 텅 비어 버리는 무념무상의 경지에 도달한다. 하지만 아쉽게도 해탈의 순간은 오래가지 않는다. 가끔씩 스노모빌이 뒤집어지는데, 이때 설원에 내동댕이쳐지며 정신이 번쩍 들기 때문이다. 해탈에서 깨어나 돌아온 현실 세계는 많이 춥고 아프다.

정신을 수습하고 눈 위를 굴러다니는 짐을 주섬주섬 주워 싣고 다시 출발하는 여정을 10시간이나 해야 했다. 우리야 아무 생각 없이 실려 가지만 이정표도 없는 어둠 속의 설원에서 길을 찾아가는 스노모빌 아저씨의 길 찾기 신공은 감탄을 자아낼 정도였다. 내 눈에는 사방이 모두 똑같은 설원이지만 이 아저씨는 거기에도 높고 낮음과 깊고 얕음이 있어 지형을 분간할 수 있단다. 딱 한 번 길을 잘못 들었는데 혼잣말처럼 "여기가 아닌가?" 하는 말을 듣고는 '여기서 얼어 죽는구나' 하는 방정맞은 생각이 들었다. 그렇게 '죽다 살다'를 반복하면서 네네츠족 니콜라이 빌카의 천막집에 도착했다.

순록 가죽으로 만든 네네츠의 전통 천막집인 '춤'은 언뜻 보기에는 평범한 천막이지만 실내는 무척 아늑하다. 작은 난로 하나면 북극의 강추위도 문제없다고 한다. 빌카 아저씨의 아내는 학교에 다니는 아이와 함께 마을에 나가 있었고 60대에 접어든 외삼촌, 남동생과 함께 5백 마리가량의 순록을 돌보며 살고 있었다.

네네츠족은 멀리서 보면 전형적인 몽골리안으로 우리와 흡사한 외모를 가진 것처럼 보이지만, 가까이에서 보면 머리털은 금발, 혹은 회색이고 눈동자가 푸른색이어서 백인에 가깝다. 동양인과 서양인의 모습을 모두 가졌는데 푸른 눈은 북극의 눈雪과 추위에 적응한 결과라고 한다.

가축 이야기

| 네네츠족의 거주지

네네츠족의 천막집 춤은 순록가죽으로 만든다. 내부는 넓고 따뜻하다. 춤 근처에서 순록들이 눈을 헤치며 순록 이끼를 찾아 먹고 있다.

네네츠 사람들

네네츠족은 총인구가 3만 5천 명에 불과한 소수 민족으로 러시아의 툰드라 지역에 흩어져 산다. 고작 3만 5천 명이 그 넓은 면적에 흩어져 있으니 인구밀도는 극단적으로 낮을 수밖에 없다. 이렇게 네네츠 사람들은 오랫동안 고립된 생활을 해 온 탓에 외부인과의 접촉을 극히 꺼린다. 우리를 만나서도 말이 없고 표정의 변화조차 없어 마치 화가 나 있는 사람들 같았다. 심지어는 부부 사이나 부모, 자식 간에도 별다른 대화가 없다고 한다. 친해지고 싶어 이런저런 이야기를 건넸지만 묵묵부답이었다.

'이거 큰일이구나' 싶어 걱정하고 있는데 생각지도 못한 구원의 손길이 왔다. 빌카 아저씨의 남동생 로만이 별안간 태권도 이야기를 꺼낸 것이다. 로만은 도시에서 대학을 나와 러시아 여자와 결혼해 살다가 순록을 기르며 자유롭게 사는 네네츠의 전통 생활을 잊지 못하고 다시 툰드라로 돌아왔다고 한다. 그런데 이 친구가 학교에 다닐 때 태권도를 배웠다면서 갑자기 '주춤서기' 자세를 취하더니 "이얍, 이얍!" 하고 기합을 넣으면서 태권도의 품세를 보여 주었다. 한국 사람은 모두 태권도를 할 줄 안다고 생각하는 것 같았다.

사실 태권도는 군대에서 속성으로 배운 것이 전부였지만 태권도를 좀 한다고 아는 척을 했더니 무척이나 반가워했다. 무뚝뚝한 네네츠 사람과 친해지는 순간이었다. 네네츠 사람들은 무뚝뚝해 보이기는 하지만 알고 보면 속정은 누구보다 깊은 사람들이었다.

밤이 되면서 기온이 더 떨어져 한국에서 챙겨간 오리털 침낭을 꺼냈지만 이곳에서는 무용지물이었다. 추위에 잠을 못 자고 뒤척이는 우리를 보더니 자신들이 덮고 자던 깔개와 이불을 건네주었다. 순록 털가죽으로 만든 깔개와 이불은 오리털 침낭과는 비교가 안 될 정도로 정말 따뜻했다. 덕분에 잠을 잘 자고 일어났더니 이번에는 순록 털가죽으로 만든 신발을 건넸다. 물론 이때도 이들은 무표정했고 무뚝뚝하게 신발을 건넬 뿐이었다.

북극의 가축, 순록

사슴은 고기의 양이 많고 맛도 좋아 인류에게 가장 중요한 사냥감이었는데 한편으로는 가축화되지 않은 대표적인 동물이기도 하다. 사슴이 가축이 되지 못한 가장 큰 이유는 예민한 성격 때문인데 우리에 가두면 견디지 못한다고 한다. 사슴은 지구상에 수십 종류가 있는데 그중 오직 한 종, 순록만이 가축이 되었다. 하지만 순록은 야크와 마찬가지로 인간이 먹이와 번식을 완전히 통제하지 못하기에 진정한 가축이라고 보기는 어려우며, 여전히 가축화가 진행 중이라고 한다. 순록은 북극과 가까운 툰드라가 고향으로 특이하게 주로 이끼를 먹는다. 툰드라 지역에는 야생 순록도 서식하는데 가축 순록과는 외형상의 차이가 거의 없고 둘 사이에는 번식에도 아무런 문제가 없다.

네네츠족은 순록과 함께 툰드라에서 살아가는데 여름에는 북쪽으로, 겨울에는 남쪽으로 이동하는 생활을 조상 대대로 해 오고 있다. 순록의 먹이는 북극 이끼다. 순록은 이끼를 찾아 쉬지 않고 이동하는데 사람들도 여기에 맞춰 살아간다.

| 순록썰매를 타고 이동하는 네네츠족

순록은 핏줄 속에 항상 끊임없이 움직여야 한다는 무언가가 있어
요. 그래서 사람도 끊임없이 움직여야 하죠. 순록은 항상 옆에서
같이 가죠. 유목생활을 하고, 기쁨을 나누고, 함께 만들고, 그런 게
인생이라고 봐요.

- 니콜라이 빌카(러시아 네네츠족 순록 유목민)

순록은 발굽으로 눈을 헤쳐 이끼를 찾아 먹으며 거의 야생 상태로
살아가고 있었다. 네네츠 사람들은 겨울에만 순록을 도축한다. 가축을
도축하는 현장을 여러 번 보면서 가축은 인간의 마음을 읽는 신비한
육감이 있다는 생각을 했다. 별생각 없이 다가갈 때는 가만히 있던 가
축도 잡아먹겠다는 생각으로 접근하면 귀신같이 그 마음을 읽고는 달

가축 이야기

아나기 때문이다. 오랫동안 인간과 살면서(사실은 인간에게 배신당하며) 터득한 특수한 능력이 아닌가 싶다.

빌카 아저씨가 다가가자 순록 무리가 눈보라를 일으키며 필사적으로 달아나기 시작했다. 수백 마리의 순록이 한꺼번에 달리니 장관이었다. 이제 본심을 들켰으니 본색을 드러내고 올가미를 던져 순록을 잡아야 하는데 총만 안 들었다 뿐이지 거의 사냥 수준이었다. 보통은 나이가 많거나 몸을 다친 녀석을 도축하는데 떼를 지어 엄청난 속도로 달리는 순록 중 한 놈에게 올가미를 거는 일은 쉽지 않았다.

몇 번의 실패 끝에 한 녀석의 뿔에 올가미가 걸리자 사람들이 뛰어가 그놈을 무지막지하게 힘으로 짓눌러 제압했다. 도축하는 장소는 정해져 있는데 여름에 샘물이 나오던 곳이란다. 예리한 칼로 목 뒷덜미를 찔러 순식간에 숨을 끊고 가죽을 벗기고 해체하는데, 이 과정에서 순록은 작은 소리 한 번 내지 않았고 사람은 땅바닥에 피 한 방울 흘리지 않았다.

전통적으로 네네츠족은 순록을 날고기로 먹어 왔다. 도축 후 제일 먼저 순록의 피를 마시는데, 내게도 순록의 피가 담긴 그릇을 내밀었다. 먹지 않으면 서운해할 것 같아 눈을 딱 감고 마셨는데, 이게 무슨 일인가. 세상에 정말 맛있었다. 짭짤하고 고소한 데다 잡냄새는 조금도 없었고 오히려 순록이 먹던 북극 이끼의 향긋한 냄새까지 나는 것이다.

이런 건 더 먹어야 한다. 언제 이런 기회가 또 오겠는가. 한 대접을 더 달라고 하여 단숨에 들이켰더니 무뚝뚝한 네네츠 사람들이 갑자기 나를 껴안고 볼을 비볐다. 자신들의 문화를 이해한다고 생각한 모양이었다. 내친김에 한 대접을 더 들이켰다. 순록의 피는 맛있었지만 아쉬운 점이 있다면 이 사이에 피가 끼어 웃을 때면 보기가 좀 흉측하다는 것이다. 순록고기 역시 날로 먹었는데 역시 향긋한 이끼 냄새가 났다. 러시아에서는 순록고기가 가장 비싸게 팔린다는데 그럴 만하다는 생각이 들었다.

옛날부터 계속 이렇게 날고기로 먹었어요. 조상님, 증조부님, 할머니, 할아버지 때부터 이어져 온 문화죠. 구워서 먹는 건 아주 가끔이었어요.

　　　　　　　　　　　　　　　　　－ 로만(러시아 네네츠족 순록 유목민)

| 순록의 피와 날고기를 먹고 있는 네네츠 사람들
왼쪽이 로만, 오른쪽은 빌카 아저씨의 외삼촌이다.

　　　　　　　　　　　　　　　　　　　　　　　　　　가축 이야기

어느 날 밤, 우리가 묵고 있는 춤으로 손님이 찾아왔다. 네네츠족이 아닌 러시아 백인 남자 두 명이었는데, 우리가 있는 곳에서 1시간쯤 떨어진 북극해에서 물고기를 잡는 어부들이라고 했다. 빌카 아저씨와는 안면이 있어 보였다. 순박한 사람들이었다. 그 후 어부들은 낮에는 물고기를 잡으러 나갔다가 저녁이면 잡은 물고기를 가지고 돌아왔다. 네네츠족은 물고기에는 별 관심이 없어 보였고, 그럴 때면 물고기는 모두 우리 몫이 되곤 했다.

하루는 어부들이 도다리 몇 마리를 우리에게 건넸다. 어떻게 먹을까 고민을 하다가 회를 뜨기로 했다. 순록도 날것으로 먹는 곳이므로 물고기도 당연히 회로 먹어야 하는 것이다.

EBS 〈세계테마기행〉 '러시아 편'으로 유명한 박정곤 교수님이 코디와 통역을 맡아 주셨는데, 교수님의 연구 분야 중 하나가 툰드라 순록 유목민의 민속연구다. 이미 여러 번 툰드라를 방문한 터라 교수님의 가방 안에는 툰드라에서 필요한 물건이라면 없는 게 없었다. 교수님이 가방에서 간장과 겨자를 슬그머니 꺼내셨다. 얼어 있는 도다리의 껍질을 벗기고 회를 떠서 간장과 겨자를 찍어 먹었다. 맛은 독자들의 상상에 맡긴다.

외부인이 네네츠족과 함께 있을 수 있는 기간은 길어야 닷새라고 한다. 외부 사람에 대해 워낙 수줍음이 많아 5일이 지나면 극심한 스트레스를 받기 때문이다. 우리도 5일째 되는 날 헤어지기로 했다. 그런데 그동안 우리에게 한 마디 말도 없던 빌카 아저씨의 외삼촌이 갑자기 눈물을 주르르 흘렸다. 우리와의 이별이 섭섭한 것이었다. 무뚝뚝한 사람이 울면 더 슬픈 법이다. 그러더니 커다란 매머드 이빨이를 신물로 주겠다고 하셨다(지구온난화로 툰드라 지역의 동토가 녹으며 빙하기 때 묻힌 매머드의 유해가 종종 발견된다). 귀한 매머드의 상아를 준다니 욕심이 났지만 너무 커서 가져갈 수 없다고 하니 이번에는 바다코끼리 상아로 만든 순록 안장을 건넸다. 아저씨가 내게 줄 수 있는 최고의 선물이었을 것이다. 아저씨도 울고 나도 울었다.

가축 이야기

숲속의 순록 유목민, 차탄족

한때 우리 민족의 기원을 북극 순록 유목민에게서 찾으려는 움직임이 있었다. 즉, 한민족의 조상은 북극 툰드라에서 순록을 키우던 유목민이었는데 이들이 점차 남하해서 한반도까지 이르러 우리 민족을 이뤘다는 주장이다. 그 주장의 진위는 알 수 없지만 순록의 고향인 북쪽 툰드라에서 한참을 남쪽으로 내려온 지역에도 순록을 키우며 살아가는 소수 민족들이 있다. 몽골 북쪽의 차탄족이 대표적인데 이들이 어떻게 북극 툰드라에서 수천 킬로미터나 떨어진 곳에서 순록을 키우며 살게 됐는지에 대해서는 명확하게 알려져 있지 않다.

차탄족을 만나다

몽골 최북부, 러시아와의 국경 지역에 가면 크고 작은 호수들이 흩어져 있는 차강노르Tsagaan Nurr라는 곳이 있는데, 이는 몽골에서도 오지奧地로 손꼽히는 곳이다. 몽골어로 '차강'은 하얗다는 뜻이고, '노르'는 호수를 의미하니 '차강노르'는 하얀 호수라는 뜻이다. 차강노르 지역은 시베리아 타이가의 남방 한계선으로 울창한 산림지대로 유명하다. 그 숲속에 순록 유목민 차탄족이 살고 있다.

차탄족이 사는 차강노르와 인접한 곳에 있는 아름다운 호수 홉스굴Khövsgöl은 매년 6~7월이면 관광객들이 몰리는 명소로 유명하다. 이때가 되면 차탄족은 순록 몇 마리를 끌고 와 관광객과 사진도 찍고 순록 뿔로 만든 공예품을 팔기도 한다.

2016년 12월 중순, 차강노르를 찾았다. 영하 20~30도를 넘나드는 극한의 강추위였다. 현재 순수 차탄족은 약 200명에 불과한데다 가족 단위로 흩어져 살면서 계속해서 이동하기 때문에 그들을 만나기란 쉽지 않았다. 끝없이 넓은 산림에서 차탄족을 찾으려니 막막하기 그지없었다. 문자 그대로 '모래사장에서 바늘 찾기'였다. 더구나 숲에는 길을 물어볼 사람조차 없었다. 궁리 끝에 드론을 이용해 보기로 했다. 그렇게 드론을 날려 숲속 깊이 살고 있는 차탄족의 거주지를 발견할 수 있었다.

차탄족이 있는 방향을 겨냥하고 숲으로 들어갔지만 빽빽하게 우거진 산림 속에서 차탄족을 발견하는 것도 쉽지 않았다. 시베리아에서 넘어온 칼바람은 나뭇가지 사이로 매섭게 불어오고, 바닥에 쌓인 눈은 무릎까지 차올라 넘어지기 일쑤였다. 차탄족 찾기를 포기하고 돌아가려고 했지만 눈보라에 발자국이 지워져 길을 찾을 수가 없었다. 숲의 바다에서 길을 잃은 것이다.

그 추위에도 식은땀이 등을 적셨다. 이렇게 헤매다가 체력이 고갈되면 얼어 죽기 십상이었다. 그때 어디선가 개 짖는 소리가 들렸다. 개 소리가 그렇게 반가울 줄이야. 개 짖는 소리를 따라가 보니 숲속 조그

| 차탄족의 식사
남자들은 순록과 숲속 깊이 들어가고 여자와 아이들만 남아 있다.

마한 빈터에 나무를 얼기설기 세우고 순록 가죽을 두른 오르츠(네네츠 사람들의 춤과 같은 구조의 천막집) 몇 채가 띄엄띄엄 세워져 있는 것이 눈에 띄었다.

낯선 외부인의 방문에 개들이 맹렬하게 짖어대자 무슨 일인가 싶어 밖에 나온 사람들은 노인과 여자 그리고 어린아이뿐, 젊은 남성은 한 명도 볼 수 없었다(호구조사 결과 남자 노인 두명, 여자 네 명, 어린이 두 명으로 총 여덟 명이 있었다). 이야기를 들어 보니 젊은 남자들은 4백 마리가량의 순록을 끌고 산속 깊이 들어갔다고 했다. 그곳을 찾아갈 수 있느냐고 물었더니 여기서 70킬로미터 정도 떨어진 곳에 있으며, 자기들도 정확한 위치는 모르겠단다. 왜 그렇게 멀리까지 갔냐고 물어 보니 순록은 순록 이끼Reindeer Moss만을 먹는데 이 순록 이끼는 숲속 깊숙이

| 순록을 타고 가는 차탄족

들어가야 풍부하다고 한다. 보통은 먹이가 있는 곳으로 사람이 가축을
몰고 가지만 순록은 제 먹이가 있는 곳으로 사람을 데려간 셈이다.

순록은 다른 가축과는 완전히 다른 동물입니다. 반 야생으로 자
랍니다. 먹이(이끼)를 준비할 필요가 없고, 스스로 이끼를 찾아다
니며 먹는 반 야생의 동물입니다. 단지 약간의 소금만 준비하면
됩니다.

아주 옛날부터 차탄족은 순록을 키워 왔습니다. 몽골 사람들이 다
른 가축을 키우듯이 우리는 순록을 기릅니다. 차탄족은 순록 없이
이 땅에서 살 수 없습니다. 순록과 우리는 그런 관계죠.

- 부룹더르츠(차탄족 노인)

가축 이야기

대부분의 순록은 남자들이 숲속 깊이 데려갔지만 타고 다니는 용도로 남겨둔 순록 몇 마리가 주변을 돌아다니고 있었다. 보통 순록은 썰매를 끌게 한다. 툰드라에 사는 순록 유목민 네네츠족도 유명한 산타클로스 할아버지도 순록이 끄는 썰매를 탄다. 그런데 특이하게도 차탄족은 순록에 안장을 얹고 그 위에 올라탄다. 말처럼 직접 타고 다니는 것이다. 작은 덩치의 순록에 사람이 직접 탄 모습은 어딘지 어설프고 우스꽝스럽기까지 했다. 하지만 조금만 생각해보면 순록썰매는 툰드라같이 장애물이 없는 탁 트인 곳에서나 타고 다닐 수 있지, 차탄족이 생활하는 산림지대에서는 순록에 직접 올라타는 수밖에 없다. 게다가 순록은 덩치가 작아 말이 다닐 수 없는 울창한 숲에서도 나무 사이를 요리조리 피해 다닐 수 있다.

내게도 타 보라고 하기에 순록의 등 위에 올라탔는데 순록의 키가 작다 보니 발이 땅에 끌리고 흔들림도 심해 그리 훌륭한 탈것은 아닌 듯했다. 무엇보다 내 몸무게를 생각하니 순록에게 미안해 오래 타고 있을 수 없었다.

민폐를 끼치다

내가 어릴 때 어른들은 '밥때에 남의 집에 가지 말라'고 하셨다. 모두가 가난한 시절이라 식사 시간에 손님이 찾아오면 곤란했기 때문일 것이다. 그 오래된 가르침을 잊고 차탄족 마을에서 민폐를 끼쳤다. 밥때가 됐는데도 눈치 없이 있다 보니 함께 밥을 먹자고 했다.

염치 불고하고 식사 자리에 끼어들었다. 오래돼 거무스름하게 변한 순록고기와 밀가루를 함께 넣고 끓인 도배용 풀 같은 음식은 소박하다 못해 안쓰러울 정도였지만 이곳 어린아이들은 맛있게도 잘 먹었다. 나도 반신반의하며 먹어 보니 의외로 꽤 맛이 있었다. 한 그릇 더 먹고 싶었지만 맛있게 먹는 아이들을 생각해 참기로 했다.

오르츠 내부는 중앙에 있는 난로와 부엌살림 몇 가지 외에는 아무것도 없었다. 몽골 유목민도 살림이 단출했지만 차탄족은 그에 비한다면 아무것도 없는 무소유의 삶이었다. 그동안 이곳저곳 많이 다녀봤지만 이렇게 아무것도 없는 살림살이는 처음이었다.

차탄족의 종교는 샤머니즘이다. 마을의 중대사는 무당의 말을 듣고 결정한다는데 이들이 집 안에서 가장 소중하게 여기는 것은 '엉거드'라고 부르는 천 주머니로 그 안에 조상들의 신이 깃들어 있다고 믿는다. 한 번만 보여 달라고 부탁하자 한참을 망설이던 끝에 조심스레 엉거드를 내밀었다. 주머니에는 녹색, 흰색, 푸른색 등 색색의 천 조각이 들어 있었는데 이 천에 조상들의 영혼이 깃들어 있으며, 남자들은 절대로 손을 댈 수 없고 여자들만 만질 수 있다고 했다. 가장 큰 명절인 차강사르^{Tsagaan Sar}(하얀 달이라는 뜻으로 우리의 설날과 같은 명절)에는 이 엉거드를 꺼내 놓고 조상에게 제사를 지낸다니 우리 조상들의 신주단지와 흡사한 것이다.

> 이 주머니 안에 있는 천에는 신이 깃들어 있어요. 우리 집에는 녹색, 흰색, 파란색 천이 있는데 집집마다 색이 달라요. 빨간색, 검은색 천이 들어 있는 집도 있답니다.
>
> – 강토야(차탄족 여성)

밥도 얻어먹었으니 이제는 돌아가려는데 차탄족 아주머니 몇 명이 마을에 갈 일이 있다며 자동차를 태워 달라고 부탁했다. 몽골 정부는 점점 인구가 줄어드는 차탄족을 보호하기 위해 약간의 보조금을 지급하고 있는데 그 돈을 받으러 가야 한다는 것이었다.

우리 촬영팀이 타고 다니는 차는 러시아에서 군용으로 만든 '푸르공'이라 부르는 네모난 식빵처럼 생긴 자동차로 엄청나게 힘이 세고 튼튼해 못 가는 곳이 없다. 하지만 단단하게 잘 만들었을 뿐 사람이 타는 이동 수단이라는 것은 깜빡하고 만들었다는 전설적인 자동차. 직접 타 보면 그 진가를 알 수 있을 것이다.

사람을 위한 편의 시설 따위는 전혀 없고 오직 잘 달리기만 하는 자동차다. 당연히 히터도 없어 자동차 안과 밖의 온도가 거의 같아 '자연 친화형 자동차'가 따로 없다. 기온이 영하 30도쯤 내려가면 몸이 오그라들며 줄어드는 것 같은 느낌이 든다. 잔뜩 몸을 웅크리고 떨고 있는데 뒤에 앉은 차탄족 아주머니 한 분이 창문을 열자고 했다. 이유는 차 안이 너무 덥다는 것이다. 외투는 이미 벗어버린 채였다.

양과 염소

　　가축의 대표를 뽑는다면 어떤 동물이 선정될까? 조류인 닭을 제외한다면 전 세계 어디서나 가장 널리 기르는 가축은 아마도 양과 염소일 것이다. 양의 조상은 야생 양의 일종인 무플론이며, 염소의 조상은 야생 염소 베조아르^{Bezoar}로 지금도 이란, 이라크 등의 중동지역에 서식하고 있다. 양과 염소는 개 다음으로 가축화가 빨리 이루어졌다는데 비옥한 초승달 지대로 불리는 이라크 지역에서 처음 가축화된 것으로 알려져 있다. 가축화가 된 후, 양과 염소는 전 세계로 퍼져나갔다. 몽골의 초원지대, 히말라야와 파미르의 고산지대, 황량한 고비사막, 남아메리카의 안데스, 호주의 초지, 아프리카의 사바나까지 지구상에 양과 염소가 없는 곳은 없다. 양과 염소는 비슷하면서도 많이 다른 동물이다. 양은 말 그대로 온순한 동물로 자기들끼리 싸우거나 사람에게 반항하는 경우가 거의 없고 심지어 도살을 당할 때도 순종적이다. 반면에 염소는 반항적이며 고집도 세다. 둘은 선호하는 장소도 다른데 양은 평평한 평지를 좋아하지만 염소는 바위산같이 험한 곳도 잘 올라간다.

| 어린 염소를 안고 있는 몽골 어린이
가축은 유목민 어린아이들의 놀이 친구다.

같이 있어야 행복한 친구들

한 가지 재미있는 사실은 아주 오래전부터 유목민은 양과 염소를 따로 기르지 않고 함께 섞어 길렀다는 것이다. 성경(신약성경 마태복음 25장)에도 양과 염소가 함께 등장하는 장면이 있다. 예수가 재림할 때 인간을 양과 염소로 나눠 심판하는데 여기에서 양은 의로운 사람을, 염소는 악인을 상징한다. 그 당시에도 양이 염소보다 성품이 좋다고 여겼다는 것을 짐작할 수 있다. 유목민이 양과 염소를 같이 기르는 데는 여러 가지 현실적인 이유가 있다.

우선 양과 염소는 먹이 습관부터 다른데, 양은 주로 땅 위로 뻗어 있는 식물의 윗부분을 잘라 먹지만, 염소는 식물의 가지나 땅속에 박혀 있는 뿌리까지도 먹는다. 그래서 양과 염소를 같이 기르면 초지 이

| 새끼들과 헤어져 초원으로 가는 어미 양과 염소

용의 효율성을 높일 수 있다. 다만 기후변화와 함께 과다한 가축의 방목이 초원의 사막화를 초래하는 커다란 원인으로 꼽히는데, 특히 식물의 뿌리 부분까지 알뜰히 파먹는 염소가 더 큰 문제를 일으킨다.

양과 염소는 이동하는 속도에도 차이가 나는데, 염소는 빨리 앞으로 나가려 하고 양은 한곳에 오래 머무르려고 해 둘을 섞어 놓으면 양이 염소가 뿔뿔이 흩어지는 것을 막아 준다. 반대로 양들만 모여 있다면 이동하지 않고 한곳에만 머무르는 문제가 생기는데, 이때는 염소가 나서서 양이 새로운 곳으로 움직이도록 유도한다. 서로 성격이 다른 두 가축을 한데 섞어 놓음으로써 너무 빠르지도, 너무 느리지도 않은 적당한 속도로 이동하면서 풀을 뜯게 하는 유목민의 지혜를 엿볼 수 있다.

양과 염소는 궁합이 잘 맞는 동물이에요. 추운 겨울에는 양이 털이 많으니까 그 사이에 염소들이 끼어 있으면 따뜻하게 지낼 수 있죠. 염소들끼리만 있으면 추위를 많이 타요.

- 다우가(몽골 유목민)

이산가족 상봉

유목민은 가축이 이른 봄에 새끼를 낳도록 출산 시기를 조절한다. 봄에 태어난 새끼는 여름과 가을을 보내면서 어느 정도 자라고 살도 통통히 올라 다가오는 혹독한 겨울을 넘길 수 있기 때문이다. 그래서 봄의 몽골 초원은 양과 염소의 새끼들로 넘쳐난다. 푸른 초원에서 한가로이 풀을 뜯는 어미 양과 새끼의 평화로운 모습은 옛날 이발소마다 걸렸던 그림과 똑같다. 하지만 실제로 이런 모습을 보기는 어렵다. 양, 염소의 어미와 새끼는 아침마다 눈물의 생이별을 하기 때문이다.

어미와 새끼가 온종일 함께 있으면 어미가 새끼에게 젖을 먹이느라 정작 자신은 먹이를 제대로 먹지 못해 허약해진다. 그래서 아침마다 사람들은 어미를 새끼에게서 떼어 내 멀리 끌고 나가는데 새끼를 두고 가는 어미도, 홀로 남겨진 새끼도 "메에, 메에" 슬프게 울어 댄다. 그럴 때면 넓은 초원이 양과 염소의 울음소리로 가득 찬다. 그 모습을 볼 때마다 뜬금없게 6·25때 불렀다는 노래 〈눈물의 미아리고개〉가 생각나곤 했는데 가사 중에 '뒤돌아보고 또 돌아보고 맨발로 절며, 절며 끌려가신 이 고개여. 한 많은 미아리 고개' 이 부분이 어미와 새끼의 이별 장면을 너무도 정확히 표현한 것 같다.

그토록 슬픈 이별을 했으면 온종일 아무것도 먹지 않고 서럽게 울기만 해야 할 텐데 초원으로 나오자마자 어미들은 너무도 맛있게 풀을

| 어미와 새끼 염소

뜯어 먹어 조금 전의 슬픈 이별은 연극이 아니었나 하는 생각이 들 정도다. 남겨진 새끼들도 마찬가지다. 장난을 치며 노느라 정신이 없다.

초원이 어둑어둑해지면 사람들은 어미 무리를 몰아 집으로 돌아간다. 집에 가까이 가면 또다시 어미들이 슬픈 표정을 짓고는 울어대기 시작하고 그 소리를 들은 새끼들도 미친 듯이 어미를 부르며 울어댄다. 수백 마리의 어미가 새끼를 향해 달려가면서 피어나는 엄청난 먼지와 어미와 새끼가 서로를 찾아대며 울어대는 "메에, 메에" 소리로 초원은 아수라장을 이룬다. 매일 저녁 벌어지는 이산가족의 눈물겨운 상봉이다.

놀라운 사실은 수백 마리의 어미와 새끼가 뒤엉킨 북새통 속에서도 어미는 정확히 제 새끼를 찾아 젖을 물린다는 것이다. 가끔 제 새끼가 아닌 엉뚱한 녀석이 젖을 달라고 다가오면 냉정하게 뿌리치고 심하게는 머리로 받아 버리기도 한다. 그렇게 초원의 하루가 간다.

가축 이야기

어미 양과 염소는 목소리를 듣고 새끼를 찾아요. 그다음에 냄새를 맡아 확인하고 젖을 먹인답니다.

– 블러르마

양의 고기, 염소의 털

인간이 양과 염소를 기르기 시작한 것은 고기를 얻기 위해서였다. 인간이 먹을 수 없는 풀을 먹고는 질 좋은 고기를 생산하는 양과 염소는 인간에게 최고의 가축이었을 것이다. 우리나라에서는 양고기 특유의 냄새 때문에 싫어하는 사람이 많지만 대부분의 유목민은 양고기를 가장 좋아하고, 또 가장 많이 먹는다. 유목민에게 고기란 일반적으로 양고기를 의미한다.

다섯 가지 보물 중에 제일 좋은 고기는 양고기예요. 또한 제일 맛있는 고기죠. 나도 나이든 사람이라서 양고기를 가장 즐겨 먹어요. 겨울에는 말고기, 소고기도 먹고요.

– 다우가

결혼식이나 차강사르 같은 잔치 때면 양 한 마리를 통째로 올리는데 특별히 좋은 양을 골라 올려요. 좋은 양은 엉덩이가 큰 양이에요.

– 츠등이시(몽골 유목민)

몽골인은 양, 염소, 말, 소, 낙타를 다섯 가지 보물이라고 한다. 몽골의 경우 전통적으로 염소보다는 양을 많이 길렀는데 요즘은 염소를 기르는 사람들이 늘어나고 있다. 이유는 염소의 속 털인 캐시미어 때문이다. 캐시미어는 매우 부드럽고 따뜻해 고급 옷감으로 인정받으며 꽤 비싼 가격으로 팔린다. 이른 봄에 몽골에 가 보면 염소를 빗질하며 캐시미어를 모으는 모습을 쉽게 볼 수 있다.

> 염소에서 캐시미어를 빗어 내어 팔아요. 우리에게 가장 큰 수입이죠. 양은 주로 고기로 먹어요. 양의 캐시미어는 값이 싸서 쓸모가 별로 없어요.
>
> – 블러르마

한때는 더 중요하던 것이 시간이 지나며 덜 중요해질 수도 있고, 그 반대의 경우도 생긴다. 가축도 마찬가지다. 예전에는 무척 중요하게 여겼던 가축이 관심에서 소외되기도 하고, 반대로 별 볼 일 없던 가축의 몸값이 치솟기도 한다. 미래에는 어떤 가축이 가장 사랑받을지 궁금해진다.

가축 이야기

사치스러운 음식, 젖과 고기

| 돼지고기를 먹고 있는 다니족 어린이

동물의 살, 고기

'고기'라는 단어를 사전에서 찾아보면 '먹을거리로 쓰는 온갖 동물의 살'이라고 설명한다. 처음에 인류는 사냥으로 고기를 얻었다. 약 2만 년 전의 구석기인이 그렸다는 스페인의 알타미라나 프랑스의 라스코에 있는 동굴벽화에는 들소나 야생마, 사슴 같은 야생동물이 주로 등장한다. 사냥의 성공을 기원하며 그린 것이라 전해진다. 사냥꾼의 창에 찔려 죽어가는 들소 그림은 지금 봐도 박력이 넘치고 생생하다.

하지만 사냥은 어렵고 위험한 일이다. 야생동물은 인간과는 비교가 안 될 정도로 감각이 예민하고 빠르며 강하기 때문이다. 오히려 사냥하던 인간이 야생동물에게 반격을 받아 죽임을 당하기 일쑤였을 것이다. 돌로 만든 엉성한 창이나 도끼 하나 들고 들소를 사냥해야 한다고 상상해 보자. 나라면 시도조차 못 할 것 같다. 차라리 고기를 먹지 않는 쪽을 택할 것이다.

라스코 동굴벽화에도 들소 사냥을 하다 죽임을 당한 사람의 모습이 그려져 있는데 그는 새가 되어 하늘로 날아간다. 아마도 구석기 사람들은 사람이 죽으면 새가 된다고 생각했던 것 같다. 사냥은 목숨을 걸어야 할 만큼 위험했지만, 인간은 고기를 얻기 위해 기꺼이 목숨을 걸었다. 그만큼 인간에게 고기는 소중했기 때문이다.

사냥은 어렵다

현대에 들어서도 여전히 사냥은 어렵다. 몽골과 키르기스스탄에서 몇 차례 사냥을 따라가 본 적이 있다. 시작은 그럴듯하다. 사냥꾼 여럿이 모여 작전 회의를 하고는 말을 타고 폼나게 출발하는데 그 위풍당당한 모습을 보면 금방이라도 사냥에 성공할 것 같지만 현실은 전혀 그렇지 않다.

늑대를 사냥하는 장면을 촬영하기 위해 몽골 중앙에 있는 아르항가이 지역에 갔을 때의 일이다. 근방에서 가장 유명하다는 사냥꾼 아저씨를 따라다녔는데, 일단 첫 번째 사냥은 실패였다. '다음에는 성공하겠지' 하고 기대했지만 또 실패였다. 그래도 '삼세번이지'라고 인내심을 발휘했지만 이번에도 실패하고 말았다. 그리고 '마지막으로 한 번만 더' 하고 고대했지만 역시 실패, 우리는 그 사냥꾼 아저씨를 '헛방 아저씨'로 불렀다. 총으로도 이렇게 사냥이 어려우니 변변한 사냥 도구도 없었던 우리 선조들에게 고기는 먹어 보기 힘든 음식이었을 것이다.

가축 이야기

강원도의 멧돼지 사냥

약 20년 전, 강원도 오대산의 한 산골 마을에서 멧돼지 사냥 이야기를 들은 적이 있다. 예전에 강원도 산골 마을에서는 겨울철에 하는 사냥이 중요한 단백질 공급 방법이었단다.

눈이 적어도 50~60센티미터는 쌓여야 비로소 사냥이 시작되었고, 동네 장정들은 눈 위에 찍힌 발자국을 따라 멧돼지를 몰아간다고 했다. 멧돼지는 다리가 짧아 눈이 많이 쌓인 곳에서는 재빨리 도망가지 못하고 허우적대기 때문이다. 운이 좋으면 바로 사냥에 성공하기도 하지만 멧돼지 몰이는 대부분 며칠씩 계속됐다고 한다.

몰이를 하다 날이 저물면 사람들은 마을로 내려가 휴식을 취하고는 다음 날 다시 산에 올라 돼지를 몰기 시작한다. 온종일 사람들에게 쫓긴 멧돼지는 지쳐서 멀리 도망가지 못하고 부근에 숨어 있거나, 설령 도망을 간다 해도 눈 위에 발자국을 남기기 마련이라 어렵지 않게 추적할 수 있었다고 한다. 이렇게 며칠씩 추적이 지속되면 멧돼지는 쫓기느라 먹지도 쉬지도 못해서 지칠 대로 지친 상태가 되어 사람이 가까이 다가가도 도망가지 못하고 자포자기 상태가 된다. 그러면 이제 사냥의 마무리에 다다른 것이다. 가까이 접근해 창으로 일격을 가해야 하는데 멧돼지는 정면으로 찌를 곳이 마땅치 않아 약간 비스듬히 찔러야 했단다. 이때 제일 먼저 멧돼지 몸에 창을 찌른 사람을 선창이라 하고 이어 재창, 삼창이라 불렀다고 한다.

멧돼지를 잡으면 선창을 한 사람은 보너스로 머리와 쓸개(멧돼지에서 가장 비싼 부위가 쓸개란다)를 가질 수 있었고, 재창을 한 사람은 엉덩이 부분을, 삼창을 한 사람은 뱃살을 가져갔다고 한다. 그리고 나머지 부위는 사냥에 참가한 모든 사람에게 공평하게 돌아갔다고 한다. 그리고 그날은 강냉이 술에 멧돼지고기로 푸짐한 마을잔치를 했다는데 무척이나 흥겨웠을 것이다. 고기와 술이 있으면 사람은 행복하다.

곰도 잡았다고요

지금이야 곰이 천연기념물로 너무 귀한 몸이 되어 사냥이란 상상도 못할 일이지만 옛날에야 그저 눈에 띄면 잡는 게 일이었다고 한다. 곰 사냥도 멧돼지 사냥과 비슷하게 했다는 것이다.

한번은 곰 한 마리가 강원도 설악산에서 도망치기 시작해 오대산을 거쳐 충청도 소백산까지 갔다가 다시 오대산으로 올라와 결국은 잡혔단다. 어림잡아 계산해도 100킬로미터가 훨씬 넘는 엄청난 거리다. 그런데 문제는 곰이 도망가는 곳마다 동네 사람들이 사냥 대열에 붙다 보니 나중에는 거의 백 명이나 되는 사람들이 곰을 쫓았다는 것이다. 그때 곰 사냥을 따라갔다는 할아버지 한 분이 결국 곰을 잡긴 잡았는데 나눌 사람이 백 명이나 되다 보니 고기를 한 주먹씩밖에 받지 못했다며 껄껄 웃었다.

'우리나라의 사냥은 발로 했구나'라는 생각을 했던 기억이 난다. 아무튼 사냥으로 고기를 얻기는 힘들었을 것이다. 이 곰 사냥 이야기는 멀리 떨어진 다른 산골 마을에서도 들을 수 있었다. 그 당시 꽤 유명한 사건이었던 모양이다.

가축 이야기

고기도 먹어 본 놈이 잘 먹는다

가축을 기르며 인간에게는 큰 변화가 생겼다. 가축을 통해 위험 부담 없이 안정적으로 동물의 살인 고기를 공급받게 된 것이다. 인간이 가축을 기른 가장 큰 이유다. 우리 민족에게 고기는 익숙한 음식이 아니었다. 고기를 싫어해서가 아니라 먹을 기회가 없었기 때문일 것이다. 우리 민족이 지금처럼 고기를 쉽게 먹을 수 있게 된 것은 1980년대 이후부터라고 한다. 기억을 더듬어 보면 내가 어린 시절인 1960~1970년대만 해도 고기를 먹었던 기억은 별로 없다. '고기도 먹어 본 놈이 잘 먹는다'는 말처럼 고기 좀 먹어 본 유목민들은 고기를 잘 먹는다. 예전에 우리나라에서 식사 후 밥그릇에 밥풀이 붙어 있으면 어른들에게 혼났듯 몽골의 어린이들도 고기를 깨끗이 발라 먹지 않으면 어른들에게 꾸중을 듣는다.

아장아장 걷는 어린아이가 고사리 같은 손으로 야무지게 고깃덩이를 움켜쥐고 구석구석 마지막 한 점까지 깨끗이 발라 먹는 모습은 무척이나 귀엽다. 몽골 사람들은 고기를 발라 먹고 남은 뼈도 버리지 않고 쪼갠 후에 뼈 안에 배어 있는 골수까지 알뜰하게 빼 먹는데, 골수가 제일 맛있단다. 이때 '마초' 기질이 있는 젊은 친구들은 도구를 사용하지 않고 주먹으로 뼈를 쪼개는데, 단번에 성공해야 어른 대접을 받는다고 했던가, 아니면 미인을 얻는다고 했던가, 어떤 이유가 있었던 것 같다.

그렇게 골수까지 모두 빼 먹은 뼈는 그제야 개의 차지가 되는데 "오도독, 오도독" 소리도 맛있게 조그만 조각까지 남김없이 먹어 치운다. 그러니 남는 게 하나도 없다. 죽임을 당한 가축에 대한 최소한의 예의라는 생각이 들었다.

　반면에 고기를 먹는 것이 서툰 우리는 아무리 깨끗이 발라 먹어도 나중에 보면 뼈 여기저기에 살점이 붙어 있곤 했다. 집주인이 볼까 싶어 주머니에 감춰 두었다가 슬쩍 개에게 주곤 했는데, 그럴 때면 개는 난데없는 횡재라는 듯 순식간에 달려들었다. 그런 일이 몇 번 있고 난 후 개들은 우리를 보면 '손님들 사랑해요. 오래오래 있다 가세요'라는 듯 꼬리를 흔들었는데, 아무리 봐도 제 주인보다 우리를 더 좋아하는 눈치였다.

도축

우리는 거의 매일 고기를 먹는다. 우리나라는 소량이라도 고기가 들어가지 않은 음식은 찾기 어려워 채식주의자들이 생활하기 어렵다고 하니 고기를 먹기보다 안 먹기가 힘든 셈이다. 고기를 얻으려면 동물을 죽여야 하므로 고기와 도살은 뗄 수 없는 관계다. 가축의 비명 소리, 죽어가는 몸부림, 흐르는 피, 바로 도축의 풍경이다.

살아 있는 생명을 죽이는 일은 그 누구도 결코 하고 싶어 하지 않는다. 고기는 먹고 싶지만 손에 피는 묻히기 싫었던 사람들은 그 일을 다른 사람에게 맡겨 버렸다. 그래서 우리는 가축이 아닌 고기만을 접할 뿐이다. 나 역시 늘 고기는 먹지만 고기를 만들어 본 적은 없다. 누가 내게 살아 있는 닭을 준다면 아마도 먹지 않는 쪽을 택할 것이다. 물론 조금만 굶으면 생각이 바뀔 게 분명하지만 말이다.

도축의 기술

우리 조상들도 도축에는 서툴렀다. 고려 시대, 중국 송나라에서 사신으로 왔던 서긍徐兢이라는 사람이 남긴 기록이 있다.

> 고려는 부처를 섬겨 살생을 경계한다. 도살을 좋아하지 않아 사신이 온 경우에만 양과 돼지를 잡는다. 이를 잡을 때는 네 발을 묶어 타는 불에 던져 숨이 끊어지고 털이 없어지면 물로 씻는데 이를 요리하면 냄새가 고약해 먹기 힘들다.
>
> ―『선화봉사고려도경宣和奉使高麗圖經』

이 말대로라면 양이나 돼지를 산 채로 불에 던지는 방법으로 도살을 했다는 것인데 모르긴 해도 이렇게 고약한 방법을 이용했을 것 같지는 않다. 아마도 단번에 가축의 목숨을 완벽히 끊지 못해 숨이 붙어 있는 상태에서 불에 넣은 걸 보고 서긍이 오해를 했던 것이 아닐까 싶다. 어쨌든 우리 조상들이 도살에 별 소질이 없었던 건 사실인 것 같다.

고려 시대의 우리 조상들처럼 어설프게 도살을 해서 요리를 한다면 고기에서 굉장히 역한 냄새가 날 것이 틀림없다. 하지만 도살에 서툰 것은 우리나라 사람만이 아니다. 히말라야 돌포의 셰이 곰파Shey Gompa(수정사원)를 찾아갈 때의 일이다. 무거운 촬영 장비를 지고 일주일 이상 걸어 해발 5,100미터의 캉라 고개를 넘어야 하는 힘든 여정이었다. 고생하는 포터들에게 염소 한 마리를 사 주었는데, 문제는 네팔인 포터들도 염소를 제대로 잡지 못하고 쩔쩔매고 있었던 것이다. 그 모습은 '염소야 제발 죽어줘. 부탁이야' 하며 사정하는 것 같았다. 결국 억지로 염소를 죽이고 요리를 만들었다. 네팔인 요리사는 프라이팬에 기름을 두르고 염소 고기를 볶았는데 특별히 우리에게는 가장 연한 부위라며 심장과 콩팥을 나눠 주었다. 처음에는 의아해했지만 다른 부위를 먹어본 후 깨달았다. 고기가 너무 질겨서 고무를 씹는 듯 아예 이도 들어가지 않았던 것이다. 힘든 길을 걸어온 뒤라 고기가 너무 먹고 싶었지만 역한 냄새가 심하게 나서 제대로 먹을 수 없었다. 고기의 맛은 도축 과정에서 결정된다고 한다.

단번에, 고통 없이

가축에 관한 프로그램을 촬영하며 세계 곳곳에서 도살하는 장면을 여러 번 목격했는데 그 방법은 문화에 따라 굉장히 다양했다. 파푸아의 원시 부족인 다니족은 경조사 때 돼지를 잡는데, 도살하는 방법이 무척이나 야성적이었다. 여럿이서 돼지를 들어 올려 배 쪽이 드러나게 하고는 심장에 활을 쏘는데 그때 화살에 맞은 돼지는 바로 죽지 않고 "꽥꽥" 비명을 지르며 한참을 뛰어다니다 숨이 멎었다. 지금도 파푸아의 원주민은 활과 화살로 멧돼지를 사냥한다니 도축도 사냥의 연장으로 여기는 모양이다.

중앙아시아의 무슬림인 카자흐족이나 키르기스족의 도살 방법은 조금 더 살벌했다. 알타이에서 카자흐족이 양을 잡는 장면을 본 적이 있는데, 먼저 서쪽을 향해 신에게 감사의 기도를 했다. 그리고 이유는 알 수 없지만 도살할 양에게 물을 먹이고는 날카로운 칼로 목 부위의 경동맥을 잘라 피를 완전히 뺀 후 해체했다 말과 같이 커다란 동물노

| 다니족의 돼지 도축 장면

마찬가지 방법으로 도살하는데 그 광경을 지켜보는 것은 끔찍한 일이었다. 한 가지 의아한 점은 똑같은 생명인데도 작은 동물의 죽음을 지켜볼 때는 무덤덤했지만 큰 동물이 죽는 모습은 끔찍하게 느껴졌다는 것이다.

양을 도축할 때 피를 완전히 빼는 것은 피를 먹지 말라는 이슬람의 종교적인 이유에서 시작됐다고 한다. 그리고 또 한 가지, 도살 과정에서 동물의 피를 완전히 제거하면 고기에서 잡냄새가 나지 않는다고 한다. 비록 도살 과정은 끔찍했지만 그날 얻어먹었던 양고기는 잡냄새가 나지 않았고 무척이나 연하고 맛있었다.

무슬림도 가축을 도살할 때 가장 중요하게 여기는 것은 죽임을 당하는 가축의 고통을 최소화하는 것이라고 한다. 그래서 가능하면 칼을

가축 이야기

예리하게 갈고 순간적으로 급소를 가격해 불필요한 가축의 고통을 줄인다. 생존을 위해 어쩔 수 없이 가축을 죽여야 하지만 유목민에게 가축은 가족과 같이 소중한 존재이기 때문이다.

> 가축을 도살할 때 고통을 덜어주는 게 가장 중요합니다. 그러기 위해 먼저 칼날을 날카롭게 준비하고, 양의 목에 있는 동맥을 한 번에 재빠르게 잘라야 합니다. 재빠르게 목에 있는 동맥을 잘라야만 가축이 바로 정신을 잃어 고통을 느끼지 못합니다. 그렇게 하지 않으면 가축이 계속 움직이게 되고 고통을 많이 느끼게 됩니다. 예리한 칼로 목의 동맥을 정확하게 자르는 것이 가장 중요합니다.
>
> - 키르기스 유목민

고기를 얻는 일

도살당하는 가축의 고통을 줄이기 위해서는 가능하면 신속하고 정확하게 목숨을 끊어야 하는데 이런 면에서는 몽골 유목민이 최고의 기술자라고 할 수 있을 것이다. 몽골 유목민에게는 도축을 할 때 지켜야 할 규칙이 여럿 있다. 예를 들면 해가 지고 난 후나 비 오는 날에는 절대로 가축을 죽여서는 안 된다. 또한 도축 과정에서 가축의 비명이 나거나 바닥에 피를 흘려서도 안 된다.

특정한 날은 가축을 잡아서는 안 되는데, 이는 달력에도 표시되어 있을 만큼 중요한 날로 그날은 도축은 물론 가축을 팔지도 않는다. 도

| 몽골의 도축 장면
도축은 유목민이 반드시 배워야 하는 기술이다.
어린이도 도축을 도우며 기술을 익힌다.

살 방법 또한 무척 독특하다. 양과 염소를 잡을 때는 땅에 눕히고 명치 부분을 예리한 칼로 조금 베어 가른 후 그 안으로 손을 집어넣는다. 정확히 어느 부위를 끊는지는 모르겠지만 척추를 지나는 신경을 끊어 버리는 것이다. 잠시 후면 가축의 숨이 끊어지는데 이때 한 손으로 주둥이를 꽉 쥐어 소리가 나지 않도록 해야 한다.

이때 남자 아이들은 아버지의 일을 도우며 도축 기술을 익힌다. 유목민에게는 생존에 필수적인 기술이기 때문이다. 몽골에서는 고기를 사 먹는 도시 사람들도 양을 잡을 줄 알아야 한다고 말한다. 양을 잡을 줄 모르는 남자는 신랑감으로 자격이 없다고 여길 정도다.

가축의 숨이 멎으면 바로 가죽을 벗기고 해체를 하는데 30분이면 완전히 고깃덩어리로 변한다. 소나 말, 야크 같은 큰 가축을 도살할 때는 먼저 눈을 가리고 정수리를 쳐서 기절시킨 후 경동맥을 잘라 피를 빼내 숨을 끊는다. 조금이라도 가축의 고통을 줄여 주려는 것이다.

EBS 다큐프라임 〈가축〉을 촬영하며 도축 장면을 여러 번 보게 되었다. 그 과정을 보며 느낀 점이 있었는데 우리가 먹는 고기는 원래부터 먹기 좋게 부위별로 포장된 상품이 아니라 한때는 우리처럼 호흡하며 살아 움직이는 생명이었다는 사실이다. 물론 그 과정을 우리 모두 자세히 알고 있을 필요는 없겠지만 그래도 한 번쯤은 고기가 어디에서 왔는지에 대해서는 생각해 볼 필요가 있을 것이다.

파푸아에서 돼지의 운명

인간은 몇 가지 목적을 가지고 가축을 기른다. 소의 경우에는 농사를 짓는 데 이용하고, 젖과 고기를 먹으며, 마지막에는 가죽까지 이용한다. 양과 염소도 털과 가죽을 이용하고 젖과 고기를 먹는다. 말은 주로 이동 수단으로 이용하지만 젖으로 유제품을 만들고 마지막에는 고기를 먹는다. 툰드라에 사는 네네츠족은 순록가죽으로 만든 집에서 순록고기로 만든 음식을 먹고 순록썰매를 타고 다닌다.

그런 면에서 돼지는 특별한 가축이다. 돼지는 다른 목적 없이 오직 고기를 얻기 위해 기른다. 돼지에게 쟁기를 끌게 하거나 돼지를 타고 다니거나 돼지털로 옷을 만들어 입지 않는다. 돼지는 오직 고기다. 게다가 돼지는 식성이 까다로운 동물이다. 소나 말, 양과 염소 같은 가축은 풀만 먹고도 살 수 있지만 돼지는 곡물을 먹어야만 한다. 그런 면에서 인간과 거의 비슷한 식성을 가지고 있으며, 인간과 돼지 모두 못 먹는 게 없다는 공통점이 있다.

중동의 유대교나 이슬람문화에서 돼지는 불결한 동물로 간주되어

가축 이야기

고기를 먹지 않는다. 구약성서의 레위기에는 '짐승 중 무릇 굽이 갈라진 쪽발이면서 새김질을 하는 것은 너희가 먹어도 좋다'고 함으로써 먹을 수 있는 동물을 규정하고 있는데, 돼지는 되새김을 하지 않으므로 먹을 수 없는 동물로 분류된다. 돼지에 대해 이와 같은 터부가 생긴 이유는 곡물을 먹어야 하는 돼지의 식성과 관련이 있다는 주장도 있다. 중동지역은 건조한 기후 때문에 예로부터 곡물 생산이 어려웠는데, 사람이 먹기에도 부족한 곡물을 돼지에게 먹여 기르는 것은 경제적이지 않다는 점이 돼지에 대한 금기를 낳았다는 것이다. 굽이 갈라지고 되새김을 하는 소나 양 같은 동물은 풀이나 나뭇잎만을 먹고도 고기를 공급할 수 있었기에 이런 가축을 기르는 것이 훨씬 합리적이었을 것이다.

멧돼지고기

쉽게 예상할 수 있듯, 돼지의 조상은 멧돼지로 아시아, 유럽, 아프리카에 걸친 광범위한 지역에 서식한다. 돼지는 중국과 유럽, 동남아시아 등에서 동시에 가축화가 진행됐다고 한다. 사람들이 가진 고기에 관한 오해 중의 하나는 야생동물의 고기가 맛있을 것으로 여긴다는 것이다. 멧돼지고기는 여러 번 맛보았는데 압력솥에 몇 시간을 삶았는데도 고기는 무척 질겼고, 비계는 마치 셔벗처럼 서걱거렸으며, 잡냄새까지 나서 먹기 힘들었다. 야생동물은 아무리 요리를 잘해도 특유의 잡냄새를 제거하는 것이 좀처럼 쉽지 않다.

가축은 인간들이 이용하기 위해 오랜 시간 지속적으로 개량한 품종이다. 당연히 맛이 있는 녀석들만 선택해 교배를 시켰을 테니 집대

지가 멧돼지보다 맛이 있을 수밖에 없다. 그러니 어디 가서 야생동물을 먹겠다는 생각은 하지 않는 편이 나을 것이다.

돼지의 섬, 파푸아

파푸아는 돼지를 가장 소중히 여기는 곳이다. 오스트레일리아 대륙의 북쪽, 태평양에 있는 세계에서 네 번째로 큰 섬인 파푸아뉴기니는 동쪽의 독립국인 파푸아뉴기니와 서쪽의 인도네시아령 파푸아로 나뉜다. 이 섬은 불과 100년 전까지만 해도 외부에 거의 알려지지 않았던 곳으로, 인류 문명의 원형을 탐구하는 인류학자들에게 많은 영감을 준 곳이다. 얼마나 고립된 생활을 해 왔는지 심지어 1960년대까지도 식인 풍습이 일부 남아 있었다고 한다.

우리는 인도네시아령의 파푸아를 방문했다. 파푸아 원주민들은 비교적 선선한 섬 중앙의 해발 1,700~1,800미터의 고지대에서 주로 생활한다. 바다와 접한 저지대는 열대 밀림으로 덮여 있고, 길 자체가 없어 육로로 원주민이 사는 곳까지 접근하기란 불가능에 가깝다. 열대 밀림을 녹색의 지옥이라고 부르는데, 밀림에 한번 들어가 보면 그 말이 빈말이 아님을 실감할 수 있다. 가만히 있어도 땀이 줄줄 흐를 만큼 엄청나게 덥고 습한데다 온갖 식물의 줄기와 덩굴, 그리고 가시가 빽빽이 들어차 한 걸음을 내딛기도 어려웠다. 파푸아를 가려면 비행기를 이용하는 수밖에 없는데 지금도 무척이나 가기 힘든 곳이다. 인도네시아의 수도 자카르타에서 비행기를 두 번 갈아타고서야 파푸아섬의 중앙에 있는 와메나Wamena에 도착했다. 도시 이름인 와메나부터 돼지를 의미할 만큼 돼지는 이곳 사람들에게 중요한 가축이다.

파푸아 사람들

파푸아 원주민은 검은 피부와 곱슬머리로 무척 강인한 인상을 풍긴다. 오랜 세월 부족 단위로 흩어져 살았다고 하며, 주변의 다른 부족과는 거의 교류가 없었다고 한다. 믿기 힘든 이야기지만 얼마나 고립된 생활을 했는지 불과 수 킬로미터 떨어진 이웃 부족과도 말이 통하지 않을 정도였다고 한다.

이들의 전통 복장은 지극히 간단해서 몇 가닥의 줄로 중요 부분만을 가리고 거의 나체로 생활하는데 특히 성인 남성들은 '코테카'라는 나무로 만든 깔때기를 성기에 끼우고 다닌다. 하지만 이제는 이런 전통 복장으로 다니는 사람은 거의 볼 수 없다.

파푸아 사람들의 가장 인상적인 모습은 어른이나 아이나 남자나 여자나 모두가 독한 담배를 입에 물고 다니는 것이었다. 심지어는 코흘리개 아이까지 줄담배를 피우는데 우리에게 담배 한 개비만 달라고 요구하는 모습은 안쓰러울 지경이다.

파푸아 원주민은 전통적으로 초가집을 짓고 살아왔다. '필라모스'라고 부르는 조상신을 모신 집을 가운데 두고 그 양쪽으로 길쭉한 형태의 장옥長屋을 짓고 사는데 한쪽 편은 남자의 집, 다른 쪽은 여자의 집이다. 남성과 여성의 공간은 구분되어 있으며 특히 남성이 거주하는 집에 여성이 출입하는 것은 엄격히 금지되어 있다. 심지어 밥을 먹을 때는 여성이 생활하는 집에서 음식을 만들어 어린 남자아이를 시켜 성

| 다니족의 전통가옥

여성용 초가집으로, 굴뚝이 없어 실내에서 불을 피우면 지붕으로 연기가 나온다. 집주인에게 물어보지는 못했
지만 보기에는 운치가 있었다. 요즘에는 지붕을 양철로 만든 집이 보급되어 파푸아에서도 초가집은 보기 힘들
다. 우리나라의 새마을 운동이 생각났다.

인 남성의 집에 전달해 준다. 이렇게 남자들끼리 모여 생활하는 이유
는 예전에 이웃 부족과의 전쟁이 잦아서 적의 공격을 받았을 때 즉각
적으로 대응하기 위해서였다고 한다. 전쟁에서도 돼지는 중요한 요소
로 한몫했다.

> 전쟁에 나갈 때는 항상 돼지 뼈 목걸이를 착용했습니다. 조상 대
> 대로 전쟁에 나갈 때 콧구멍에 돼지 이빨로 만든 코걸이를 했죠.
> 코걸이를 걸면 적들에게 위협을 줄 수 있기 때문입니다. 적들이
> 무서워할 때 바로 적을 죽일 수 있었죠.
>
> — 디디무스 마벨

가축 이야기

파푸아의 농사법은 지금도 여전히 화전火田이다. 산에 불을 놓고 고구마나 감자, 토란 등을 심는데 수확량은 보잘것없다. 파푸아 사람들이 밥 먹는 것을 보면 소박하다 못해 안쓰러울 정도인데 고구마나 토란 몇 개를 구워 먹는 것이 식사의 전부였다. '저렇게 먹고 어떻게 살까?' 싶을 정도로 음식의 양과 질은 형편없어 보였다. 고기는 어떻게 먹는지 궁금해하자 아주 가끔 쿠스쿠스Cuscus(캥거루와 같은 유대류의 일종으로 원숭이와 비슷한 동물)라는 동물이나 새를 잡아먹을 뿐이며, 그 외에 고기는 거의 먹지 않는다고 한다. 그런데도 사람들의 체격은 무척이나 건장해 이들은 충분히 먹지 않아도 건강한 특이 체질인가 하는 생각이 들 정도였다.

돼지는 소중하다

파푸아에서 돼지는 단순한 가축이 아니다. 사람의 일생에서 중요한 순간마다 반드시 돼지가 있어야 한다. 결혼을 하려면 신랑은 신부 집에 최소 다섯 마리에서 많게는 열다섯 마리의 돼지를 선물해야 한다는데 지금도 돼지를 마련하지 못해 장가를 가지 못한 노총각들이 많다고 한다. 장례식 때 조문을 오는 사람도 돼지를 짊어지고 와서 애도를 표한다. 돼지 없이는 아무것도 할 수 없는 것이다. 조상신을 모신 공간인 필라모스에는 그동안 이 집 안에서 잡은 돼지의 턱뼈를 진열해 놓고 있었는데, 이는 부의 상징이라고 한다. 얼마나 돼지를 소중히 여겼으면 불과 얼마 전까지도 새끼 돼지에게 사람 젖을 먹일 정도였다고 한다.

돼지가 없이는 행사를 열 수 없기 때문입니다. 돼지가 있어야 결혼할 수 있고, 전통 축제도 돼지가 있어야 하죠. 축제나 행사도 돼지가 없으면 불가능합니다. 그래서 돼지가 중요하죠. 우리는 돼지만 먹습니다. 축제나 각종 행사에도 우리는 돼지만 사용하기 때문에 돼지만 필요로 하는 거죠. 어떤 일에도 우리는 돼지만 있으면 됩니다.

- 디디무스 마벨

저 역시 돼지에게 젖을 물렸던 적이 있습니다. 제 할머니도 그러셨고요. 태어난 지 한 달 정도 된 돼지에게 젖을 물립니다. 돼지가 성장해서 이빨이 자라게 되면 가슴을 물기 때문에 그때가 되면 더 이상 젖을 물리지 않습니다.

- 까루

돼지는 억울하다

파푸아에서 돼지를 보고 놀란 것은 돼지가 엄청나게 청결한 동물이라는 것이었다. 게다가 참을성 또한 대단하다는 점이었다. 돼지우리는 대문 바로 옆에 있었는데 놀랄 만큼 깨끗했다. 오물 한 점 떨어져 있지 않았다. 집에서 제일 깨끗한 곳이라고 해도 과언이 아닐 것이다. 아침이면 사람들은 돼지에게 약간의 고구마를 먹인 후 밖으로 내보내는데, 집 밖에 나온 돼지들은 여기저기 흩어져 주둥이로 땅을 파서 풀뿌리를 캐 먹고, 지렁이나 곤충도 잡아먹으며 하루를 보낸다.

가축 이야기

| 파푸아의 돼지우리

돼지우리는 더럽고 지저분하다는 고정 관념과 달리 바닥에 물 한방울 떨어져 있지 않고 깨끗하다. 돼지는 자신의 공간을 청결히 유지하는 동물이다.

그러다 저녁이 되면 돼지들은 집에 돌아와 문을 열어 달라며 "꿀꿀"거린다. 매일 정확한 시간에 맞춰 집으로 돌아오는데, 돼지들의 귀가 시간은 1년 내내 5분 이상 차이가 나지 않는다고 한다. 문을 열어주면 집 안에 들어온 돼지들은 얌전히 우리로 들어가 밤을 보낸다. 그런데 이때 놀라운 사실은 집 안에 들어온 돼지들은 밤새도록 최소 12시간은 똥도 오줌도 전혀 싸지 않는다는 점이다. 돼지우리 안은 물론이고 집 안 어디서도 배설하지 않는다. 자신의 공간을 오염시키지 않으려는 기특한 행동이다. 돼지에게 대문 안은 모든 곳이 자신의 공간이다.

다음 날 아침, 대문 밖을 나서면 그제야 첫 일과로 밤새 참았던 똥과 오줌을 시원하게 싸는데, 그 양이 엄청나 밤새 저걸 어떻게 참았나

| 돼지의 첫 일과

밤새 배변을 참은 돼지들은 아침에 대문 밖으로 나와 똥과 오줌을 싼다. 양이 상당해 저걸 어떻게 참았나 싶다.

싶을 정도다. 파푸아의 돼지에서 알 수 있듯 원래 돼지는 어느 동물보다 깨끗한 동물이다. 자신의 공간을 더럽히지 않으려고 배설을 참는 동물을 본 적이 있는가? 우리나라를 포함한 대부분의 나라에서 돼지가 더러운 환경에서 사는 것은 전적으로 인간의 잘못이다. 비좁은 우리 안에 계속 가둬 두니, 어느 누구보다 깨끗함을 자랑하는 돼지도 어쩔 수 없이 자기 집에 똥과 오줌을 쌀 수밖에 없는 것이다.

파푸아식 돼지고기 요리법

얼마 전까지도 파푸아에서 돼지를 잡는 것은 결혼이나 장례와 같이 특별한 날에만 허용됐다고 한다. 돼지 잡는 날, 이른 아침부터 사람들은 행복한 표정으로 한편에서는 구덩이를 파고, 다른 쪽에서는 모닥

가축 이야기

| 파푸아의 돼지고기 요리
파푸아 사람들은 복잡한 절차와 엄청난 정성을 들여 돼지고기를 요리한다.

불을 피워 돌을 달구는 등 무척이나 바쁘다. 이렇게 귀하게 여기는 돼지를 어찌 대충 먹을 수 있겠는가? 사람들은 특별한 요리를 준비한다.

먼저 심장에 활을 쏘아 돼지를 잡는다. 돼지가 죽으면 대나무 칼로 귀와 꼬리를 자른 후 요리를 시작하는데 털을 대충 깎은 후 나뭇잎과 풀로 잘 싸 둔다. 뜨겁게 달군 돌의 열기로 돼지를 찌는 방법이 파푸아식 돼지요리법이다. 미리 준비해둔 구덩이에 풀을 깔고 그 위에 달궈진 돌을 얹은 후 풀과 나뭇잎을 덮는다. 드디어 오늘의 주인공인 돼지가 올라가고 또다시 그 위에 바나나 잎을 덮는다. 뜨거운 돌의 열기만으로 돼지고기를 익히려면 당연히 오랜 시간이 걸린다. 최소한 2시간은 기다려야 하지만 행복한 일을 앞둔 기다림은 더 큰 행복이다. 돼지를 꺼내는 일은 반드시 여자들이 해야 한다는 규칙까지 지켜야 한다. 돼지고기를 요리하는 모습을 지켜보다가 특이한 점을 발견했다. 돼지고기 요리에 어떤 양념도 사용하지 않는다는 것이다. 파푸아 사람에게 돼지고기 요리란 한마디로 익힌 고기 그 자체였다.

> 정말 맛있는 것은 돼지예요. 소고기는 요리할 때 양념들이 많이 필요해요. 돼지는 익히기만 해도 맛이 있습니다.
>
> – 디디무스 마벨

남녀유별 또한 엄격해 돼지고기를 먹을 때도 남녀가 멀찌감치 떨어져 먹는다. 한 점의 고기를 먹기까지 실로 복잡한 절차와 오랜 기다림이 필요하니 그 고기는 더욱 맛있을 것이다. 그 귀한 고기를 내게도 먹어 보라고 권했다. 어디를 가든 못 먹는 게 없던 나였지만 돼지고기가 제대로 익은 것 같지 않아 주춤했더니 더 이상 권하지 않았다. 한 번 더 권한다면 그때는 못 이기는 척 맛을 보려고 했는데 내 예상은 빗나갔다. 비록 귀한 돼지고기 요리는 얻어먹지 못했지만 다니족 가족 모두 옹기종기 둘러앉아 행복하게 고기 먹는 모습을 보고 있자니 나도 행복했다.

소와 물소의 엇갈린 운명

힌두교에서 소는 신성한 존재다. 힌두교의 나라 네팔에서 소는 저가고 싶은 대로 도로든 시장이든 마음 놓고 활보를 한다. 한번은 카트만두 시장의 청과물 가게 앞을 어슬렁거리는 소를 본 적이 있는데, 주인이 한눈을 팔 때마다 재빠르게 바나나 망고와 같은 과일을 훔쳐 먹고 있었다. 결국 소가 과일을 훔쳐 먹는 것을 알아챈 주인이 소리를 질러 쫓아내고 말았다. 아무리 힌두교인이라 해도 파는 물건을 소가 훔쳐 먹으니 가만히 둘 수 없었을 것이다. 주인에게 쫓겨난 소는 이번엔 옆 가게로 가서 다시 빈틈을 노렸다. 가게 주인은 소에게 물리적인 공격을 하지는 않았지만 그렇다고 해서 소를 신과 같이 여기는 모습도 아니었다.

이제는 세계 어디서나 돈이 신이 되어버린 모양이다. 하지만 시골로 갈수록 소를 극진히 대접하는 문화는 오롯이 남아 있다고 한다. 어찌 됐든 네팔에서 소는 다른 어느 동물보다 고귀한 존재로 살아가고 있었다. 네팔의 큰 명절인 '티아르' 축제 때는 소에게 꽃목걸이를 해 주고 과일과 사료로 별식을 만들어 주며 심지어는 소똥 위에 향을 피우기도 한다.

> 저희 힌두교문화에서는 소에게 제례 의식을 지내는 것이 가장 중요합니다. 그래서 '락샤미'라는 신의 날에 소에게 의식을 치르는 겁니다. 힌두교 문화에서 소는 엄마와 동일시돼요. 그런 이유로 소는 아주 중요한 동물입니다.
>
> – 케삽 프라사드 어짤여(네팔 카트만두 주민)

괴물이 된 물소

네팔에서 소는 귀하신 몸이지만 소와 사촌쯤 되는 물소에 대한 대접은 딴판이다. 힌두교 최대의 축제인 다사인Dashain은 우리로 치면 추석쯤 되는 큰 명절로, 이날은 평소 먹기 힘든 고기를 양껏 먹을 수 있다. 신에게 제물로 바쳤던 염소나 닭을 먹는 날이라고 한다.

건강과 안녕을 기원하며 빨간색 가루를 이마에 묻히는 힌두교 의식인 티카를 해 준 가축이나 거세한 염소, 혹은 제대로 움직이지 못하는 놈들은 제물로 바치지 않는다. 혀가 붉은 가축도 제물로 불합격이라는데, 혀가 붉은색이 아닌 가축도 있는지 잘 모르겠지만 이해하기 어렵다. 특별히 다사인 때는 평시에 먹지 않는 물소를 잡아 신에게 제사한다.

> 평소에는 고기를 거의 먹지 않지만 다사인 축제 때는 많이 먹어요. 다사인 축제는 먼 곳에 사는 가족들을 만나 함께 즐기는 시간

이니까요. 저희의 명절이에요. 웃어른들께서 티카를 해 주시고요. 그래서 다사인 때 고기를 더 많이 먹어요.

– 빈두 쿠마리 슈레스타(네팔 너걸뿔 마을의 주민)

히말라야 기슭의 신두팔촉Sindhupalchok 마을은 다사인 준비가 한창이었다. 이른 아침부터 사람들이 물소를 끌고 사원으로 모여드는데, 이 작은 마을에 사람들이 끌고 온 물소가 열두 마리나 되었다. 다사인 축제 때는 드루가Druga 여신에게 물소를 제물로 바치는데, 이는 드루가가 물소로 변신한 악마를 죽인 것을 기념하는 의식이라고 한다. 소와 달리 물소는 악마의 화신이므로 거리낌없이 잡아먹는다는 이야기다.

소는 락샤미 신과 동일시되기 때문에 저희는 먹지 않아요. 한마디로 소는 락샤미 신이나 마찬가지니까요. 물소는 괴물인데 저희 먹으라고 만들어진 거라 잡아서 먹어요. (왜 물소는 괴물이에요?) 물소

| 네팔 신두팔촉 마을의 물소 도축
마을 사람들이 도축할 물소에게 꽃을 꽂아주며 복을 빌어준다.

는 괴물의 몸으로 힌두교인들 먹으라고 만들어진 거예요. 전통적
으로 그렇게 알려져 있어요.

— 비슈누 바하둘 카르키(네팔 신두팔촉 마을의 주민)

신전은 물소 잡는 모습을 구경 나온 사람들로 그야말로 인산인해
였다. 제물로 바치는 물소는 귀에 물을 뿌리는데 이때 물소가 물을 털
어내면 신이 제물 받기를 허락한 것으로 간주되어 도축할 수 있다고
한다. 물소가 물을 털어내자 긴장하며 지켜보던 사람들이 일시에 "와!"
하며 함성을 질렀다. 그런데 아직까지 물을 털어내지 않아 도축을 면
한 물소는 한 마리도 없었다고 한다. 이유는 털어낼 때까지 계속해서
물을 뿌리기 때문이다.

신이 허락했으니 다음은 도축할 차례다. 도축은 특정한 카스트의
사람만이 할 수 있다. 관운장이 사용하던 청룡도와 같은 무지막지한
칼을 사용하는데 도축 과정은 너무도 끔찍했다. 지금까지 보아 왔던
도축 장면 중에 가장 살벌했다. 이날 이후 한 달 동안 고기를 먹을 수
없을 정도였다.

구경꾼들은 끔찍한 광경에 손으로 얼굴을 가리지만 표정은 행복
해 보였다. 이제 곧 귀한 고기를 먹을 수 있기 때문이다. 도축한 물소의
피는 드루가 여신에게 바치고, 나머지 고기는 사람들의 몫이다. 다사
인 때 신에게 바칠 물소를 마련한다는 것은 가난한 히말라야 사람들에
게는 만만치 않은 일이다. 가격이 너무 비싸기 때문이다. 그래서 보통
은 여러 집이 돈을 추렴해서 물소를 산다. 그러니 고기도 공평하게 나
눠야 한다는 듯 저울질하는 표정이 무척 진지해 보였다.

가축 이야기

| 물소를 도축하는 모습
물소가 자기에게 뿌린 물을 털어
내면 신이 도축을 허락했다는 뜻
으로 받아들인다.

| 도축한 물소를 해체하기
위해 끌고 가는 사람들

| 물소를 도축하는 모습을
구경 나온 사람들
끔찍한 장면에 얼굴을 가리지만
다른 한편으로는 얼마 후 먹을
고기를 기대하는 모습이다. 인간
에게 고기는 소중하다.

물소 한 마리의 가격은 6만 5,000루피(110만 원)를 웃돌아요. 한두 집만으로 살 수 있는 가격이 아니어서 여러 집이 나눠 사요. 그래서 모두에게 공평하게 나누기 위해 무게를 재고 있어요.

— 딜라 바하둘 따망(네팔 신두팔촉 마을의 주민)

자기 몫의 고기를 받아 든 사람들은 발걸음도 가볍게 집으로 돌아간다. 귀한 만큼 물소고기는 갖은 정성을 들여 요리한다. 지라, 디즈니, 넝이라는 낯선 향신료로 맛을 내는데 그중 단박에 알아볼 수 있는 것이 있었다. 바로 마늘이었다.

고기는 부위별로 따로 기름에 볶을 거예요. 내일 저희 잔치 음식을 만들어 먹어야 해요. 볶은 고기와 다른 반찬을 몇 가지 더 만들어서 찌우라(쪄서 눌러 말린 쌀)와 같이 먹어요. 물소 요리법이라고 하면 어떻게 요리해도 괜찮은데 요리법은 대략 아홉 가지 정도 있어요. 피, 창자, 간, 고기를 각각 따로 볶고 뼈는 삶아서 육수를 만들어요.

— 빈두 쿠마리 슈레스타

어른, 아이 모두 맛있게 물소고기를 먹었다. 내게도 권했지만 조금 전의 끔찍한 도살 장면이 생각나서 먹을 수가 없었다. 예의상 억지로 먹어 보려 했지만 도저히 먹을 수 없었다. 시간이 흘러 다시 고기를 먹을 수 있게 됐지만 한 가지 결심한 것이 있다. 고기는 폭력의 산물이다. 그래서 고기를 먹을 때마다 감사한 마음으로, 남기지 말고 깨끗이 먹

가축 이야기

| 네팔의 물소고기 요리
다양한 향신료를 넣어 볶는 물소 요리는 엄청나게 짜다.

으려 한다는 것이다.

렌당의 맛

물소고기를 다시 본 곳은 인도네시아에서였다. 물소고기는 렌당
Rendang이라는 우리나라의 갈비찜과 비슷한 요리인데, 정확히 기억은
나지 않지만 저명한 국제 보도전문채널에서 죽기 전에 꼭 먹어 봐야
할 음식 중 1등에 선정됐다며 자랑이 한창이었다. 렌당 요리의 핵심은
열 가지가 넘는 다양한 향신료로 고추, 쪽파, 마늘, 고수, 월계수 잎, 후
추, 야자유, 설탕, 생강까지는 알겠는데 나머지 재료는 이름만 들어서

는 무엇인지 짐작조차 하지 못하는 것들이었다. 네팔, 인도네시아 모두 물소고기 요리에 향신료를 엄청나게 넣는 것이 특징이었다.

무슬림이 대부분인 인도네시아에서 물소고기는 라마단을 마친 것을 기념하는 '이드 알피트르Eid al-Fitr'라는 명절에 먹는다고 한다. 그러고 보니 물소고기는 힌두교, 이슬람교 모두 명절에 먹는 고기라는 공통점이 있었다.

무척이나 오랜 시간이 걸려 렌당이 완성되었다. 죽기 전에 꼭 먹어 봐야 하는 음식이라기에 먹어 봤지만 너무 많은 향신료가 들어가서인지 무슨 맛인지 알 수가 없었고, 게다가 물소고기는 소고기에 비하면 지방이 거의 없어 퍽퍽해 내 입에는 맞지 않았다. 하지만 인도네시아 사람은 지방이 적어 물소고기가 소고기보다 낫다니 음식에 대한 기호는 얼마나 익숙한가에 달려 있는 모양이다.

가축 이야기

고귀한 음식, 젖

인간은 포유류로 분류하는데 한자로 해석하면 '먹을 포哺'에 '젖 유乳', 문자 그대로 젖을 먹여 새끼를 기르는 동물을 의미한다. 그런 의미에서 본다면 인간의 가장 큰 특징은 젖을 먹여 아기를 기른다는 것이다. 조류인 닭을 제외하면 거의 모든 가축은 포유류로 젖을 먹여 새끼를 기른다. 가축의 젖은 새끼를 위한 것인 만큼 영양분이 풍부한 완전식품이다. 사람들은 가축을 기르며 고기와 함께 젖을 먹을거리로 이용했다. 더구나 아까운 가축을 죽여야만 얻을 수 있는 고기와 달리 젖은 지속 가능한 먹을거리였다. 그런 이유로 유목민에게 가축의 젖은 고기 못지않게 중요한 음식이다. 몽골 유목민의 경우 1년 중 반은 차강이데(흰 음식, 유제품)를 먹고 나머지 반은 올랑이데(붉은 음식, 고기)를 먹는다고 할 정도로 유목민에게 가축의 젖은 일상적인 음식이다. 실제로 유목민은 가축이 새끼를 기르는 여름철이면 유제품이 주식이며, 젖이 없는 겨울철에는 고기를 주로 먹는다. 가축의 젖과 고기, 이 두 가지 모두 유목민의 주식인 셈이다.

| 염소젖을 짜는 몽골의 바승 할머니

유목민과 달리 우리 민족에게 동물의 젖은 낯선 음식이었다. 조선 시대에는 우유와 찹쌀로 만든 타락죽이라는 음식이 있었는데, 왕실에서 보양식으로 가끔 먹었다니 일반 백성에게 가축의 젖이란 머나먼 나라의 이야기였을 것이다. 실록의 기록을 보면 임금이 타락죽을 먹을 때조차 신하들이 이는 송아지가 먹어야 할 우유를 뺏어 먹는 어질지 못한 일이라며 "통촉하시옵소서!"를 외칠 만큼 못마땅하다는 표현을 서슴없이 했다고 한다. 가축의 젖을 먹는 것을 부도덕하게 본 것이다. 그리고 보면 우리나라에서는 임금님도 꽤 피곤한 일이 많았을 것이다. 우유 한 잔 들이켜는 데 신하들이 난리를 치며 반대를 했으니 말이다.

가축의 맛, 수테차

충청남도 논산이 고향인 나는(서준 PD) 우유를 먹는다는 생각조차 하지 못하고 자랐다. 고향에서는 물론이고 학교에 입학할 무렵 이사 온 서울에서도(달동네에 살았기 때문인지 모르겠지만) 내 주변에서 우유를 마시는 친구를 본 기억이 없다.

철이 들고 우유를 본격적으로 먹게 된 것은 군대에 입대한 후였는데, 1980년대 초반이었던 그때 무슨 이유였는지 아침 식사로 밥 대신 빵과 우유가 배식되었다. 우유를 먹지 못했던 나는 내 몫을 동료에게 나눠 주곤 했는데 얼마 후 '육군 정량'을 명심하며 억지로 우유를 마셔 보기도 했지만, 그 후로도 여전히 우유는 친해지지 않는 음식이었다.

몽골을 처음으로 찾았던 2007년, 몽골과의 만남은 곧 우유와의 만남이었다. 어디를 가든 방문하는 집마다 '수테차'라고 하는 우유로 만든 차를 대접했다. 수테차를 한 잔 마셔야 대화가 이어질 정도였다. 수테차에 사용하는 가축의 젖은 특별히 정해져 있지 않았다. 소, 양, 염소, 야크 등 그때그때 다양한데 물에 가축의 젖을 넣고 끓이다가 마지막에 차茶 가루를 넣고 한 번 더 끓이면 완성되는 것이었다.

몽골 유목민은 이 수테차를 물처럼 수시로 마신다. 한국에서 딸기 우유도 못 마시던 내게 가축의 냄새가 생생한 수테차는 끔찍한 음료였다. 하지만 손님에게 대접하는 차를 안 마실 수 없어 눈을 질끈 감고 단번에 마셔 버리곤 했는데, 그때마다 수테차를 잘 마신다며 한 잔을 더 내주었다. 그러다 보니 어느 순간부터 익숙한 음료가 되어 이제는 한국에서도 가끔 수테차 생각이 나곤 한다. 개인적인 의견을 덧붙이자면 수테차는 해장에 무척 좋다. 전날 보드카를 대량으로 섭취해 숙취가 심할 때 따뜻한 수테차 한 잔을 마시면 즉시 보드카가 다시 생각날 정도로 완벽하게 해장이 된다.

가축들의 젖

우리나라에서 우유란 소의 젖만을 떠올리기 마련이다. 우유牛乳라는 단어부터 소의 젖이란 의미를 가지고 있기 때문일지도 모른다. 하지만 양, 염소, 말, 낙타, 야크, 순록 등 모든 가축들은 젖을 내고 유목민은 이 모든 가축의 젖을 음식으로 이용한다. 가축의 젖은 그 종류에 따라 맛과 성분이 조금씩 다르다고 한다. 사실 나는 차이를 분간하기 어려웠지만, 늘 다양한 가축의 젖을 먹어 온 유목민들은 그 작은 차이도 귀신같이 분간한다.

물소 우유가 소 우유보다 진해요. 오래 끓었을 때 소 우유보다 물소 우유가 더 많이 남아요. 사람들은 진하고 맛있는 물소 우유를 더 좋아해요.

— 어쩌리(네팔 신두팔촉 마을의 주민)

가축의 젖은 각각 특징이 있어요. 어떤 건 진하고 어떤 건 연해요. 이 지역은 양, 염소젖을 많이 써요. 양젖은 기름기가 많고 소젖은 좀 연해요. 양젖보다 염소젖이 기름기(지방)가 더 많아요. 낙타젖도 지방이 많지만 염소보다는 연한 편이에요.

— 바승(몽골 고비 유목민)

순록은 다른 가축에 비해 젖의 양이 적게 나온답니다. 한 마리에서 200그램 정도밖에 나오지 않죠. 순록젖은 다른 동물들의 젖과는 차이가 나요. 순록젖은 다른 동물의 젖에 비해 기름기가 많고

| 가축의 유제품

훨씬 진하답니다. 우유 차를 끓여 마실 때 다른 동물 젖은 많이 넣어야 하는데 순록젖은 조금만 넣어도 맛있답니다.

- 다리마(차탄족 할머니)

봄에 산에 올라와서 5월엔 야크젖을 짜기 시작합니다. 야크 한 마리에서 보통 1~1.5리터의 젖이 나와요. 소젖은 지방 성분이 적은데 반해 야크의 젖은 되직하고 지방 성분이 많아요. 야크는 소에 비하면 우유의 양은 적게 나오지만 소젖보다 지방 성분이 풍부해서 크림과 버터를 많이 만들 수 있답니다.

- 구루쉬(파미르고원의 키르기스 유목민)

이야기를 종합해 보면 한 가지 공통점이 있는데, 유목민은 지방이 많은 젖을 선호한다는 것을 알 수 있다. 우리나라에서 우유를 고를 때 지방 함량을 따져 보고 저지방 우유를 고르는 것과는 반대다. 지방은 다른 어떤 영양소보다 열량이 높아 건강에 좋지 않다는 생각 때문일 것이다. 열량 과잉 상태에 있는 사람들의 특징이다. 하지만 지구상의 많은 사람들은 열량 과잉이 아닌 부족이 문제다. 가축을 키우며 소박하게 살아가는 유목민들도 그중 하나다. 그들은 돈을 더 내고 지방 함량이 적은 우유를 고르는 우리를 이해하기 어려울 것이다.

가축의 젖은 그대로 마시기보다는 보통 가공을 해서 유제품으로 만드는데, 현금을 만지기 어려운 유목민에게는 중요한 수입원 중 하나다. 여름철, 유목민의 집을 방문해 보면 이곳저곳 유제품을 햇볕에 말리는 장면을 볼 수 있다. 아롤, 우름, 호르뜨, 아이락, 허르묵 등 몽골의 유제품은 그 종류도 셀 수 없이 많다. 이렇게 만든 유제품은 1년 내내 보관하며 먹는 중요한 식량이기도 하지만 생필품을 구입할 수 있는 돈이 되기도 한다.

혹시 이 중 아롤이라는 유제품을 먹게 된다면 조심해야 할 부분이 있다. 돌같이 딱딱해 성급하게 깨물어 먹다가는 이가 깨질 수도 있으니 입에 넣고 천천히 녹여 먹어야 한다.

낙타젖 술, 허르묵

내가 먹어 본 유제품 중에는 낙타젖을 발효해 만든 허르묵이라는 음료가 가장 맛있었다. 우리나라에도 많이 알려진 마유주인 아이락처럼 약간의 알코올이 포함되어 있어 많이 마시면 취하기도 한다. 우리말로 옮긴다면 '낙타유주'가 걸맞을 것이다.

몽골 고비의 가장 넓은 모래사막인 보르헤르엘스에서 허르묵을

| 그릇에 묻은 허르묵을 핥아먹는 어린이
우리도 따라해 봤는데 그릇에 묻어 있는 게 더 맛있다.

얻어먹은 적이 있다. 마침 우리가 방문한 집에서 허르묵을 만들고 있
었다. 허르묵은 낙타젖을 가죽 부대에 넣고 계속해서 저어 주며 발효
시키는데, 많이 저을수록 맛이 좋아진다기에 얻어먹을 생각에 나도 열
심히 거들었다. 마유주도 이 같은 방법으로 만든다. 차이점이라면 낙
타젖 대신 말젖을 사용한다는 것이다. 어른, 아이, 거기에 우리까지 옹
기종기 앉아서 허르묵을 마셨다. 시큼한 요구르트 맛인데 마유주보다
훨씬 걸쭉해 마시고 난 그릇에는 상당량의 허르묵이 묻어 있다. 그릇
에 묻은 허르묵을 깨끗하게 먹기 위해서는 낙타처럼 혀를 길게 내밀어
핥아먹어야 하는데 이때가 더 맛있게 느껴진다.

젖의 주인은 사람이 아니다

젖은 어미가 오직 자신의 새끼를 위해 만든 음식이다. 그러니 젖의 주인은 가축의 새끼다. 그래서 유목민들은 가축의 젖을 짤 때 지키는 몇 가지 규칙이 있다. 그중 하나는 새끼가 아주 어려서 젖 외에 다른 먹이를 먹지 못할 때는 젖을 짜지 않는다는 것이다. 새끼가 먹을 젖이 부족할 수 있기 때문이다. 그래서 가축의 종류에 따라 젖을 짤 수 있는 시기가 정해져 있다.

> 6월 무렵, 여름이 되면 염소젖을 짤 수 있어요. 그 전에는 새끼들이 젖을 먹고 살찔 수 있게 하고, 6월에는 새끼들이 풀을 먹을 수 있으니까 우리가 젖을 짜서 이용하죠.
>
> – 바승

젖을 짤 때도 먼저 새끼에게 젖을 물린 후에 사람이 이용할 젖을 짠다. 원래 젖의 주인인 새끼에게 먼저 준다는 의미가 있지만 현실적인 이유도 있다. 새끼가 먼저 젖을 빨면 다음부터 쉽게 젖을 짤 수 있다고 한다.

드물지만 어미 중에 새끼에게 젖 주기를 거부하는 경우가 생긴다. 이때는 사람이 어미 대신 젖을 먹여 주어야 하는데, 고비의 한 마을에서 지금은 몽골에서도 찾아보기 힘든 염소 젖꼭지로 만든 우유병을 본 적이 있다. 인자한 모습의 할머니가 딸과 손녀를 앉혀 두고 전통 우유병을 만드는 방법을 전수하고 있었다.

| 낙타젖 짜기
어른들이 낙타젖을 짜는 동안 낙타를 잡고 있는 소년.

이 정도면 아주 잘됐다. 소뿔로 만든 젖병에다가 염소 젖꼭지를
꽂아서 실로 묶으면 완성되는 거야. 이 우유병으로 양, 염소 새끼
들한테 먹이면 쉽게 먹일 수 있지. 고무로 만든 건 잘 안 먹는데 염
소 젖꼭지로 만든 거라 잘 먹을 거다.

– 몽골 바잉운드로에서 만난 할머니

낙타는 다른 어느 동물보다 모성애가 강하다고 한다. 옛날 몽골에
는 낙타의 모성애를 이용한 장례 풍습이 있었다고 한다. 초원과 사막
의 땅, 몽골은 지형이 어디나 비슷비슷하고 게다가 모래폭풍이라도 한
번 지나가면 주변 환경이 완전히 변해 버린다. 그래서 시간이 지나면

| 소뿔과 염소 젖꼭지로 만든 우유병
천연 재료인 소뿔과 염소의 젖꼭지로 만든 전통 우유병으로 젖을 먹고 있는 어미 잃은 아기 양.

돌아가신 조상을 묻은 장소를 다시 찾기가 어려웠다.

유목민은 장례를 치르는 장소에 어미 낙타와 새끼를 데려와서는 어미가 보는 앞에서 새끼를 죽였다고 한다. 그러면 시간이 지나고 주변 환경이 아무리 바뀌어도 어미 낙타는 새끼가 죽은 장소를 정확히 찾아 그곳에서 눈물을 흘린다는 것이다. 이런 방법으로 몽골 유목민은 조상의 묘를 찾았다고 하니 참 잔인한 장례 방법이다.

전설에 따르면 칭기즈칸도 이런 방법으로 장례를 치렀다고 한다. 무덤의 위치를 숨기기 위해 공사에 동원된 사람들을 모두 죽이고 어미 앞에서 새끼 낙타를 죽여 나중에 무덤을 찾으려 했던 것이다. 하지만 세월이 흘러 그 장소는 잊히고 말았다. 엄청난 보물이 함께 묻혔다는

가축 이야기

| 몽골 보르헤르엘스의 젖을 먹는 새끼 낙타
젖의 주인은 새끼다. 유목민은 필요한 젖을 짜기 전, 먼저 새끼에게 젖을 물린다.

전설을 믿고 수많은 사람들이 칭기즈칸의 무덤을 찾으려고 했지만 현재까지도 발견하지 못했다고 한다.

이렇듯 모성애가 강한 낙타지만 그중에는 새끼에게 젖 주기를 거부하는 특이한 경우가 있는데, 심한 난산을 겪은 어미 가운데 가끔 나타나는 현상이라고 한다. 이럴 때 유목민은 어미 낙타에게 마두금馬頭琴을 연주해 준다고 한다. 마두금은 몽골어로 '모린 후르Morin Khuur'라 불리는 말 모양의 몽골 전통 현악기다.

낙타는 성격이 아주 순한 동물이에요. 낙타는 가끔 자기 새끼를 낳아 놓고 모른 척할 때가 있어요. 그럴 때는 모린 후르를 연주해

주면 어미가 펑펑 울면서 자기 새끼를 받아 줘요.

- 다우가

　직접 보지 못했기에 믿기 힘든 이야기지만 현지인들이 사실이라고 이구동성으로 주장하니 믿지 않을 수도 없다. 마두금 소리는 무척이나 구슬프다. 초원의 바람 소리 같기도 하다. 어미의 눈앞에서 새끼를 죽이는 잔인함과 새끼를 거부하는 어미에게 마두금 연주를 들려주는 부드러움, 어느 것이 유목민의 본 모습인지 혼란스럽다. 어쩌면 너무도 다른 두 모습 모두가 유목민인지도 모르겠다.

　　　　　　　　　　　　　　　　　　　　　　　　　가축 이야기

척더 아저씨의 겨울 준비

유목민에게 1년 중 가장 바쁜 날은 아마도 겨울 준비를 위해 가축을 도축하는 날이 아닐까 싶다. 2016년 12월 초, 몽골 다르하드의 유목민 척더 아저씨의 집을 찾았다. 유목민에게 가장 중요한 겨울 준비는 이듬해 봄까지 두고 먹을 고기를 준비하는 일이다.

겨울 준비를 하는 날, "사각사각" 칼 가는 소리로 하루가 시작되었다. 몽골 유목민은 보통 막내아들과 함께 사는데 이유는 모르겠지만 척더 아저씨는 장남인 수헤 가족과 함께 살고 있었다. 척더 아저씨 가족이 이번 겨울을 나기 위해 도축할 가축은 야크와 말 각각 한 마리, 양네 마리, 총 여섯 마리였다. 이날은 일손이 많이 필요해 이웃도 여러 명 찾아와 있던 참이라 집 안은 아침부터 시끌벅적했다.

말고기와 야크고기

가장 먼저 말을 잡기로 했는데 보통은 나이가 많아 타고 다니기 힘든 말이 도축 영순위다. 분위기가 심상치 않았는지 우리 안의 말들이 울타리를 뛰어넘어 사방으로 달아났다. 한참을 쫓고 쫓기다 결국 올가미를 던져 한 놈을 사로잡았다. 도축을 시작하기 전, 수혜가 모자를 벗어 말의 눈을 가려 주었다. 몽골에서 말고기는 성질이 따뜻하다고 해서 보통 겨울에만 먹는다. 반면에 염소는 차가운 성질의 가축이라 주로 여름에 먹는다고 한다.

> 말고기는 열량이 높아서 겨울에 먹기 좋아요. 다른 가축의 고기는 아주 추운 날이면 지방이 얼어버리지만 말고기는 쉽게 얼지 않는답니다. 말고기는 어떤 요리와도 잘 어울리죠. 호쇼르(튀김만두), 보츠(찐만두)를 만들어도 잘 굳지 않아서 먹기 좋아요. 먹고 나면 소화도 잘 된답니다.
>
> — 프룹스룽(척더의 아내)

1시간이 채 되지 않아 말 한 마리가 부위별로 해체돼 여러 개의 고깃덩어리가 되었다. 이 모든 과정은 물 흐르듯 자연스러웠다. 내 기억으로 이날 기온이 영하 20도에 달했다. 순식간에 돌덩이처럼 얼어붙은 고기를 차곡차곡 창고에 들이는데, 꽝꽝 언 이 상태 그대로 보관해 내년 봄까지 먹는다.

말에 이어 다음은 야크 차례였다. 몽골인의 완력이 강하다는 것은 익히 알고 있었지만 척더 아저씨의 장남 수혜의 힘은 상상을 초월했다. 황소보다 덩치가 큰 야크에게 마치 헤드락을 걸듯 팔로 야크의 머리를 감싸고는 순식간에 바닥에 쓰러뜨렸다. 야크 역시 1시간도 되지

가축 이야기

| 척더 아저씨네 겨울 준비 날
일을 마치고 모든 사람이 말고기 순대를 나누어 먹었다. 말은 겨울에만 먹는다고 하는데 한마디로 맛있다.

않아 고깃덩이로 변해 천연 냉동고에 입고되었다.

> 야크고기보다 소고기를 더 좋아해요. 야크는 살코기만 있지만 소
> 고기는 살코기와 지방이 섞여 있어 더 맛있어요. 열량은 비슷하지
> 만 소고기를 더 좋아한답니다.
>
> — 프룹스룽

  남자들이 도축하는 동안 부산물로 나온 내장 정리는 여자들의 몫
이다. 여자들의 내장 손질에서도 엄청난 내공이 느껴졌다. 우리나라에
서 곱창을 손질하는 과정을 본 적이 있는데 엄청난 양의 물이 필요했

다. 여러 번 물을 갈아 주고 소금으로 문질러 무척 꼼꼼하게 내장을 세척했다. 그런데 유목민 여성들은 무슨 비법이 있는지 물을 거의 사용하지 않고도 깨끗하게 내장 손질을 끝냈다. 그렇다고 대충 손질한 것 같지는 않았다. 손질을 마친 내장에서 잡냄새가 전혀 나지 않았다.

겨울 준비를 하는 날은 개들에게도 잔칫날이다. 누구네 집에서 도축한다는 소문이 돌았는지 이른 아침부터 온 동네의 개들이 모두 모여들었다. 하지만 유목민이 개에게 따로 고기를 줄 리가 없었다. 개들은 가끔 떨어지는 부스러기를 얻어먹을 뿐이었다. 유목민은 가축의 모든 부위를 먹지만 단 하나, 식도만은 개에게 던져 준다. 플라스틱처럼 보이는 식도를 어떻게 먹나 싶지만 야성이 넘치는 몽골의 개들에게는 진수성찬이다. 개도 행복한 날이다.

마지막 남은 양은 마리당 30분 만에 작업이 완료되었다. 고된 도축 작업이 끝날 때가 되자 짧은 겨울 해는 산 뒤로 넘어가고 주변은 이미 어두컴컴해졌다. 바쁜 하루를 보낸 사람들 모두 집 안으로 모였다. 오늘 도축한 말의 내장을 삶아 늦은 저녁 식사를 하는 모습을 보니 어쩐지 우리나라에서 김장을 하고 난 후 수육을 삶아 먹는 풍경이 생각났다.

식사를 마치고 돌아가는 이웃은 빈손으로 보내지 않고 고깃덩이를 들려서 보내는데 이 모습 또한 김장을 도와준 이웃에게 김장김치를 들려 보내는 우리네 김장 날과 비슷했다. 그러고 보면 사람 사는 모습은 어디나 똑같다. 김치와 고기의 차이만 있을 뿐이다.

해가 완전히 지고 나자 밖은 더욱 추워지고 바람도 사납게 불기 시작했다. 집 밖이 추우면 추울수록 집 안은 활활 타는 난롯불과 두런두

가축 이야기

런 정담을 나누는 사람들의 온기로 더욱 아늑해졌다. 가장 바쁜 하루
가 지나가고 있었다.

보르츠와 휘알상읍츠

2016년 12월, 몽골의 척더 아저씨 집에서 보름 정도를 묵었다.
EBS 다큐프라임 〈가축〉 4부 촬영 중이었다. 하루는 아저씨 집을 찾았
더니 아주머니와 둘이서 도끼로 마른고기를 두드려 가루를 내고 있었
다. 보르츠를 만드는 중이었다. 보르츠는 보통 소고기로 만드는데 고
기를 바짝 말려 가루로 만든 것을 말한다. 먹을 때는 물에 넣고 끓이면
되는데 소화 기능이 떨어진 병자나 노인에게 특히 좋다고 한다.

> (보르츠를 한 줌 쥐고) 이 정도면 한 끼 식사로 충분합니다. 물에 담
> 그면 부드러워지고 양이 많아지거든요.
>
> – 프룹스롱

기록을 찾아보니 보르츠는 옛날 칭기즈칸 군대의 전투 식량이었
다. 고기를 말려 가루를 내면 부피가 크게 줄어들기 때문에 소 한 마리
를 보르츠로 만들면 소의 위胃 하나에 모두 넣어 보관할 수 있었다고
한다. 쉽게 상하지 않을 뿐 아니라 조금만 먹어도 충분한 열량을 낼 수
있고, 무엇보다 부피가 적어 전투 식량으로는 최고였다고 한다.

척더 아저씨의 장남 수혜네 집에 놀러 갔다가 특별한 고기 요리를
알게 되었다. 수혜의 아내 히시게가 어린 아들 둘루공을 위해 '휘알상

| 말린 소고기를 빻아 가루로 만든 전통 음식 보르츠
보관과 요리가 쉬워 옛 몽골 기마대의 전투 식량이었다고 한다.

움츠'라는 특별한 요리를 만들고 있었다. 내심 얻어먹을 생각에 요리
가 끝나기만을 기다렸다.

　　몽골 사람들은 가축을 도축한 후 가죽을 벗겨내고 살코기만을 삶
아 먹는데, 이 음식은 특이하게도 양의 가슴 부위를 가죽이 붙어 있는
채로 요리한다. 이때 핵심은 난롯불에 시뻘겋게 달군 쇠꼬챙이로 가
죽에 붙어 있는 털을 그슬러 깨끗이 제거하는 것이다. 이 과정에서 불
맛이 고기에 배게 된다. 양가죽이 그슬리며 나온 짙은 연기로 실내가
자욱했지만, 맛있는 고기 요리를 먹어 보겠다는 욕심으로 참고 기다
렸다.

　　이 요리는 털을 자르고 뜨겁게 달군 쇠로 털을 없앤 후 먹는 음식

입니다. 가죽을 다 벗겨내고 먹어도 되지만 이 부위는 이렇게 가죽이 붙은 채로 먹어야 맛있어요. 이제 물로 한 번 씻고 삶아서 먹을 거예요.

- 히시게(척더의 며느리)

휘알상웁츠는 안타깝게도 먹어 보지 못했다. 우리나라의 꼬치구이를 생각해 털을 없애고는 곧바로 난롯불에 구워 먹을 줄 알았는데 알고 보니 털을 제거하고 물에 씻어서 삶아 먹는 것이라고 한다. 요리가 완성될 무렵에 맞춰 수혜네 집으로 다시 가야 하는 걸 깜빡 잊은 탓이다. 아쉽기만 할 뿐이다.

잉카의 가축, 기니피그

기니피그Guinea Pig라는 동물이 있다. 이름에 '피그'라는 단어가 들어 있지만 돼지와는 전혀 상관없는 쥐의 일종이다. 토끼나 햄스터와 비슷한 귀여운 외모에 성격도 온순해 최근에는 애완동물로 많이 기른다. 기니피그는 실험동물이나 애완동물로 알려져 있지만 사실 남미대륙이 원산지인 가축으로 잉카 시대부터 고기를 먹기 위해 길렀다고 한다. 현지에서는 꾸이Cuy라고 부르는데 "꾸이, 꾸이" 하는 울음소리를 내기 때문이란다.

> 꾸이의 이름은 꾸이 자신이 만든 거예요. 이 동물들이 내는 소리와 비슷하니까요. 가족들이 방문하면 꾸이들이 먼저 알아채고 노래를 불러요. 그러면 저희는 가족들이 도착했다는 것을 알 수 있죠.
>
> – 길레르마 시사 에스피노자 (안데스 원주민)

가축 이야기

| 벽에 걸어 놓은 말린 알파카 새끼
마치 장식처럼 보이지만 신에게 제물을 바침으로써 복을 바라는 마음으로 걸어 두는 것이다.

페루의 안데스에서 한 가정집을 방문했다. 흙집은 빛이 거의 안 들어 대낮인데도 어두컴컴했다. 어두운 방안을 천천히 둘러보다가 기겁을 하고 말았다. 사람의 두개골임이 분명한 물체가 나를 노려보고 있었다. 조상들의 두개골이라고 했다. 우리나라의 사당 같은 개념인데 아침저녁으로 조상의 두개골 앞에 고인이 좋아하던 음식을 올리고 제사를 지낸다고 한다. 한쪽 벽에는 말린 알파카 새끼도 걸려 있었다. 어쩐지 서늘한 느낌이 들었다.

특별한 날의 꾸이 요리

어딘가 우리나라 옛날 집을 닮은, 이 안데스 집의 부엌 흙바닥에 작은 동물들이 꼬물거리고 있었다. 가축으로 기르고 있다는 기니피그였는데 족히 오십 마리는 되어 보였다. 이놈들은 우리를 만들지 않고 부엌 바닥에 풀어놓고 기르는데, 밝은 곳을 싫어해서 문을 열어 놓아도 밖으로 도망가지 않는다고 한다. 한 번에 새끼를 열 마리 가까이 낳을 만큼 번식력이 뛰어난데다 먹이는 주변의 풀만 뜯어다 주면 되니 정말 기르기 쉬운 동물이다. 외지인의 눈에는 보잘것없는 쥐에 불과했지만, 가난한 안데스 사람들에게 꾸이는 쉽게 먹을 수 있는 고기가 아니다. 몸이 아프거나 생일과 같은 특별한 날에만 먹을 수 있다고 한다.

파푸아의 다니족에게서 보았듯 고기를 쉽게 먹기 어려운 곳일수록 고기를 먹는 절차가 복잡했다. 에스피노자 아주머니는 무릎 위에 꾸이를 올려놓고 머리와 꼬리를 잡아당겨 몸을 늘리는 독특한 방법으로 도축했다. 그러고는 죽은 꾸이의 입에 나뭇잎을 물리더니 약초를 태운 연기를 부엌 구석구석에 뿌리며 "한 마리의 꾸이가 죽었지만 백 마리의 꾸이를 달라"고 기원했다. 그다음 뜨거운 물을 부어 털을 깨끗이 뽑고는 배를 갈라 내장을 꺼내 꾸이의 온몸에 꼼꼼히 발랐다. 그래야 꾸이 고유의 맛을 낼 수 있단다.

본격적인 꾸이 요리는 이제부터 시작이었다. 각종 향신료를 돌로 만든 절구에 빻아서 꾸이 몸에 꼼꼼히 바르고 나무 꼬챙이에 꿰어 굽는데 무려 2시간 반이나 걸린 것이다. 그 작은 쥐를 그토록 정성스레 굽다니 '얼마나 고기가 소중하기에!' 하는 생각이 들었다.

무려 반나절이 걸려 꾸이 요리가 완성되자 에스피노자 아주머니는 아들과 함께 정말, 정말 맛나게 먹었다. 고기는 정말로 사치스럽고 소중한 음식이라는 깨달음을 또 한 번 얻었다. 아주머니와 아들이 바닥에 버린 꾸이의 뼈를 살아 있는 꾸이들이 몰려와 주워 먹는데, 그중

| 페루 안데스의 꾸이를 잡은 에스피노자 아주머니

작은 쥐라고 생각할 수도 있지만 꾸이는 안데스 사람들에게는 소중한 고기로 무척 정성을 들여 요리한다.

에 커다란 검은 고양이 한 마리가 섞여 있었다. 왜 이 고양이는 주변에 널린 싱싱한 꾸이는 잡아먹지 않고 사람이 먹다 버린 작은 뼛조각을 두고 아귀다툼을 벌이는 것일까? 에스피노자 아주머니는 이 모든 것을 교육의 힘이라고 설명했다. 새끼 고양이에게 고춧가루를 잔뜩 바른 꾸이를 던져주면 꾸이의 몸에 묻은 강렬한 매운맛에 질겁해 이후로는 꾸이를 잡아먹으려는 생각조차 하지 않는다는 것이다.

가축의 가능성을 가진 설치류

요즘에는 에스피노자 아주머니처럼 전통 방식으로 꾸이를 키우는 집은 드물며 대부분 대량으로 사육한다고 한다. 남미의 페루에 가면 길거리 음식으로 꾸이 구이를 파는 모습을 쉽게 볼 수 있다.

> 잉카인들은 평생 꾸이를 키웠어요. 자기들의 가축이었으니까요. 꾸이, 알파카, 라마가 잉카의 가축이죠. 그래서 특별한 날에만 먹습니다.
>
> -길레르마 시사 에스피노자

기니피그는 설치류 즉, 쥐의 일종이다. 내 생각에 쥐는 가축으로서 훌륭한 특성을 많이 가진 것 같다. 일단 번식력이 뛰어나다. 태어나서 한 달이 지나면 벌써 새끼를 낳을 수 있고, 한 번에 열 마리 이상의 새끼를 낳는다. 게다가 식성도 까다롭지 않아 풀만 먹여서 기를 수 있다(설치류는 보통 잡식성이다. 하지만 풀만 먹는 순수 초식성의 설치류도 많이 있다).

가축 이야기

설치류는 크기가 작아서 먹을 게 없다고 생각할 수 있지만 모든 쥐가 작은 것은 아니다. 몽골에서 먹어 본 타르박(마못)은 몸집이 토끼보다 커서 한 마리면 두세 명이 배불리 먹을 수 있다. 맛은 소고기와 비슷했는데 지방이 적고 단백질이 풍부한 영양식이라고 한다. 또한, 남미의 아마존에 사는 카피바라Capybara라는 쥐는 송아지만 한 크기로 몸무게가 무려 50킬로그램이 넘는다. 이렇듯 설치류는 가축으로서의 놀라운 가능성이 있지만 안데스의 기니피그를 제외하면 쥐 종류를 가축으로 기르는 예는 찾아볼 수 없다.

| 강원도 삼척의 밭갈이하는 소
일하는 소는 이제 옛이야기가 되어 가고 있다.

농사를 돕는 식구, 소

"눈이 올라나 비가 올라나 억수장마 지려나." 〈정선아리랑〉으로 유명한 정선의 아우라지가 내 고향(김규섭 PD)이다. 지금도 그렇지만 예전의 정선은 정말이지 깊고도 깊은 산골이었다. 우리 집에는 나보다 한 해 먼저 태어난 송아지가 있었다. 몸에 흰 얼룩이 있던 얼룩빼기 암소였다. 봄부터 가을까지 무거운 쟁기를 끌고 비탈진 밭을 갈던 얼룩빼기는 가족 같은 존재였다. 강원도는 농지의 대부분이 밭인데, 그마저도 경사가 심해 경운기 같은 농기계는 이용하기 힘들어 사람 손으로 농사를 지어야 했다. 이때 농사를 돕는 유일한 존재가 소였다.

소가 없는 집은 사람이 직접 쟁기를 끌기도 했는데 이를 '인걸이'라고 불렀다. 한 사람이 소 역할을 맡아 쟁기를 끌면서 앞으로 나가면 다른 사람은 뒤따라가며 쟁기질을 하는 것으로, 그리고 보면 문자 그대로 우리 선조들은 소처럼 일하며 살아온 것 같다.

부부가 인걸이를 할 때는 여자가 소가 되었고, 남자는 쟁기질을 하며 뒤를 따랐다. 보기와는 달리 뒤에서 쟁기질을 하는 것이 더 힘이 든다고 한다. 그렇게 삼, 옥수수, 감자, 메밀을 키우며 생활했다. 정선은 삼베옷의 재료가 되는 삼을 많이 재배하는 곳으로 유명했지만 이제는 거의 재배하지 않는다.

얼룩빼기 누나

할아버지께서는 "우리 집 소는 너보다 나이가 한 살 많다"는 말씀을 하시곤 했는데, 그래서 나는 얼룩빼기 암소를 누나라고 불렀다. 소를 가족처럼 생각했던 것 같다.

소를 기르는 데는 많은 일손이 필요했다. 여름 방학이면 나와 동생은 산과 들에서 풀을 뜯어 누나를 먹이곤 했다. 특히 겨울에 먹일 여물과 외양간에 깔아줄 갈풀 만들기는 가을 내내 하는 중요한 월동준비였다. 여름에는 신선한 꼴을 베어 먹이지만 늦가을부터는 아침저녁으로 무쇠솥에 여물을 끓여 얼룩빼기 누나를 먹였다.

| 타지키스탄의 밭갈이하는 소

여물에 들어가는 재료는 지역에 따라 다른데 우리 고향에서는 잘게 썬 옥수숫대와 볏짚을 반반 섞어 여물을 만들었다. 얼룩빼기 누나를 생각할 때면 차가운 겨울 아침, 여물 끓는 구수한 내음이 지금도 기억난다. 후각은 다른 어느 감각보다 오래 기억에 남는 것 같다.

정선에서는 음력 12월 30일, 즉 섣달그믐날이 되면 조상님께 메밀만둣국을 만들어 제사를 지낸다. 한 해를 무사히 마무리한 것에 대한 고마움을 표현하기 위해 온 가족이 만두를 빚어 제사상에 올리는 풍습이다. 제사가 끝나면 온 가족이 둘러앉아 메밀만두를 먹는데, 이때 얼룩빼기 암소 누나도 한 그릇을 받는다. 입맛이 까다로운 채식주의자인 암소 누나를 위해 소금에 절인 김치와 채소로만 소를 넣은 메밀만두를 따로 준비해야 했다.

얼룩빼기 누나는 메밀만두를 정말이지 맛있게 먹었는데 그 모습을 지켜보며 나는 속으로 외쳤다. '누나 올해도 수고했어! 많이 먹어!' 사실 지금도 소에게 만둣국을 먹인 이유를 알 수 없다. 아마 고마움 때문일 거라고 추측할 뿐이다. 24년 동안 워낭을 달고 일소로 살다가 우리를 떠나간 얼룩빼기 누나의 그 커다란 눈망울이 잊히지 않는다.

EBS 다큐프라임 〈가축〉을 제작하면서 소가 밭갈이를 하는 장면이 필요했다. 불과 얼마 전까지만 해도 출장을 다니다 보면 밭갈이하는 소를 심심치 않게 볼 수 있었기에 쉽게 촬영을 할 수 있을 것이라 생각했는데 오산이었다. 전국 여기저기를 다니며 밭갈이하는 소를 찾았지만 돌아온 답은 "요즘 누가 소로 밭을 갈아요?" 하며 오히려 나를 이상하게 바라보았다.

맞는 말이다. 농기계가 널렸는데 이제 누가 소로 밭을 갈겠는가?

농기계야 소처럼 여물을 끓일 필요도 없고, 휴식도 필요 없고, 특히 메밀만두를 해 먹일 필요도 없다. 우여곡절 끝에 삼척의 어느 산골 마을에서 소로 밭갈이하는 할아버지 부부를 만나서 촬영을 마칠 수 있었다. 촬영이 끝나고 할아버지는 더 이상 소로 밭갈이를 안 하실 것처럼 말씀하셨다. 그 후 몇 년의 세월이 흘렀다. 이제는 우리나라 어디에서도 밭갈이하는 소를 찾을 수 없을지도 모른다. 세월이 얼마만큼 더 흐르면 쟁기를 끌며 밭을 가는 소의 이야기는 '옛날 옛적에'로 시작하는 전설이 될 것 같다.

습지에 강한 물소

　물소는 이름이 비슷한 소와는 전혀 다른 동물로, 기원전 2,500년 무렵 동남아시아 지역에서 가축이 된 것으로 알려져 있다. 야생 물소는 지금도 소수가 생존해 있다. 현재 물소는 인도, 네팔, 중국 남부, 베트남, 인도네시아 등 열대 지방에서 농사에 주로 쓰이는데, 예전 우리나라에서 했던 소의 역할을 하는 가축으로 볼 수 있다.

　물소를 주로 사육하는 아시아의 열대 지역은 벼농사가 발달해 일년에 3모작까지도 가능하다. 벼를 재배하는 논은 질퍽질퍽해 발이 빠져 사람은 물론 동물 또한 일하기가 어렵다. 하지만 물소는 원래 자연에서의 서식지도 강이나 늪과 같은 습지여서 이런 환경에 적응한 동물이다. 커다란 발굽 때문에 습지에서도 쉽게 빠지지 않고 자유롭게 활동할 수 있기 때문이다.

천하장사급 물소

인도네시아 자와섬에 있는 작은 마을 보고르의 농부 모모 아저씨의 집을 찾았다. 마당에서는 어미 닭이 병아리를 데리고 다니며 땅을 헤치고, 작은 나무 우리에는 흑염소도 있어 예전 우리나라의 시골집과 비슷한 분위기였다. 다만 외양간에 소 대신에 물소가 있었다는 것이 다른 점이었다. 모모 아저씨의 계단식 논은 산비탈에 있었는데 좁은 길을 한참 올라가야 했다. 논에는 물이 가득 차 있고 한쪽에는 쟁기가 놓여 있었는데 우리나라에서 보던 것보다 훨씬 육중해 보였다. 모모 아저씨가 물소 두 마리에 쟁기를 지우더니 논을 갈기 시작하는데 정말이지 삽시간에 꽤 넓은 논갈이가 끝나버렸다.

그 광경을 보고 '물소는 정말 힘이 장사구나' 하는 생각을 했다. 소보다 훨씬 힘이 센 것 같았다. 옛 기록을 보면 우리의 전통 한우도 물소와의 교배를 통해 병에 강하고 힘이 센 품종으로 개량했다고 한다.

> 여기는 땅이 질퍽거려 소가 일하기에 적합하지 않아요. 물기가 많은 논이나 습지에서 걷거나 올라갈 때도 소는 잘 버티지 못해요. 물소가 훨씬 빠르게 이동합니다.
>
> – 모모(인도네시아 보고르 마을의 노인)

물소는 이름에서 알 수 있듯 반드시 물이 있어야 한다. 그래서 물소를 관리하는 데 가장 중요한 것이 목욕이다. 이날도 모모 아저씨는 논갈이를 마치고 집으로 돌아와 물소를 정성껏 목욕시켰다. 물소는 목욕을 단 며칠만 하지 못해도 기운이 떨어지고 시름시름 앓기까지 한다.

가축 이야기

물소는 하루에 세 번 목욕을 해야만 합니다. 소는 목욕을 시킬 필요가 없지만 물소는 물이 필요하죠.

– 아구스(인도네시아 보고르 마을의 농민)

인도네시아는 수많은 섬으로 이루어진 나라로 곳곳에 천혜의 아름다운 바다가 펼쳐져 있다. 바닷가 곳곳에 멋진 해양 리조트가 있어 세계 곳곳에서 관광객이 찾는다. 그런데 한번은 물소들이 그 아름다운 바다로 뛰어드는 모습을 보았다. 알고 보니 부근에 적당한 민물이 없는 탓에 바다에서 목욕을 하는 것이란다. 남태평양의 코발트빛 바다, 그곳에서 하루 세 번 유유히 해수욕을 즐기던 물소들, 참 팔자 좋은 녀석들이다.

| 인도네시아 자와의 쟁기질하는 물소

당나귀는 열심히 일하는 남자 같아요

당나귀는 가장 저평가된 가축이다. 'donkey'라는 단어를 영어사전에서 찾아보면 '당나귀'에 이어 곧바로 '얼간이' '바보'라는 말이 나오니 말이다. 하지만 당나귀는 역사와 전통을 자랑하는 가축으로 낙타보다 먼저 카라반에 이용됐는데, 예전에 이집트에서는 남북으로 300킬로미터를 오가며 짐을 날랐다고 한다. 낙타가 등장하면서 필요성이 점차 떨어졌지만 당나귀는 현재도 세계 곳곳에서 짐꾼으로 맹활약 중이며 특히 자연환경이 열악한 곳에서 유용하다. 거친 먹이도 잘 먹는데다 무엇보다 인내력이 뛰어나기 때문이다.

당나귀를 처음 만난 곳은 타지키스탄의 밀을 수확하는 현장이었다. 당나귀 몇 마리가 짐을 나르고 있었는데 그중 한 놈이 갑자기 "히힝, 히힝~ 히힝" 하며 숨넘어가듯 울어댔다. 당나귀에게는 미안하지만 정말 우스운 소리였다. 한 놈이 "히힝히힝"을 시작하자 주변의 다른 놈도 경쟁적으로 "히힝히힝" 합창을 시작했다.

가축 이야기

지금도 당나귀를 떠올리면 그 독특한 울음소리부터 생각난다. 희한한 소리로 울어대니 사람들에게 바보, 얼간이란 인상을 주는 것인지도 모르겠다. 파미르고원에 올라가면 덩치가 큰 말은 전혀 볼 수 없고 당나귀만 눈에 띄는데, 이는 먹이가 부족한 고산에서 당연한 선택일 것이다. 사람들도 당나귀를 타고 다니는데 그 모습은 어설프기 짝이 없다. 당나귀를 탄 사람의 모습에서 말을 탄 사람으로부터 느껴지는 위엄은 찾아보기 힘들다(그러고 보면 아마 나도 당나귀에 대한 편견이 있는 모양이다).

에티오피아 여성들이 사랑하는 가축

당나귀는 타고난 짐꾼으로 100킬로그램의 짐을 지고 하루에 4시간을 이동할 수 있을 정도로 튼튼하다. 에티오피아 하라르 외곽의 작은 마을인 마르코, 이 지역은 농업이 성한 곳으로 사탕수수와 망고를 재배하는데 이 일은 오롯이 여자와 당나귀의 몫이다.

남자들은 종일 '차트Khat'라는 일종의 환각 식물을 씹어댄다. 차트의 환각 작용 때문인지 눈은 붉게 충혈되어 있고 술에 만취한 사람처럼 보였다. 참 안타까운 일이었다.

우리가 마르코 마을로 촬영을 갔을 때는 마침 사탕수수 수확이 한창이었다. 수확한 사탕수수는 50센티미터 정도의 길이로 잘라 하루 정도 말린 후 당나귀에 싣고 시장에 내다 파는데, 이 고된 일도 오롯이 여자들의 몫이다(남자들은 사탕수수 수확만 하고 그 후의 일은 모두 여자들이 한다).

| 사탕수수를 운반하는 당나귀

아침 6시, 마을 곳곳에서 사탕수수를 잔뜩 짊어진 당나귀와 여인들이 쏟아져 나왔다. 시간이 지나면서 당나귀 카라반의 대열이 점점 늘어나기 시작했는데, 짐을 나르는 당나귀는 모두 수컷이었다. 암컷보다 빠르고 힘이 세기 때문이란다. 암컷은 더 중요한 일을 한다. 새끼를 낳아 기르는 일이다.

수컷들끼리 길을 가다 보니 이 녀석들이 가끔씩 힘자랑을 하느라 날뛰며 싸우다가 등에 싣고 있던 사탕수수 자루를 땅에 떨어뜨리기도 했다. 그러자 곧바로 당나귀의 엉덩이에 회초리 응징이 가해졌다(빈둥거리며 차트만 씹어대는 남편에게도 회초리 응징을 하고 싶을 것 같다).

사탕수수를 팔러 가는 도로는 길이 좁은데다 수시로 커다란 트럭이 지나다녀 위험하기 짝이 없었다. 촬영 중에도 갑자기 나타난 차량

가축 이야기

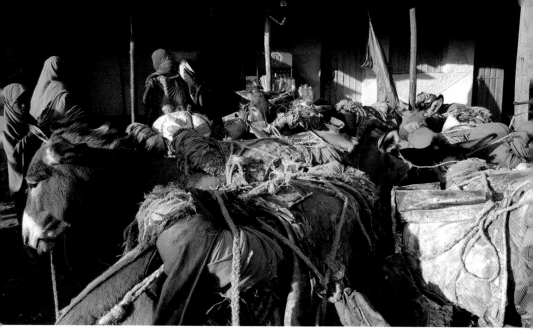

| 카라반을 마친 당나귀들
빈 자루에는 사탕수수 대신 생필품을 싣고 집으로 돌아간다.

으로 위험한 순간을 몇 번이나 맞았다. 트럭 못지않게 조심해야 할 게
하나 더 있었는데 바로 당나귀의 뒷발이다.

당나귀는 말 못지않은 뒷발차기의 명수로 심지어 개들도 당나귀
를 무서워한다. 나도 근접 촬영을 하려고 방심한 채 당나귀 뒤로 갔다
가 놈의 뒷발차기에 제대로 당했다. 다행히 들고 있던 카메라가 방패
역할을 한 덕분에 몸을 다치지는 않았지만 대신 카메라 렌즈가 박살
나고 말았다. 카메라 렌즈의 가격을 생각하니 속이 쓰릴 대로 쓰렸다.

우여곡절 끝에 4시간을 부지런히 걸어 10시 무렵 하라르의 시장
에 도착하자 여기저기에서 흥정이 벌어졌다. 우리의 촬영에 동행해 준
알리마 우메테사 아주머니는 사탕수수 값을 후하게 받았는지 표정이
무척 밝았다.

여인들은 사탕수수를 판 돈으로 생필품을 구입해 당나귀에 실었다. 이제 다시 4시간이 걸려 집으로 돌아가야 하는 것이다. 짐이 가벼워진 당나귀도, 사탕수수를 좋은 값에 판 여인들도 모두 발걸음이 가벼웠다. 에티오피아에서 당나귀는 여자들의 가축이다. 고단한 여성들의 삶의 동반자이기 때문이다.

당나귀는 열심히 일하는 남자 같아요. 그리고 다른 가축들처럼 우리 삶의 중요한 역할을 담당하기 때문에 우리는 당나귀를 매우 아낍니다. 자동차나 다른 운송 수단이 있다면 당나귀를 쉬게 해 주고 싶지만 지금은 별다른 방법이 없어서 당나귀에게 일을 시킬 수밖에 없어요.

– 알리마 우메테사(에티오피아 마르코 마을의 당나귀 카라반)

소나 염소, 닭과 같은 가축은 모두 집 안에서 기르며 사람과 같이 잠도 자지만 당나귀는 밖에서 기른다. 그러다 보니 밤에 밖에 매어 놓은 당나귀가 하이에나에게 잡아먹히는 일도 종종 발생한단다. 아프리카, 동물의 왕국답다.

왜 그 소중한 당나귀만 밖에서 기르는지 묻자, 조금 전에 당나귀는 열심히 일하는 남자 같다며 칭찬을 늘어놓던 우메테사 아주머니에게서 돌아온 대답은, 당나귀는 냄새가 많이 나서 집 안에서 기를 수 없다는 것이었다(말로는 당나귀를 칭찬했지만 우메테사 아주머니 역시 당나귀를 무시하는 게 틀림없다).

아주머니는 내일 땔감 나무를 팔기 위해 당나귀와 함께 또 그 길을

| 파미르고원의 당나귀
당나귀는 거친 먹이도 잘 먹고 추위에 강하며 인내심이 뛰어난 가축이다.

나설 것이라고 했다. 내일도 당나귀는 힘든 하루를 보낼 것이 분명했다. 당나귀의 등은 무거운 짐에 쓸려서 털이 듬성듬성 빠져 있었지만 녀석들은 길을 가는 중에도 틈틈이 모래 속에 묻힌 낙엽이나 마른 풀뿌리를 찾아 먹었다. 그 억척스러움과 인내심으로 여자들에게 사랑받는 가축이 되었을 것이다.

나의 PD 은퇴 후 계획은 귀촌을 해서 조그마한 텃밭을 가꾸는 것이다. 감자와 옥수수를 키우고 콩 농사를 지어 직접 두부도 만들어 먹을 계획이다. 그리고 난방은 온돌에 나무를 땔 계획이다. 그때가 되면 일꾼으로 당나귀 한 마리를 기를 계획이다.

| 고비사막

낙타 이야기

낙타는 가장 최근에(그래도 약 4,500년 전이다) 길들여진 가축이다. 낙타는 혹이 두 개인 쌍봉낙타Bactrian Camel와 혹이 하나인 단봉낙타Dromedary Camel 두 종류로 나뉘는데 쌍봉낙타는 몽골과 중국과 중앙아시아에서, 단봉낙타는 인도와 아라비아 그리고 아프리카 등지에서 기른다. 가축화에서 흥미로운 사실 중 하나는 짐을 나르는 낙타나 당나귀 같은 가축은 그들의 야생 조상과 비교해 겉모습이 거의 변하지 않았다는 점이다. 소, 양, 염소, 돼지와 같이 고기를 먹는 가축은 야생 조상과는 확연하게 다른 모습으로 변했지만, 낙타나 당나귀 같이 짐을 나르는 동물은 외모의 변화가 거의 없다.

쌍봉낙타의 조상인 야생 쌍봉낙타는 몽골 고비사막의 오지에서 극소수가 살고 있다. 몽골은 중앙아시아의 오지, 고비는 몽골의 오지, 그런 고비에서 또 오지, 그야말로 완전한 오지에서 살아가고 있다.

야생 쌍봉낙타가 살고 있다는 오지로 가는 여정은 상상할 수 없을 정도로 적막했다. 꼬박 5일간 온종일 차를 달려도 지나가는 다른 차량은 물론 사람 한 명 만날 수 없는 길을 지나기도 했다. 고비사막 깊은 곳에서 만난 야생 쌍봉낙타는 가축 쌍봉낙타에 비하면 몸집이 작고 다리도 가늘어 왜소한 체형이지만, 대신 순발력이 좋아 늑대와 같은 포식동물로부터 빠르게 도망갈 수 있다. 털색 또한 야생 낙타는 모래와 같은 갈색인 반면에 가축 낙타는 검붉은 갈색에 숱이 많아 전체적으로 풍성한 느낌이다. 또한 가축 낙타는 다리가 두껍고 몸에 지방이 많아 지구력이 뛰어나다. 거의 모든 동물은 가축으로 되어 가면서 덩치가 작아지는데 쌍봉낙타는 이 법칙을 거스른 거의 유일한 가축이다. 무거운 짐을 지고 먼 거리를 이동하는 데 필요한 방향으로 육종이 이루어진 결과일 것이다. 고비에 살고 있는 야생 낙타의 성격은 포악하기 그지없다고 한다.

야생 수컷 낙타들은 싸움에서 이기는 놈이 암컷을 모두 차지하게 됩니다. 수컷들이 싸울 때는 머리나 입 주변을 물어뜯으며 격렬하게 싸웁니다. 키우는 낙타들과는 상대도 안 될 정도로 힘이 세서 상대방을 물고 집어 던지기도 합니다. 주변에 사람이 있다면 사람을 공격하기도 합니다. 실제로 몇 번 사람을 공격한 적도 있습니다.

– 야생 낙타 보호지역 관리인

낙타의 가장 힘든 하루

가축이 되면서 조금 온순해졌다고는 해도 낙타는 성격이 거칠고 힘도 세 코뚜레를 꿰어야만 사람이 부릴 수 있다. 낙타가 두 살이 되었을 때 코뚜레를 꿰는데 이날은 낙타에게 평생 잊을 수 없는 가장 힘든 하루가 된다.

코뚜레를 꿰는 시기는 날씨가 선선한 봄이나 가을로, 무더운 여름철은 코뚜레를 한 부위가 덧날 수 있어 피한다. '보르헤스'라는 고비에서 자라는 관목을 사용해 코뚜레를 꿰는데, Y자 모양의 나뭇가지를 구해 끝을 날카롭게 깎아 만든다.

심상치 않은 분위기에 낙타가 달아나려 발버둥치지만 건장한 사내들은 밧줄을 던져 낙타를 쓰러뜨리고는 굵은 줄로 온몸을 꽁꽁 묶어 제압했다. 끔찍한 고통의 순간이었다. 왼쪽에서 오른쪽으로 순식간에

| 코뚜레를 꿰는 낙타
낙타에게는 최악의 하루일 것이다.

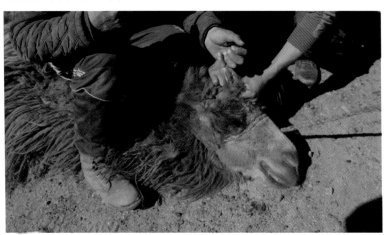

코를 뚫자 낙타가 토하며 죽을 듯이 비명을 질렀다. 지켜보는 것만으로도 무시무시한 광경이었다.

> 낙타는 힘이 센 동물이에요. 코뚜레를 꿰어야만 사람이 이용할 수 있어요. 그렇게 하지 않으면 아예 이용하지 못해요. 코뚜레를 하지 않으면 머리를 치켜 올려서 사람을 들이받아요.
>
> – 잉헤(몽골 유목민)

힘들게 코뚜레를 꿴 낙타는 그다음 사람을 태우는 훈련을 받는데 기본은 "앉아" "일어서"다. 몽골 유목민에게 대대로 내려오는 낙타 길들이기 방법은 상당히 거칠어 보였는데, 낙타의 저항 의지를 꺾어 버리려는 것처럼 느껴졌다.

장정들 몇이 낙타의 앞다리에 밧줄을 걸고 잡아당겨 앞무릎을 꿇리자 낙타가 뒷다리는 꿇지 않으려고 버텼다. 뒷무릎을 마저 꿇게 하는 요령은 단순 무식하게 힘으로 제압하기였다. 무지막지하게 짓눌러 뒷무릎을 마저 꿇게 하려는 사람과 버티는 낙타, 팽팽한 균형이 얼마간 계속되다 결국 사람들에게 짓눌려 낙타는 뒷무릎마저 꿇고 말았다. 이 과정을 몇 차례 반복하면 낙타는 더 이상의 반항을 포기하고 고분고분 일하는 가축으로 길들여진다고 한다. 이렇게 폭력은 사람도 짐승도 무기력하게 만든다.

낙타를 훌륭한 일꾼으로 만드는 데는 사실 다음 단계가 중요하다. 가축으로 가장 중요한 배움은 사람과의 친밀한 교감이라고 한다. 이 과정은 오랜 시간과 많은 노력이 필요하다고 한다. 좋은 가축은 하루

가축 이야기

| 훈련 중인 낙타
강제로 앞무릎을 꿇린 낙타는 뒷무릎은 꿇지 않으려고 버틴다. 뒷무릎마저 꿇리려는 사람과 힘겨루기가 벌어진다.

아침에 만들어지지 않는 법이다.

> 낙타는 자꾸 잡아주고, 타고 다니고, 또 놓아주면서 사람과 친밀
> 해져요. 그래야 성격이 순해져요. 우리 집에서는 한때 새끼 낙타
> 를 잡지 않고 놔뒀더니 성격이 나빠졌어요.
>
> – 잉헤

낙타 전문가 다우가 아저씨

홍고린엘스, 자홍엘스, 보르헤르엘스 등 몽골의 고비에는 '엘스'라
는 이름이 붙은 지명이 많은데 엘스는 모래 언덕을 뜻한다. 모래 언덕

이라고는 하지만 보통 길이가 수십 킬로미터에 달하는 엄청난 규모다. 그중의 한 곳이 보르헤르엘스다. 이곳에서 사십 마리 정도의 낙타를 기르는 다우가 아저씨를 만나 낙타에 대한 많은 이야기를 들을 수 있었다. 아저씨 말에 따르면 좋은 낙타는 혹이 결정한다. 낙타는 타고난 짐꾼으로 쌍봉낙타의 경우에는 150킬로그램의 짐을 운반할 수 있다. 알다시피 낙타가 사막에서 오랫동안 물을 먹지 않고도 버틸 수 있는 이유는 혹에 있는 지방 때문이다.

> 짐을 실을 때 좋은 낙타는 혹과 혹 사이가 넓고, 종아리 부위가 튼튼하며 길고 두꺼운 낙타입니다. 그런 낙타가 짐을 많이 실을 수 있어요.
>
> — 다우가

> 이 낙타는 '쉬레'라고 하는 혹이 나 있는데 이건 서 있는 혹을 말해요. 아주 건강하고 살찐 상태죠. 반대로 혹이 이렇게 누워 있는 건 겨울 내내 짐을 싣고 다녀 힘이 빠진 상태라서 내려앉은 거예요. 올 여름에 계속 먹이고 쉬게 하면 가을에 이런 식으로 다시 혹이 설 겁니다.
>
> — 다우가

몽골에서 낙타를 가장 많이 기르는 고비는 몽골어로 '메마른 땅'을 뜻한다. 이곳은 다른 지역에 비하면 풀이 잘 자라지 못하고, 그나마 있는 풀도 건조한 기후에 견디도록 잎과 줄기가 두껍고 가시투성이다.

가축 이야기

낙타는 이 메마르고 황량한 곳에서도 살아가는데 다른 동물은 먹지 못하는 거친 풀이나 관목도 먹을 수 있기 때문이다. 한번은 낙타가 무언가를 맛있게 먹고 있기에 '뭘 저렇게 맛있게 먹나?' 하고 가까이 가 보니 가시투성이의 나뭇가지를 뜯어먹고 있었다. 작은 가시도 아닌 이쑤시개 굵기의 엄청난 가시가 있는 나뭇가지였는데, 아무렇지도 않게 그걸 먹는 낙타의 입술과 혀의 구조가 궁금했다. 한번 만져 보고 싶었지만 나를 째려보는 낙타의 눈과 마주치고는 즉시 단념했다.

몽골에 전해 오는 낙타에 관한 전설이 있다. 옛날 12간지의 동물을 정할 때 마지막 남은 한 자리를 두고 낙타와 쥐가 경쟁하게 되었다고 한다. 논의 끝에 아침에 뜨는 태양을 먼저 보는 동물이 승자가 되기로 했단다. 키가 큰 낙타는 당연히 자신이 이길 것이라 자신하며 해가 뜨는 쪽을 향해 서 있었는데, 결정적인 순간에 쥐가 낙타의 혹 위로 올라가 아침 태양을 먼저 봤다고 한다. 그래서 쥐가 십이지신十二支神에 포함되고 낙타는 탈락했다는 이야기다. 그래서 지금도 낙타는 쥐를 싫어한단다. 비슷한 이야기를 어디선가 들은 것 같은데 다우가 아저씨와 내가 어린 시절 같은 동화책을 읽은 모양이다.

낙타들이 모래에서 뒹굴며 모래 목욕을 하는 이유는 쥐를 죽이려고 하는 거예요. 낙타는 십이지신에 속해 있는 동물들의 특징을 다 가지고 있어요. 용의 목, 토끼의 코, 뱀의 꼬리, 이런 식으로 모두 가지고 있는 거죠.

– 다우가

| 먹이를 먹는 낙타

낙타는 사막에 최적화된 동물이다. 긴 속눈썹과 자유롭게 열고 닫을 수 있는 콧구멍은 심한 모래와 먼지를 막아 주고, 크고 넓적한 발은 모래에 빠지지 않고 자유롭게 사막을 다닐 수 있도록 해 준다. 하지만 초보자가 낙타를 타기란 무척 힘든 일이다. 다우가 아저씨의 낙타를 탈 기회가 있었다. 일단 등이 넓어 다리를 넓게 벌려야 했는데 가랑이가 찢어질 듯 아팠다. 게다가 낙타는 흔들림이 심해 조금만 타고 있어도 멀미가 날 정도였다. 한번은 낙타를 타고 모래 언덕을 지나는데 어느 틈에 일행에서 뒤처져 나 혼자만 남게 되었다.

낙타는 자신이 태운 사람의 내공을 파악하는 능력이 있는 모양이다. 주변에 다른 사람이 아무도 보이지 않자 나를 태운 낙타 녀석이 갑자기 반항하기 시작했다. 제대로 가지 않고 풀을 뜯으려는가 하면 저 가고 싶은 엉뚱한 곳으로 가려고 했다. 고삐를 당기고 소리를 쳐봐도

가축 이야기

요지부동, 아예 나를 노골적으로 무시했다. 그러더니 고개를 돌려 나를 째려보기까지 했는데 녀석의 눈빛이 정말 무서웠다. 결국 낙타에서 내려서 놈을 끌고 걸어갈 수밖에 없었다. 얼마 후 일행을 만나서 다우가 아저씨에게 낙타가 나를 무시했다고 고자질했다.

다우가 아저씨가 다시 낙타를 타 보라고 해서 낙타에 올랐는데 이럴 수가 있나! 녀석이 엄청나게 순종적으로 변한 것이다. 어이가 없던 것은 물론 완전히 놀림을 당하는 기분이었다.

모래 언덕을 내려오는 길이었는데 이번에는 다우가 아저씨가 탄 낙타가 무엇이 마음에 안 들었는지 갑자기 날뛰다가 아저씨를 태운 채로 모래 언덕에서 굴러 떨어졌다. 다행히 사람도 낙타도 크게 다치지는 않았다. 유목민은 말이나 낙타에서 떨어지는 일을 무척 수치스럽게 생각하는데 다우가 아저씨도 무척 화가 난 모습이었다. 아저씨는 이 녀석은 성격이 나빠서 안 되겠다며 이번 겨울에 도축해 고기로 쓸 것을 선언했다. 확인은 못 했지만 아마도 녀석은 그해 겨울에 고기가 됐을 것이다. 앞서 이야기했듯 성격이 거친 가축은 도태되는 게 가축의 숙명이다. 그래서 가축은 점점 온순해진다.

낙타털 깎기

낙타의 우스꽝스러운 모습을 본 적이 있다. 조금 오래된 일인데 그때도 고비를 향해 가고 있었다. 몽골에서 가장 아름다운 계절 6월이었다. 푸르고 풍요로운 초원 저 멀리 낙타 무리가 보이고 가끔씩 "웩웩" 하는 비명소리가 들려왔다. 다가가 보니 사람들이 낙타의 털을 깎고 있었다. 코뚜레를 할 때와 같이 낙타를 꽁꽁 묶어 놓고 가위로 낙타의 털을 뭉텅뭉텅 잘라내고 있었다.

꼼짝 못하고 털이 잘리는 낙타는 비명을 지르면서 사람을 향해 녹색의 토사물을 사정없이 뿜어내고 있었다. 낙타의 필살기는 좀 더럽지만 침 뱉기와 토하기다. 특히 낙타의 토는 위액과 소화 중인 풀이 섞인 짙은 녹색으로 냄새가 고약한데다 강한 산성이라 살갗에 닿으면 피부가 부풀어 오를 정도로 독하다. 낙타는 무언가 마음에 들지 않거나 시비를 걸고 싶을 때 배 속 깊숙이에서 토를 끌어올려 뿜어댄다. 낙타털을 깎고 있는 아저씨는 이미 낙타가 뿜어낸 토사물을 온몸에 뒤집어쓰고 있었다. 세상에 이렇게 힘들게 털을 깎다니! 낙타의 털은 질기고 튼튼해 주로 끈을 만드는 데 쓰인다.

낙타 목의 앞부분에 난 털 적토르로 카펫을 만들어요. 게르 전체를 묶어 주는 두꺼운 밧줄인 '부츠도르'를 포함한 게르 안에서 사용하는 모든 끈을 만드는 데도 쓰죠.

— 다우가

그날 가장 기억에 남은 장면은 털을 모두 깎이고 벌거숭이가 돼 일렬로 늘어서 있던 낙타들의 모습이었다. 고생한 낙타에게 그러면 안 되는데 정말 우스운 광경이었다.

가축 이야기

| 털 깎인 낙타
시원해 보이기는 하는데, 어째~

너무나 기르고 싶은,
그러나 기를 수 없는

안데스의 공주로 불리는 동물, 잉카 왕국에서 가장 소중히 여긴 동물, 가장 값비싼 털을 가진 동물. 바로 비쿠냐Vicugna를 설명하는 말이다. 비쿠냐는 남미, 안데스산맥의 해발 4,000미터 이상의 고산지대에서만 사는데, 안데스의 공주라는 별명에 어울리는 예쁘고 날렵한 외모를 가졌다. 얼핏 보면 사슴과 비슷하지만 실은 낙타의 일종이다.

옷감에 사용하는 동물의 털은 굵기가 가늘수록 고급에 속한다. 가는 털이 따뜻하고 촉감이 좋기 때문이다. 그런 면에서 비쿠냐의 털은 다른 어느 동물의 털보다 가늘어 최고급 옷의 재료로 사용된다. 비쿠냐 털로 만든 정장 한 벌의 가격은 우리 돈으로 무려 6,000만 원에 이른다고 한다(티베트고원에 서식하는 치루 영양의 털도 같은 무게의 금보다 비싸다고 한다).

사람들은 그 옛날 잉카 시대부터 비쿠냐를 길들여 가축으로 만들려고 엄청난 노력을 기울였지만, 결국에는 실패해 비쿠냐는 지금도 야생동물로 살고 있다. 비쿠냐는 성질이 너무 예민해 갇힌 환경에 적응

가축 이야기

| 비쿠냐

사슴과 비슷하지만 낙타과의 동물이다.

하지 못하기 때문이라고 한다.

잉카 시대, 어떻게 해서든지 비쿠냐 털을 얻기 원했던 사람들은 한 가지 방법을 고안했다. 2년에 한 번 '차쿠Chaccu'라는 행사를 하는데, 이 때 커다란 그물을 쳐놓고 동시에 여러 사람이 비쿠냐를 그물로 몰아 생포한 후 털을 깎고는 다시 자연으로 되돌려 보내는 방법이다.

잉카문명이 존재했을 때 이미 비쿠냐 사냥을 하고 비쿠냐의 털을 깎았습니다. 하지만 이것은 오직 잉카의 왕족들만을 위한 것이었 습니다. 이 섬유는 굉장히 귀한 것이었기 때문에 일반 사람들의 사용은 암묵적으로 금지되어 있었습니다. 오늘날도 비쿠냐 털로 만든 섬유는 굉장히 비싸죠. 이 섬유로 만든 정장 한 벌에 약 4만 5,000유로(약 5,900만 원)나 하니까요.

　　　　　　　　　- 마르코 안토니오 주니가스(루카나스 비쿠냐 프로젝트 진행사)

벽화에 새겨진 비쿠냐

페루의 안데스산맥, 해발 4,000~4,200미터 사이에 있는 팜파 갈레라스Pampa Galeras고원은 비쿠냐의 최대 서식지로 유명하다. 비쿠냐는 보통 열 마리 정도가 작은 무리를 짓고 살아간다. 비쿠냐는 일정한 장소에서만 똥을 누는 습성이 있다(우리나라의 산양이나 사향노루도 이 같은 습성이 있다). 그래서 '똥 자리'를 보면 비쿠냐가 어디에 얼마만큼 있는지를 짐작할 수 있다. 현지인들은 바싹 마른 비쿠냐의 똥을 물에 넣고 끓여 감기약으로 사용하기도 하는데 향긋한 풀 냄새가 난다고 한다.

안데스에서 비쿠냐는 아주 오래전부터 중요한 동물이다 보니 바위에 그린 벽화가 남아 있다고 한다. 1시간만 걸으면 벽화를 볼 수 있다기에 현지인을 따라나섰는데, 무려 3시간을 걸었지만 비쿠냐 벽화를 찾을 수 없었다.

헉헉거리며 안데스의 황무지를 헤매다가 조그만 동굴을 발견하고 안에 들어갔다가 기절할 뻔했다. 좁은 동굴 안이 사람의 뼈로 가득 차 있었던 것이다. 병으로 죽은 목동의 시신을 버려둔 곳이란다. 마을에 질병이 퍼지는 것을 막기 위한 장례법이라는데 나로서는 이해하기 어려웠다. 죽음의 동굴을 지나 얼마를 더 가서야 바위에 그려진 비쿠냐

 비쿠냐 벽화

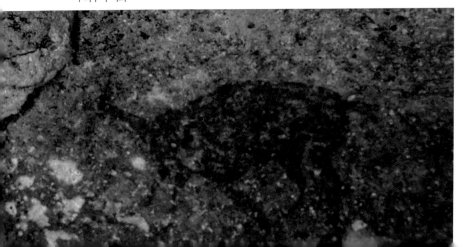

그림을 찾을 수 있었다. 우리를 안내한 현지인의 설명으로는 2,000년 전 그림이라는데 아무리 봐도 그렇게 오래된 것 같지는 않아 보였다. 언제 누가 그린 그림인지는 확실치 않지만 단순한 선으로 비쿠냐의 특징을 제대로 표현한 멋진 그림이었다. 어찌 됐든 바위에 벽화를 남길 만큼 안데스 사람들에게 비쿠냐는 중요한 동물임이 분명했다.

최고급 털을 가진 동물들의 비애

차쿠는 잉카의 가장 중요한 명절인 태양절에 맞춰서 열린다. 태양절 행사는 지구와 태양이 가장 멀리 떨어지는 6월에 일주일가량 열린다(남반구의 페루는 우리와 정반대의 계절을 나타낸다). 사람들은 차쿠 행사를 앞두고 팜파 갈레라스고원에 길이가 수 킬로미터에 달하는 거대한 그물을 설치하는데, 입구 쪽은 폭이 넓고 뒤로 갈수록 좁아지는 함정 형태다. 마치 바다에서 정치망으로 물고기를 잡는 것과 비슷하다. 정치망에 들어온 물고기같이 한번 그물로 들어온 비쿠냐는 결국은 그물 끝에 모이게 된다.

행사가 시작되자 수백 명의 사람이 일시에 고원 곳곳에서 그물을 향해 비쿠냐를 몰아대기 시작했다. 원하면 관광객도 비쿠냐 몰이에 참가할 수 있지만 4,000미터가 넘는 고산에서 돈을 내고 몰이에 참석하는 사람은 거의 없다.

사람에 쫓긴 비쿠냐가 결국 그물 끝의 좁은 공간에 모였다. 족히 3백 마리는 되어 보이는 비쿠냐가 한데 몰려 우왕좌왕하며 피우는 흙먼지가 자욱했다. 이제는 털을 깎을 차례였다. 그물 안으로 들이간 사

| 차쿠 축제의 그물망에 잡힌 비쿠냐

비쿠냐는 털이 깎이는 동안 작은 소리 한 번 내지 않는다.

람들이 비쿠냐를 한 마리씩 안고 나와 바닥에 눕히고는 털을 깎기 시작했다. 예전에는 칼이나 가위를 사용했다는데, 지금은 전동 기계로 털이 굵은 가슴 부분은 제외하고 등 주변의 털을 깎는다. 한 마리에서 나오는 털의 양은 많지 않아 삼십 마리 정도의 털을 모아야 정장 한 벌을 만들 수 있는 양이 된다고 한다.

야생에서 자유롭게 살다가 졸지에 인간에게 붙잡혀 털이 깎이는 데도 비쿠냐는 조금도 반항하지 않고 심지어는 작은 소리조차 내지 않았다. 세상에 이렇게 순한 동물이 있다는 것이 놀라웠다. 비쿠냐는 눈망울이 커서 가만히 있어도 슬퍼 보이는 동물이라 무자비하게 털이 깎인 비쿠냐를 지켜보기가 안쓰러웠다. 털을 깎은 비쿠냐는 즉시 풀어주는데 상황 파악이 안 된 비쿠냐가 잠시 어리둥절하다가 잽싸게 달아났다.

잉카 시대에는 차쿠 행사에서 처음으로 깎은 비쿠냐의 털 상태를 보고 다음해 농사를 점쳤다는데, 털의 질이 좋으면 풍년의 징조로 받아들였다고 한다. 전통적으로 차쿠 행사가 진행 중일 때 안데스의 새, 콘도르Condor가 하늘을 날면 길조로 받아들이는데 마침 콘도르 세 마리가 행사장 위를 맴돌았다. 하늘을 올려다보던 사람들에게서 환호성이 터져 나왔다. 콘도르를 보며 우리 한국인에게도, 안데스의 인디오에게도 모두에게 좋은 일만 생기기를 기원했다.

동물의 털은 그 굵기가 가늘면 가늘수록 부드럽고 보온성이 좋아 고급 섬유를 만들 수 있다. 최근 들어 인기를 끌고 있는 안데스의 또 다른 가축인 알파카의 털의 굵기가 18미크론인 데 비해 비쿠냐는 13미크론으로 훨씬 가늘다. 사람 머리카락의 10배는 가는 것이다. 1미그론은 1밀리리터의 1,000분의 1이니 비쿠냐 털이 얼마나 가는지, 그만큼 비쿠냐의 털이 얼마나 우수한지를 알 수 있다.

비쿠냐와 더불어 최고급의 털을 가진 또 다른 동물이 있으니 티베트고원에만 살고 있는 영양 치루가 그 주인공이다. 치루는 털이 어찌나 귀한지 같은 무게의 황금보다도 비싸다고 한다. 치루에 비하면 그나마 비쿠냐는 상황이 나은 편이다. 인간이 티베트의 영양 치루의 털을 얻는 방법은 오직 하나, 죽이는 방법뿐이기 때문이다.

그러고 보면 비쿠냐와 치루가 살고 있는 안데스와 티베트는 모두 해발고도가 4,000미터를 훌쩍 넘는 고산지대다. 두 동물 모두 고산의 극심한 추위를 견디기 위해 이런 최고급 털을 갖게 됐을 것이다. 하지만 두 동물 모두 최고급 털을 가졌다는 이유로 인간의 탐욕에 희생당해 심각한 멸종 위기에 처해 있다.

가축 이야기

말을 타고 톈산을 오르다

　　우리나라에서 말은 낯선 가축이다. 그만큼 주변에서 말을 실제로 보기란 극히 드문 일이지만, 중앙아시아로 촬영을 다니면서 말은 내게 익숙한 동물이 되었다. 커다란 덩치에 힘이 엄청난 말을 마주 대하면 위압감이 먼저 든다. 소를 보면 친근한 느낌이 들지만 왠지 말은 그렇지 못하다. 말을 두려워한 것은 나만이 아니다. 역사적으로 말은 수많은 사람들에게 두려움과 공포의 존재였는데, 특히 우리 같은 농경민족에게 수시로 침략해오는 유목민족과 그들이 탄 말은 공포 그 자체였다. 중국도 마찬가지여서 북방 유목민, 흉노족에게 일방적으로 두들겨맞은 중국 한나라 무제는 피 같은 땀을 흘린다는 '한혈마汗血馬'라는 명마를 구하려고 장건을 중앙아시아인 서역으로 보냈다. 세계사에 이름을 남긴 유명한 한혈마의 고향이었던 서역은 지금의 우즈베키스탄과 키르기스스탄의 페르가나 분지다. 그래서인지 우즈베키스탄이나 키르기스스탄에서 만난 말은 피 같은 땀을 흘리지는 않았지만, 다른 곳의 말보다 덩치가 크고 힘도 세 보였다.

유목민의 말 타기 실력

한혈마의 고향이라는 서역, 그중에서도 키르기스스탄을 찾은 이유는 시르다리야$^{Syr Darya}$의 발원지인 톈산의 빙하지대를 촬영하기 위해서였다. 중앙아시아에서 가장 큰 두 강은 아무다리야$^{Amu Darya}$와 시르다리야로, 각각 파미르와 톈산에서 발원해서 메마른 중앙아시아 곳곳을 적시고는 아랄해로 흘러 들어간다. 아무다리야, 시르다리야에서 '다리야'는 강江이라는 뜻이라고 한다.

키르기스스탄의 나른^{Naryn} 지역을 찾은 때는 아름다운 계절 6월이었다. 하지만 멋진 풍경을 감상할 여유는 없었다. 빙하지대까지 말을 타고 가야 했기 때문이다. 솔직히 말하면 말을 타기보다는 걸어가고 싶었지만 그랬다가는 시간이 너무 오래 걸린다기에 꼼짝없이 말에 올라야 했다. 어려서부터 말과 함께 살아온 현지인들은 말 타기가 숨 쉬는 것만큼 자연스러워 보였다.

유목민에게 말이 얼마나 익숙한지 몽골에서는 이런 광경을 본 적도 있다. 한 마을에서 잔치가 있었는데 참석한 손님들 모두가 독한 보드카에 만취해 제대로 걷지도 못하고 비틀거렸다. 모임이 끝나고 참석자들 모두 말에 올라 집으로 향하는데, 어떤 남자는 어찌나 술에 취했는지 몸이 거의 90도로 기울어져 있었다. '저러다 말에서 떨어지면 다칠 텐데' 하며 불안하게 지켜보았는데, 당사자들은 몸도 가누지 못하면서도 말을 타고 바람처럼 달렸다. 이는 음주운전에 과속까지 한 셈이다. 떨어질 듯 떨어질 듯 아슬아슬했지만 모두 아무런 사고 없이 집까지 잘 찾아갔다. 가장 놀라운 것은 주인이 만취해 있어도 말 스스로 집을 찾아간다니 그야말로 자율주행 자동차가 따로 없다. 나는 말에

가축 이야기

| 몽골의 말 길들이기
등에 탄 사람을 떨어뜨리려는 말과 버티는 사람. 하지만 승부는 정해져 있다. 이 과정을 몇 번 반복하면 평생 사람을 태우는 말로 살아간다.

올라타는 것부터가 너무 힘들었다. 한 번에 올라타지 못하고 버둥거리며 말 등에 어찌어찌 오르고 나면 등에서는 식은땀이 흘렀다. 게다가 말 곁에 가까이 갔다가 발굽에 차일까 봐 무섭기도 했다. 실제로 말발굽에 걷어차여 발목에 금이 간 적이 있었다. 살짝 차인 것 같았지만 몸이 공중 부양한 듯 '붕' 떴다가 땅으로 곤두박질쳤다. 단단한 등산화를 신고 있었지만 뼈에 금이 가고 말았다.

우리 일행은 시르다리야의 최상류인 나른강을 따라 텐산을 오르기 시작했다. 빙하가 녹으면서 급속히 불어난 강물은 무서운 속도로 흐르는데, 물속에서 '쿵쿵' 하며 천둥 치는 소리가 들렸다. 강물에 휩쓸려가는 바위들이 서로 부딪치며 만드는 소리라고 했다.

말에 대해 가졌던 오해 중의 하나는, 말은 드넓은 평지에서만 타고 다니는 줄 알았다는 것이다. 하지만 말은 급한 경사의 산을 쉽게 오르고 웬만한 깊이의 물도 거침없이 건넌다. 걸어갔다면 혀를 빼물고 올랐을 가파른 고개와 거친 물살의 강을 말 위에서 편안히 가다 보니 말타기를 잘했다는 생각이 들기도 했다.

말 타고 산 오르기

에메랄드 물빛의 나른강, 넓디넓은 야생화 군락, '카라가이'라고 불리는 키가 30미터를 훌쩍 넘는 전나무 숲, 비할 데 없이 아름다운 풍경들이었지만 내게 경치를 즐길 여유는 조금도 없었다. 말은 자기 등에 올라탄 사람의 말 타기 수준을 정확히 안다는데, 내가 탄 말은 나를 무시하고 있음이 분명했다. 나를 태웠던 낙타가 반항했던 상황과 크게 다르지 않았다. 다른 말은 한눈 한 번 팔지 않고 잘 가는데 이 녀석은 틈만 나면 걸음을 멈추고 풀을 뜯어 먹으려는 것이었다. 옆 사람을 따라 말의 옆구리를 걷어차며 "추아, 추아" 해 봐도 요지부동, 풀을 뜯느라 여념이 없었다. 말은 앞니와 어금니 사이에 빈 공간이 있는데 이를 치극이라고 한다. 특히 말은 치극의 폭이 넓고 길어 이곳에 재갈을 물린다. 그래서 말은 재갈을 문 상태로도 쉽게 풀을 뜯어 먹을 수 있다고 한다. 말에 올라탈 때나 타고 있을 때 발을 받쳐 주는 도구인 등자는 스키타이족이 처음 발명했다는데 덕분에 말 위에서도 안정적인 자세를

가축 이야기

| 말 머리뼈의 치극

유지할 수 있다. 그 결과 말 위에서 활을 쏘고 칼도 휘두를 수 있어 군사적으로 말의 쓰임새가 커졌다고 한다. 하지만 나 같은 초보자에게는 오랜 시간 등자에 발을 걸치고 있는 것도 불편했다. 등자에 발을 깊이 넣고 있으면 혹시라도 말에서 떨어질 때 등자에서 발이 빠지지 않아 말에게 끌려가며 크게 다칠 수 있다며 안내인이 겁을 주었다. 그러더니 등자에 발끝만 살짝 걸치고 있으라는데 이 자세가 참으로 불편했다. 모든 운동이 다 그렇지만 말을 탈 때도 몸의 힘을 빼야 한다는데, 행여 떨어질까 긴장이 되니 온몸이 뻣뻣하게 굳어졌고, 시간이 갈수록 내가 탄 말은 노골적으로 나를 무시하며 제멋대로 가려고 했다. 일행은 저만큼 앞서 산을 오르고 있는데 이 녀석은 심지어 아래로 내려가려 하기도 했다. 말을 버리고 걸어가고 싶은 심정이었다.

우여곡절 끝에 저녁 무렵에 이르러 빙하가 시작되는 산의 정상 부근에 도착했다. 말을 타느라 고생은 했지만 역시 말이 빠르기는 했다. 하루 만에 목적지인 해발 4,000미터 부근에 도착했으니 말이다. 만일 걸어서 왔다면 족히 사흘은 걸렸을 것이다. 그제야 주변의 풍경이 눈에 들어오기 시작했다. 산 아래는 늦은 봄이었는데 이곳은 아직도 겨울이었다. 빙하가 녹은 물은 작은 물줄기가 되어 키르기스스탄, 우즈베키스탄, 카자흐스탄을 지나는 길이 2,200킬로미터의 거대한 시르다리야를 이룬다니 감개무량했다. 시르다리야는 우리말로 '비밀의 강'이라는 뜻이라는데 그만큼 이 부근은 잘 알려지지 않은 곳이다.

낮부터 날씨가 심상치 않더니 진눈깨비가 내리기 시작했다. 좀 더 위쪽의 빙하지대에는 눈보라가 맹렬하게 불어왔다. 급한 대로 바위 아래 자연적으로 생긴 좁은 동굴로 몸을 피했다. 멋진 콧수염의 누코 아저씨가 자루에서 다 찌그러진 솥을 꺼내더니 식사를 준비하기 시작했다. 진눈깨비에 젖은 나무를 주워 불을 피우니 좁은 동굴 안이 매운 연기로 가득했다. 하지만 차가운 진눈깨비가 내리니 밖으로 나갈 수도 없었다. 한국도 텐산도 어디서든 먹고살기는 힘들다. 메뉴는 정체불명이었지만 요리법은 아주 간단했다.

1. 솥에 물을 끓인다.
2. 양고기를 넣는다.
3. 파스타를 넣는다(짧고 통통한 파스타였다).
4. 소금으로 간을 맞춘다.
5. 먹는다(개인 그릇에 덜어 먹지 않고 솥을 둘러싸고 앉아 능력껏 퍼먹는다).
6. 남은 음식은 버리지 않고 솥째 방치한다.
7. 다음 끼니 때면 남은 음식에 물과 파스타면을 보충해 끓여 먹는다.

빙하지대에 머무는 며칠 동안 끼니마다 7번을 반복했다. 처음에는 비위생적이라는 생각도 없지 않았지만 먹고살려면 별다른 방법이 없었다. 얼마 후에는 이야말로 음식물 쓰레기가 원천적으로 발생하지 않는 지극히 친환경적인 조리법이란 생각마저 들었다. 게다가 설거지를 할 필요도 없다. 단지 숟가락만 챙기면 되는 것이다. 한 가지, 이 요리의 단점이란 남은 음식을 계속해서 재활용하며 끓이다 보니 국물이 점점 걸쭉해진다는 것이다.

빙하 촬영을 마치고 산 아래로 내려가는 날이 되었다. 내게는 또다시 온종일 말을 타야 한다는 의미였다. 산을 절반쯤 내려왔는데 여전히 말은 나를 무시했고, 무엇보다 엉덩이가 아파 더 이상 말을 타기가 힘들었다. 결국 말에서 내려 걷기로 했다. 두 발로 걷다 보니 그제야 주변 풍경이 눈에 들어왔다. 말을 타고 올라갈 때는 보이지 않고 느끼지도 못했던 에메랄드빛의 강물과 색색의 야생화가 보이고 향긋한 바람도 느낄 수 있었다. 물론 다른 사람보다 훨씬 늦게 산 아래에 도착했지만 톈산을 걷는 내내 너무도 행복했다.

| 톈산의 빙하지대가 시작되는 키르기스스탄 나른
이곳에서 며칠을 묵으며 촬영을 했다.

| 나른강
톈산의 빙하가 녹은 물이 세차게 흐르는 나른강은 시르다리야의 최상류다.

다나킬 사막의 소금 카라반

    지구상에서 가장 더운 곳은 어디일까? 여러 곳이 있겠지만 그중에 는 에티오피아 북동부의 다나킬^{Danakill}사막이 반드시 포함될 것이다. 다나킬사막은 해발고도가 해수면보다 100미터 이상 낮은 저지대로 항 상 뜨거운 바람이 불어와 기온이 50도를 맴도는 곳이다. 게다가 지면 을 뚫고 분출하는 유황 온천이 곳곳에서 끓어오른다. 어디서도 보기 힘든 풍경이다. 그래서인지 예전에 이곳을 방문한 여행자들은 다나킬 을 지옥이라 묘사하곤 한다.

    에티오피아의 수도인 아디스아바바에서 소형 비행기를 타고 다나 킬의 중심 도시 메켈레에 닿았다. 이곳에서 다시 자동차를 갈아타고 5 시간을 달려서 소금 카라반이 출발하는 마을에 도착했다. 지옥과 같이 뜨거운 더위와 함께 다나킬을 상징하는 단어는 유황 온천과 소금이다. 활발한 화산 활동으로 부글부글 끓어오르는 노랑, 초록, 갈색의 형형 색색 유황 온천을 곳곳에서 볼 수 있다. 눈으로 보기에는 황홀할 만큼 아름답지만 사실은 가만히 서 있기조차 고통스러운 곳이다. 땅 아래를

| 다나킬의 유황 온천지대
보기에는 화려하지만 지면의 온도는 70도가 넘는다.

흐르는 용암으로 지면은 발을 딛기 힘들 정도로 뜨거웠는데, 족히 70도는 되는 듯했다. 급기야 우리 일행 중 한 명의 신발 밑창이 녹아버렸다.

　유황 온천지대는 생물이라고는 찾아볼 수가 없는 그야말로 죽음의 땅이었다. 그곳에서 만난 유일한 생명체는 거미 한 마리였다. 무슨 이유인지 구멍 속 집에서 밖으로 나온 거미는 잠시도 가만히 있지 못하고 미친 듯이 바닥을 빙글빙글 돌았다. 견디기 힘들 만큼 뜨거운 지열 때문에 지면에 발을 대지 못해서 하는 행동인 듯했다. 어쩌면 가혹하기 짝이 없는 환경에 거미가 정말로 미쳐 버린 것인지도 모른다. 이토록 끔찍한 곳에 사는 사람은 아파르Afar족으로 양, 염소 같은 가축을 기르거나 소금 채취와 낙타 카라반으로 생계를 잇는다. 아파르족의 마을에 들어서며 가장 인상적이었던 것은 나무의 뿌리와 가지를 얼기설기 엮어 만든 엉성한 형태의 집이었다. 세상 어디서도 볼 수 없는 집이었는

　　　　　　　　　　　　　　　　　　　　　가축 이야기

데 안에서는 밖이 보였고 당연히 밖에서도 안이 훤히 들여다보였다. 아마도 아파르족은 이웃에게 숨길 게 아무것도 없는 모양이었다. 우리가 묵은 호텔도 마찬가지 구조였는데, 황당한 것은 누군가 방안에 크게 실례를 해놓은 것이었다. 결국 돈을 지불하고도 노숙을 해야 했는데 사실 호텔 안팎의 구분이 필요 없었다. 그나마 다행이었던 것은 밤이 되자 기온이 제법 선선해진 것이다.

카라반 일이란 소금을 캐서 낙타에 신고 시장에 내다 팔고는 다시 집으로 돌아오는 일정인데 보통 일주일 정도 걸린다고 했다. 우리는 27년째 소금 카라반 일을 한다는 아부다 알리의 카라반과 동행하기로 했다.

최고의 짐꾼, 낙타

이른 아침, 알리는 낙타 열두 마리와 함께 출발했는데 특별히 이번 여정에는 열두 살 된 아들도 함께했다. 아들에게 소금 카라반 일을 가르쳐주기 위해서란다.

> 열다섯 살 때, 그때는 소금을 캐서 파는 것만큼 좋은 일이 없었어요. 그래서 아버지를 따라 일하는 것이 행복했고, 미래에도 돈을 벌 수 있겠다는 생각으로 즐겁게 일했어요. 27년 동안 소금 카라반을 했어요. 스물여덟 살 때 돈을 가장 많이 벌었는데, 그때 낙타를 더 많이 살 수 있을 거라는 꿈을 꾸며 정말 행복했습니다.
>
> – 아부다 알리(에티오피아 아파르족)

| 에티오피아 다나킬사막의 소금 카라반

| 소금을 채취하는 모습

카라반의 시작은 마을에서 반나절 정도 떨어진 소금 광산에 가서 소금을 캐 낙타에게 싣는 일로 시작된다. 다나킬사막은 해발고도가 해수면보다 훨씬 낮아 밀물 때면 바닷물이 밀려들어오고 썰물 때면 빠져나가는데, 이 과정이 반복되면서 두꺼운 소금층이 생긴다.

마침 밀물이 되면서 지면으로 흘러들어온 바닷물 위를 첨벙거리며 몇 시간을 걸어 소금 채취 장소에 도착했다. 소금층에서 소금 덩어리를 떼어내는 사람, 이를 다듬어 규격에 맞는 소금판을 만드는 사람, 소금판을 나르는 사람 등 소금 카라반의 일은 철저히 분업화되어 있다.

최종적으로 가로 25센티미터, 세로 30센티미터의 소금판을 만들어서 두 개씩 묶은 다음 낙타에 싣는다. 낙타는 한쪽에 12장씩, 양쪽 합계 24장의 소금판을 짊어지는데, 그 무게는 120킬로그램에 달한다. 단봉낙타의 경우 최대 150킬로그램의 짐을 지고 하루에 40킬로미터를

| 소금판을 낙타에 싣는 모습

갈 수 있다니 짐꾼으로는 최고의 가축임에 틀림없다. 소금판 싣기를 마친 낙타의 행렬은 이제 소금 시장이 있는 바르할리를 향해 3일 길을 가야 한다. 이 길은 협곡을 따라 나 있는데, 가끔 상류에 폭우가 내릴 때면 갑자기 협곡 물이 불어나 위험한 순간을 만나기도 한다. 이날도 갑자기 엄청난 흙먼지를 날리며 거센 바람이 불어오더니 갑자기 날씨가 흐려졌다. 일순 카라반 대열에 긴장이 감돌았다.

> 6년 전 홍수가 나서 낙타 여섯 마리가 쓸려갔어요. 그중에 세 마리가 일을 참 잘했어요. 그 녀석들을 잃은 것이 지금도 안타까워요. 제가 울고 있을 때 친구들이 와서 신의 뜻이니 그냥 보내주라며 위로를 해주어서 견딜 수 있었습니다.
> － 아부다 알리(에티오피아 아파르족)

| 야영지에 도착한 낙타
사람들이 낙타의 발에 묻은 소금기를 씻어 준다.

　황량한 사막 너머로 해가 뉘엿뉘엿 넘어갈 무렵, 마실 물이 있는 장소에 도착해 밤을 보내기로 했다. 온종일 섭씨 50도의 뜨거운 더위와 모래바람에 시달렸지만 물가에 도착하자마자 알리는 낙타부터 물을 먹였다. 낙타는 한 번에 200리터까지 물을 마시고는 최대 여섯 달을월을 견딜 수 있다고 한다. 물을 먹인 다음 낙타를 개울로 데려가서는 발을 꼼꼼히 씻겨 주었다. 바닷물에 잠긴 소금 사막을 지나온 낙타의 발에는 소금기가 잔뜩 묻어 있는데, 그대로 두면 발에 상처가 생길수 있기 때문이라고 했다(우리도 해수욕을 한 후에 반드시 민물로 샤워를하는 것처럼 낙타도 마찬가지다).

알리와 낙타의 결코 끝나지 않을 동행
　낙타 돌보기를 마쳤을 때 사막에는 어둠이 짙었다. 그제야 알리는 불을 피우고 차를 끓여 아들과 함께 늦은 저녁을 먹었다. 오랜 시간 이어져온 다나킬사막의 소금 카라반은 아마도 곧 사라질 것 같다. 낙타 대신 트럭으로 소금을 운반하는 사람들이 늘어나고 있기 때문이다.

> 예전에 비해서 낙타 카라반이 많이 줄었어요. 기업이 트럭이나 장비를 이용해 대량으로 소금을 캐기 때문에 우리 같은 사람들은 경쟁력이 없어요. 낙타 카라반이 소금을 팔러 다니는 전통시장도 줄었어요.
>
> — 아부다 알리

열두 살 아들이 가업을 잇기 바라는 알리의 바람과는 달리 이번 카라반에 동행한 그의 아들은 더 이상 낙타와 함께하는 삶을 원하지 않는 듯했다. 아버지처럼 카라반 일을 하겠느냐고 알리의 아들에게 슬쩍 물었더니 자기는 도시로 나가서 돈을 많이 벌고 싶다고 했다. 그리고 화려한 생활을 하고 싶다고 덧붙였다. 아마도 알리가 다나킬의 마지막 낙타 카라반이 될 것 같다.

집을 나선 지 사흘 째 되는 날, 알리의 카라반은 소금 시장이 있는 바르할리에 도착했다. 120킬로그램의 무거운 소금을 짊어지고 극한의 사막을 지나온 낙타들. 몇몇 낙타는 다리가 풀려 비틀거리다 쓰러졌고, 어떤 놈은 주인에게 그동안 안 내던 짜증을 부리기도 했다.

이제 이번 카라반에서 가장 중요한 순간이 왔다. 소금은 가격이 정해져 있지 않아 그때그때 흥정을 하는데, 더 받으려는 알리와 덜 주려는 장사꾼의 흥정이 시작된 것이다. 흥정은 거의 싸움 수준이었다. 저러다 정말로 싸우는 건 아닌가 걱정될 정도였다. 그렇게 30분 정도 씨움 같은 흥정이 지속되더니 극적인 타결이 이루어졌다. 분위기가 급격히 훈훈해지더니 서로 포옹을 했다. 갑작스런 분위기 반전에 지켜보던 내가 어리둥절할 지경이었다. 상인에게 소금을 넘긴 알리는 낙타와 함께 집으로 돌아갔다. 앞으로 사흘 후에야 집에 도착할 것이다. 그러고는 또다시 소금을 나르는 고단한 여정을 계속할 것이다. 물론 열두 마리의 낙타가 그와 함께할 것이다.

이곳은 건조하고 척박해서 다른 일을 할 수 없어요. 낙타에 저와 가족의 모든 것이 걸려 있기 때문에 낙타가 없다면 제 삶도 없어요.
— 아부다 알리

가축 이야기

| 에티오피아의 낙타 시장

에티오피아는 낙타 최대 수출국이다. 건조한 사바나기후 때문에 낙타를 기르기에 최적의 장소라고 한다.

가장 불쌍한 가축

생물학에서 종種, Species은 '교배交配가 가능한 생물 무리로 다른 생물군과는 생식적으로 격리된 생물 집단'으로 정의하는데, 쉽게 말하면 서로 짝짓기를 해서 후손을 볼 수 있는 생물 무리를 종이라고 할 수 있다. 예를 들면 지구상의 모든 인간은 인종과 관계없이 남녀가 만나 건강한 자녀를 낳을 수 있다. 그러므로 모든 인류는 같은 종이다 (더불어 인종차별은 무척이나 무식한 생각이다).

마찬가지로 소, 돼지, 양, 개도 각각 하나의 종으로 암수가 짝짓기를 통해 새끼를 낳아 자신의 종을 지속시킨다. 그것이 자연의 이치다. 그런데 오래전부터 인간들은 이 자연의 이치를 거스르고 다른 종의 가축을 인공적으로 교배해 새로운 가축을 만들어 냈다. 그렇게 태어난 가축이 노새, 버새, 조, 좁교, 하네크 등이다. 노새와 버새는 말과 당나귀 사이에서 태어났고, 조와 하네크는 야크와 소를 교배해서 만든 가축이다.

히말라야 최고의 짐꾼, 당나귀

히말라야의 돌포Dolpo(네팔 서부의 히말라야 다울라기리 산군山群에 있는 티베트와 인접한 지역)에서 보름 동안을 계속해서 산에 오르고 내린 적이 있다. 외국의 오지로 촬영을 나갈 때 가장 골치 아픈 문제는 촬영 장비를 포함한 엄청난 양의 짐이다. 내 소원 중에 하나가 해외에 갈 때 단출하게 옷 가방 하나만 들고 가는 것이다. 먹고 싶은 것 못 먹고, 입고 싶은 옷을 못 입을 각오로 개인 짐은 최대로 줄이지만 그래도 엄청난 촬영 장비로 언제나 가져갈 짐은 넘쳐난다. 도로가 있는 곳에서야 자동차로 손쉽게 짐을 운반할 수 있지만, 그동안 내가 다녔던 장소 중 많은 곳에서는 그것이 불가능했다. 히말라야의 돌포가 대표적인 곳이다.

해발 5,000미터 이상을 올라가야 했는데, 촬영 장비가 포터만으로는 감당할 분량이 아니어서 궁리 끝에 당나귀를 짐꾼으로 쓰기로 했다. 본격적인 등반이 시작되는 주팔이라는 마을에서 나귀꾼 둘이 열 마리가량 되는 당나귀

| 히말라야의 돌포를 향해 가는 길

| 히말라야 빙하지대를 지나는 노새

　를 몰고 나타났다. 당나귀는 말에 비하면 몸집이 작고 외모도 볼품없어 걱정했는데 그것도 잠시, 정말이지 당나귀는 내가 본 최고의 짐꾼이었다.

　돌포를 다녀온 보름간의 여정은 그동안 듣도 보도 못한 험한 길의 연속이었다. 심장이 터질 듯이 가파른 산길, 조금만 발을 헛디뎌도 천 길 아래로 떨어지는 아슬아슬한 절벽 위의 길, 눈 녹은 차가운 물이 세차게 흐르던 급류, 눈이 무릎까지 빠지던 설원, 몸을 가누기 힘든 미끄러운 빙하지대, 그리고 해발 5,000미터 캉라에서 만난 죽음의 눈보라까지.

　히말라야의 초보자인 우리는 물론이고 그곳에서 나고 자란 현지인 포터들도 힘겨워한 그 가혹했던 여정을 묵묵히 견뎌낸 당나귀의 놀라운 인내심과 지구력에 감탄을 금할 수 없었다. 게다가 성격도 좋아

　　　　　　　　　　　　　　　　　　　　가축 이야기

그 힘든 일정 내내 반항 한 번 않고 묵묵히 무거운 짐을 날랐다. 촬영을 마치고 우리 모두는 당나귀에게 진정을 담아 박수를 보냈다. 당나귀는 정말 훌륭한 동물이다.

노새야 미안해

한국에 돌아온 후 야생동물 전문가인 최현명 선생이 우리가 당나귀로 알았던 녀석이 사실은 노새라는 걸 알려 주었다. 낭패스러웠다. 그동안 여기저기 다니며 그렇게 열심히 당나귀 칭찬을 했는데 노새에게 미안하기 짝이 없었다. 노새는 수탕나귀와 암말 사이에서 태어난 가축이다. 반대로 수말과 암탕나귀 사이에서 태어나면 버새라고 한다. 노새는 부모인 말과 당나귀의 장점을 골고루 갖춰 질병에 강하고 지구력이 뛰어나 고대 로마 군대에서 짐을 지는 동물로 맹활약했다고 한다. 당시에는 불평불만 않고 열심히 힘든 일을 하는 로마군을 노새에 비유했다니, 로마의 세계 정복은 노새와 노새 같은 로마군이 함께 이룬 셈이다.

일반적으로 잡종 동물의 덩치는 암컷이 결정하기 때문에 노새는 엄마인 말을 닮아 몸집이 당나귀보다 크고 그만큼 힘도 세다. 게다가 아빠인 당나귀를 닮아 먹이는 적게 먹고 참을성까지 많아서 짐을 나르는 데는 최고의 가축이다. 한마디로 노새는 말과 당나귀의 장점을 조합해 만든 신형 가축인 셈이다. 버새는 반대로 엄마인 당나귀를 닮은 탓에 덩치가 작아 짐꾼으로는 별다른 쓸모가 없다. 그래서 버새는 만들지 않는다.

| 라다크 룸박

눈표범이 살고 있는 곳으로, 사진 왼쪽 아래 보이는 천막들이 우리 촬영팀의 야영지다.

히말라야의 농사꾼, 조

히말라야의 고립된 왕국 라다크^{Ladakh}는 환경운동가인 헬레나 노르베리 호지^{Helena Norberg-Hodge}의 저서 『오래된 미래』 덕분에 1990년대에 들어서며 바깥세상에 이상적인 공동체 사회로 유명해진 곳이다. 이곳 사람들은 수컷 야크와 암소를 교배해 만든 가축인 조^{Dzo}를 많이 기른다. 검은색의 큰 몸집에 휘어진 커다란 뿔을 가진 조는 춥고 높은 라다크에서 농사를 짓는 데 없어서는 안 되는 가축이다. 라다크는 히말라야 깊숙이 자리 잡은 고지대지만 보리, 감자, 양파와 같은 농작물을 재배하는데, 이는 라다크의 중요한 산업 중 하나다. 그런데 이렇게 해발 4,000미터가 넘나드는 고산지대에서 농사를 도울 가축은 없다. 야크가 고산지대에 적응한 가축이기는 하지만 야생성이 너무 강하고 성격 또한 거칠어 농사에 이용하기는 거의 불가능하다. 그래서 라다크 사람들은 야크와 성격이 훨씬 온순한 소를 교배시킨 조를 이용해 밭갈이를 하고 농사를 짓는다. 게다가 조는 야크에 비해 우유나 고기 생산량도 많다니 고산에서는 최고의 가축인 셈이다.

히말라야에 조가 있다면 몽골에는 야크와 소를 교배시켜 만든 하네크가 있다. 몽골에서는 농사를 짓지 않기 때문에 하네크는 주로 짐을 지는 용도로 활용하는데, 험한 길에서도 140킬로그램의 짐을 거뜬히 진다고 한다. 보통 두 살 때부터 짐을 지기 시작해 평생을 무거운 짐을 날라야 하는 운명이다.

만들어진 가축

노새, 조, 하네크는 자연에는 존재하지 않던 동물이지만 인간의 필요에 따라 태어난 가축이다. 노새와 하네크는 평생 무거운 짐을 날라야 하고, 조는 죽을 때까지 쟁기를 끌어야 하는 운명이다. 문제는 이렇게 서로 다른 종을 이종 교배하여 태어난 동물은 생식 능력이 없어 새끼를 낳을 수 없다는 것이다.

생물학에 따르면 모든 생물은 후손을 남기는 것이 생존의 가장 큰 이유라고 한다. 그런데 노새, 조, 하네크는 후손을 남기지 못하고 평생을 고된 일만 해야 하는 것이다. 그래서 어떤 사람들은 이들 잡종 교배 가축이 가장 불쌍한 동물이라고도 한다. 그들은 자신이 가장 불쌍한 가축이라고 생각할까? 아니면 고된 삶을 자손에게까지 대물림하지 않으니 오히려 행복하다고 생각할까?

| 라다크의 조
소와 야크의 교배종을 라다크에서는 조라고 부르며, 주로 농사일을 한다.

| 몽골의 하네크
소와 야크의 교배종을 몽골에서는 하네크라고 부르며, 주로 짐을 운반하는 데 이용한다.

유목민 이야기

| 이른 아침, 가축을 몰고 나가는 삼쉬에비즈

좀 심심해도 괜찮아요

물과 초지를 찾아 계속해서 이동하며 가축을 기르는 것을 유목遊牧이라고 하는데, 이는 가장 오래된 형태의 목축 방법이라고 한다. 수천 년을 이어 온 전통적인 유목문화는 이제는 거의 사라져 가고 현재는 아주 일부 지역에만 남아 있다. 유목과 유목민을 통해 원초적인 가축과 인간에 관한 솔직한 이야기를 들을 수 있었다.

유목민의 삶은 지극히 단순하다. 요즘 현대인이 추구한다는 '심플 라이프'의 전형이다. 이른 아침에 가축을 데리고 나가 하루를 보내다가 저녁이 되면 집으로 돌아오는 생활이 매일같이 반복된다. 파미르고원에서 키르기스 유목민 삼쉬에비즈를 따라가 하루 종일 같이 있어 본 적이 있다. 유목민은 매일매일 장소를 바꿔가며 가축을 먹이는데, 그 이유는 한곳에 가축을 오랫동안 풀어놓으면 그 지역이 황폐해지기 때문이다.

1시간쯤 걸려 그날의 목초지에 도착했다. 목초지에 나온 가축들은 스스로 풀을 뜯기 때문에 유목민은 그 모습을 지켜보는 일밖에는 달리

할 일도 없다. 그렇다고 자리를 비울 수도 없다. 가축들이 너무 멀리 가버리거나 늑대 같은 맹수에게 잡아먹힐 수도 있기 때문이다. 어찌 보면 가축에게 사람이 잡혀 사는 것 같기도 하다. 유목민의 식사는 지극히 소박한데 아침으로 차를 한 잔 마시고, 점심은 약간의 마른고기나 유제품으로 대충 끼니를 때우거나 아예 건너뛰는 경우도 많다. 그것도 혼자 먹는 밥이다. 가끔 이웃을 만나도 가축 이야기뿐이다. "너희 가축은 별일 없냐?" "누구네 양 한 마리가 가출했다더라" "날씨가 추워져 가축이 힘들 것 같다"는 등 내가 듣기에는 하나도 재미없는 이야기만 나누다 헤어진다.

여러 번 경험한 일인데, 중앙아시아 오지에서 촬영을 하고 있을 때면 어디선가 목동이 말을 타고 우리에게로 달려오곤 했다. 내 눈에는 주변에 아무도 안 보이는데 어떻게 알고 왔는지 신기할 따름이었다. 가축을 몰고 나온 목동은 아무 생각 없이 멍하게 시간을 때우는 줄로만 알았는데 큰 오해였다. 그들은 매의 눈으로 항상 주변을 살피고 있었다. 그래서 우리의 존재를 먼저 알아채곤 했다. 낯선 사람을 보면 꼭 확인을 하러 오는 것은 무료함 때문인지도 모르겠다. 사실 촬영 중에 낯선 사람이 찾아오는 것은 그리 반갑지 않다. 방해가 되기도 하지만 말도 통하지 않는데 자꾸만 무언가를 묻기 때문이다. 처음에는 손짓 발짓을 하다 얼마 후엔 목동은 현지어로, 나는 한국어로 각자 떠들어대는데 신기한 것은 상대방이 무슨 이야기를 하는지 짐작이 간다는 것이다. 예를 들어 내가 한국어로 "고마워"라고 말하면 알아듣는 눈치다. 그러다 어느 순간 목동은 갑자기 벌떡 일어나 아무 말 없이 말을 타고 사라진다. 두고 온 가축이 걱정되는 모양이다. '쿨'한 작별이다.

어디 쉬운 인생이 있나요?

온종일 가축과 생활하다 저녁때 집에 돌아와도 별다른 오락거리는 없다. 낮 동안 충전한 태양열 배터리를 이용해 위성 텔레비전을 보기도 하지만 그나마 전력이 부족해 오래 시청할 수 없다. 종종 그들과 함께 한국 드라마를 볼 때도 있는데, 화면 속의 한글 간판이 더 없이 반갑지만 밥을 먹는 장면이 나오면 빨리 집에 가고 싶어져 사기를 떨어뜨리는 것이 문제였다.

쉼 없이 이동해야 하는 유목민의 살림은 극단적으로 단출해 책이나 사치품은커녕 살림에 꼭 필요한 물건조차 없는 게 많다. 꽤 오랫동안 중앙아시아 이곳저곳을 다니며 여러 유목민을 만나 함께 생활한 일도 있지만 그들이 책을 읽는 모습을 본 기억은 거의 없다.

밤이 되면 심심하기는 우리도 마찬가지였다. 그래서 가끔 옆집으로 마실을 가 보면 온 가족이 모여 앉아 두런두런 이야기를 나누고 있다. 이동식 주택인 게르나 유르트는 가족당 한 채만 짓기 때문에 온 식

| 저녁이 되어 가축을 몰고 집에 돌아오는 삼쉬에비즈

구가 한곳에 모여 생활할 수밖에 없기 때문이기도 하다. 온종일 가축과 씨름했는데도 대화의 주제는 대부분이 가축 이야기다. 낮에 이웃과 나누던 이야기와 판박이다. 누구네 가축이 새끼를 낳았다는 이야기, 누구네는 가축을 한 마리 잃어버렸다는 이야기, 내일 추워질 것 같으니 가축을 잘 돌봐야 한다는 이야기, 온통 가축 이야기뿐이다. 그렇게 이야기를 나누다 보면 어린아이들은 하품을 하다가 잠이 들고 어른들도 잠자리에 들 준비를 한다. 더 앉아 있기 어색해 슬그머니 자리에서 일어나 숙소로 돌아가곤 했는데 하늘을 올려다보면 밤하늘에 별이 쏟아졌다.

> 아침 일찍 나가서 밤늦게 들어오죠. 늦게 와서 바로 쉬어요. 그리고 잠자리에 드는 거죠. 별다른 일이 없죠. 테레스켄(파미르고원에서 자라는 유일한 관목으로 연료로 사용한다)을 가져다 불을 지피는 것 말고는 다른 일이 없습니다. 대대로 야크를 키웠어요. 이웃이 집을 비워야 할 때는 대신 야크를 봐주기도 합니다. 우리는 다른 일이 별로 없어요. 우리 생활은 이렇죠. 힘든 삶이죠. 원래 쉬운 인생이 어디 있나요?
>
> ─ 삼쉬에비즈(파미르고원 키르기스 유목민)

유목민들과 이야기를 나누다 보면 그들의 말과 표현, 한 마디 한 마디가 시詩라는 생각이 들고는 한다. '같은 말인데도 어떻게 저런 멋진 표현을 할까?'라는 생각이 들 정도로 깜짝깜짝 놀랄 때가 많다.

강렬한 태양에 검게 그을린 얼굴은 삶에 달관한 듯 보인다. 온종일

가축 이야기

자연 속에서 혼자 있다 보니 사색을 많이 해서일지도 모른다. 그러고 보면 사람은 좀 심심해야 한다. 심심해야 이런저런 생각도 하지 않을까? 우리는 잠시도 심심한 것을 못 견뎌 한다. 잠시만 시간이 나도 스마트폰을 들여다보고 무언가 재미있는 자극을 찾으려 한다. 좀 심심하게 살아보는 것도 그리 나쁘지 않을 것이다. 유목민을 떠올릴 때면 가끔은 자극을 멈추고 좀 심심해 보는 건 어떨까 생각해 본다.

| 타지키스탄 파미르고원에 세워져 있는 허수아비
유목민은 늑대의 침입을 막기 위해 가축우리 주변에 허수아비를 세워 둔다. 하지만 참새도 속이기 어려운 허
수아비로 늑대를 속이기는 어렵다.

늑대와 유목민, 그리고 겨울

어린 시절의 기억은 파편처럼 조각조각 생각나기 마련이다. 그 조각난 기억 중 하나는 겨울밤, 닭장에서 들리는 "꼬꼬댁" 하는 닭들의 비명소리다. 너구리나 살쾡이 같은 산짐승이 내려와 닭을 물고 가는 것이다. 그러면 이젠 돌아가신 할머니께서는 주무시다가도 일어나 산짐승을 쫓아가시곤 했다. 가끔은 닭을 다시 찾아오기도 하셨던 것 같다.

이제 30년 넘게 세월이 흐르고, 가끔 찾아가는 고향 마을에서는 어디서도 간밤에 산짐승이 닭을 물어 갔다는 이야기는 들을 수 없게 되었다. 그때 사람 주변에 살던 친근했던 야생동물들은 모두 다 어떻게 됐을까? 그런 생각들 속에서 〈공존의 그늘〉이란 프로그램을 기획하게 되었다. 야생동물만의 이야기가 아닌 사람과 영향을 주고받는 동물의 이야기를 통해 인간과 자연의 공존이란 화두를 시청자들에게 던져보기로 했다.

- 2004년 EBS 자연 다큐멘터리 〈공존의 그늘〉 제작기 중에서

오래전, 한 잡지에 실린 글이다. 그러니 실제 산짐승이 닭을 물어 가던 나의 유년 시절은 벌써 50년쯤 된 것이다. 2004년에 방송된 〈공존의 그늘〉은 PD가 된 후 처음으로 제작한 자연 다큐멘터리였다. 제작기에 쓴 대로 나는 야생동물 자체보다는 야생동물과 인간 사이의 갈등과 공존에 대한 이야기에 관심이 많았다. 그 후로 중앙아시아 곳곳을 다니면서 유목민과 야생동물에 대한 이야기를 다큐멘터리로 제작해 왔다. 예전 우리 마을에서 살쾡이나 너구리가 문제였다면, 그곳에서는 늑대가 문제였다. 그리고 대한민국 충청남도에서 살쾡이가 닭을 물어 갔다면, 그곳에서는 늑대가 양이나 말, 소 등 가축을 죽이는 규모가 남달랐다.

늑대는 동화나 이야기를 통해 익숙하지만 실체를 본 사람은 거의 없을 것이다. 공식적으로 우리나라의 늑대는 1964~1967년 사이 경상북도 영주에서 포획돼 창경원에 전시됐던 다섯 마리가 마지막 기록이다. 물론 그 후로도 극소수의 개체가 생존하다가 어느 순간 한반도에서 완전히 사라졌을 것이다. 그러니 내가 태어났을 때 우리 땅의 늑대는 거의 사라졌을 것이다. 그래서 내게 늑대란 동물은 동화나 소설에서만 등장하는 존재였다.

유목민의 적, 늑대

2006년에 처음 몽골을 찾은 이후 족히 스무 번은 다녀갔을 것이다. 그동안 몽골의 서쪽 끝 알타이에서부터 동쪽 끝인 도르노드의 부이르호수, 가장 북쪽의 차강노르에서 가장 남쪽의 고비까지 몽골 곳곳을 방문했는데, 어디서나 가축을 해치는 늑대 이야기를 들을 수 있었다. 몽골에서 늑대는 특별한 동물이다. 유목민의 가장 중요한 재산인 가축을 해치기에 없애야 할 존재지만, 다른 한편으로는 초원에서 가장 용맹한 동물로 존중받기도 한다. 이는 우리나라의 호랑이에 대해 갖는 정서와 비슷할 것이다.

> 늑대는 자신과 운명이 같은 사람에게 보이고, 늑대보다 운명이 높은 사람에게만 잡힌다는 말이 있어요. 옛날부터 전해 내려오는 이야기죠.
>
> ― 에르뎀(몽골 아르항가이 유목민)

2014년 12월, 몽골 중앙에 있는 아르항가이에서의 일이다. 북쪽 시베리아에서 불어오는 강한 바람에 세상은 온통 얼어붙었고 기온은 매일같이 영하 20~30도를 넘나들었다. 아르항가이는 몽골에서도 가축을 가장 많이 키우는 지역이라 당연히 늑대에 의한 가축 피해도 많은 곳이었다. 우리는 에르뎀이라는 젊은 유목민을 찾았다. 그는 이미 여러 마리의 늑대를 잡은 경험이 있는 근방에서 소문난 사냥꾼이었다. 다부진 체격의 에르뎀은 카리스마가 넘쳤고 무엇보다 목소리가 맑았다.

아르항가이에 도착한 날부터 여기저기서 늑대가 가축을 해친 현장을 볼 수 있었다. 늑대에게 습격당한 가축은 대부분이 말이었다. 말은 풀을 찾아 멀리 이동하며, 특히 다른 가축과 달리 밤이 되어도 우리로 들이지 않고 야외에서 생활하기 때문이다. 거의 매일 밤, 한두 마리

| 몽골 아르항가이의 말을 사냥한 늑대

의 말이 늑대의 먹이가 되곤 했는데, 현장에 가 보면 남아 있는 것은 굵은 뼈 몇 조각과 가죽뿐이었다. 늑대는 먹잇감을 죽인 장소에서 먹지 않고 조금 떨어진 곳으로 끌고 가 먹는 습성이 있다. 고작해야 10미터 정도를 끌고 가서 먹는 것이지만 가축이 죽임을 당한 현장에는 여기저기 붉은 핏자국이 선연하고 살기가 감돈다. 무리를 지어 사냥하는 늑대는 커다란 말도 하룻밤이면 깨끗이 먹어 치우는 대식가로 작은 뼈까지 씹어 먹어 현장에 가 보면 남아 있는 게 거의 없다.

 늑대의 이빨 자국도 나 있어요. 뼈까지 먹어 치웠어요. 아기는 말을 잡아먹었어요. 아들이 사랑하는 말이었죠. 적어도 늑대 대여섯 마리가 습격해 잡아먹은 것 같아요. 당장이라도 늑대를 잡아서 죽

| 자신이 사냥한 늑대를 들어 보이는 에르뎀

이고 싶네요. 늑대가 가축을 습격했다는 소식을 주변에 알리고 마
을 사람들을 불러내서 같이 사냥을 해야겠어요.

- 에르뎀

몽골의 늑대 사냥

늑대에 의한 피해가 발생하면 사람들은 사냥에 나선다. 늑대 사냥
을 하는 날이 되면 주변의 모든 남성이 모여든다. 성인은 물론 청소년
들도 의무적으로 사냥에 참가해야 한다. 몽골의 늑대 사냥은 늑대가
먹잇감을 사냥하는 방식과 아주 흡사한데 팀을 짜고 개인마다 역할을

분담해 조직적으로 움직인다.

보통 늑대 사냥은 두 팀으로 나눠 진행한다. 직접 총을 쏘는 포수는 노련한 어른들이 맡는데 몰이꾼에 쫓긴 늑대가 달아날 길목에 잠복한다. 몰이꾼은 미혼의 젊은 남자나 십 대 청소년의 몫인데, 포수가 잠복해 있는 곳으로 늑대를 모는 역할을 한다. 사냥이 시작되면 먼저 포수들이 산 정상으로 올라 잠복에 들어간다. 늑대는 쫓기면 보통 산 위쪽으로 도망치기 때문이다. 그다음 말을 탄 몰이꾼이 일정한 간격을 두고 산 아래에서 정상을 향해 소리를 지르며 늑대를 몰아댄다. 이때 몰이꾼 사이의 간격을 일정하게 유지하는 것이 중요한데, 만일 간격이 벌어지면 그 사이로 늑대가 빠져나가기 때문이다.

나는 포수들을 따라갔다. 포수들은 산 정상 부근에서 늑대가 달아날 길목에 자리를 잡고 바위나 나무 뒤에 몸을 숨겼다. 영하 20~30도의 강추위, 게다가 정상은 바람까지 거세게 불어 체감 온도가 족히 영하 40도는 되는 것 같은데 꼼짝 못하고 있으려니 미칠 지경이었다. 손가락, 발가락, 코 같은 부위부터 얼어붙기 시작했다. 그렇게 1시간이 지나고 2시간이 되어가도록 늑대는 나타날 기미조차 없었다. 이쯤 되니 사냥이고 촬영이고 다 때려치우고 뛰쳐나가고 싶어졌다.

늑대를 기다린 지 거의 3시간 만에 멀리서 늑대 대신 말을 탄 몰이꾼들의 모습이 보였다. 이번 사냥은 실패였다. 몰이꾼에 쫓긴 늑대가 다른 곳으로 빠져나갔다고 했다. 사실 늑대 사냥은 열 번 시도해 한 번쯤 성공할 만큼 어렵다고 한다. 비록 사냥에 실패해도 늑대를 멀리 쫓아버리는 효과가 있어 사냥꾼들은 성공 여부에 그리 연연하지 않는다. 늑대 사냥은 고되기도 하지만 무엇보다 마을의 모든 남자가 만사를 제

쳐두고 참여해야 하기에 자주 할 수는 없다.

> 늑대가 우리 유목민들의 전 재산인 가축을 계속해서 위협하니 어쩔 수 없이 사냥을 해야 합니다. 늑대를 사냥하지 않으면 안 됩니다. 우리가 길러서 (가축을) 먹기도 하지만 늑대까지 가축을 잡아먹으면 우리는 생계를 이어갈 수 없는 상황이 될지도 모릅니다.
>
> — 에르뎀

몽골인의 늑대에 대한 감정은 지극히 복잡하다. 숭배의 대상이면서 없애야 할 존재이기도 하다.

> 늑대가 약하고 병든 가축을 잡아먹지 않으면 가축들 사이에 전염병이 돌아 엄청난 피해를 입는다고 해요. 그래서 자연에서 주어진 것들은 받아들여야 하는 면이 있는 것 같아요.
>
> — 에르뎀

> 늑대는 운명이 같은 사람 눈에 보이고, 운명이 더 높은 사람한테만 잡힌다는 말이 있듯이 동물 중에서는 귀한 운명이죠. 운명이 높고 하늘 같은 동물인 게 확실해요. 그래서 사냥을 하면서도 고통스럽게 죽이지 않고 되도록이면 단번에 목숨을 끊어 주려고 합니다.
>
> — 볼르강타미르(몽골 아르항가이 유목민)

유목민이 늑대로부터 자기 가축을 지킬 수 있는 수단은 총밖에 없습니다. 늑대를 잡은 사냥꾼에게는 감사의 표시를 합니다. 옛날에 는 늑대를 죽인 사냥꾼에게는 수컷 양을 선물하기도 했어요.

– 바트바야르(몽골 아르항가이 유목민)

그해 겨울, 몽골의 늑대 사냥을 몇 번 따라간 후 내린 결론은 이렇다. 첫째로, 늑대 사냥은 정말 어렵다. 몽골에서 늑대보다 높은 운명의 사람만이 늑대를 잡을 수 있다는 말이 왜 생겨났는지 이해할 수 있었다. 사냥에 실패해도 '나는 운명이 낮으니까'라고 여기며 실패를 합리화하려고 만든 말이 아닌가 하는 의심이 들기도 한다. 둘째는, 나는 늑대보다 운명이 높지 않다는 것이다. 이미 늑대를 여러 마리 잡아 높은 운명의 소유자임이 증명된 에르뎀조차 나와 함께 있으면 늑대 사냥에 한 번도 성공하지 못한 것으로 보아 이것만은 확실하다.

가축 이야기

세계의 지붕, 유령을 닮은 눈표범

세계의 지붕이라 불리는 곳들이 있다. 히말라야, 파미르고원, 티베트고원이 바로 그런 멋진 별명을 가지고 있는 곳인데, 이곳에는 세계의 지붕이라는 별명에 걸맞은 신비롭고 아름다운 동물이 살고 있다. 눈표범이 바로 그 주인공이다. 워낙 높고 험한 곳에 살기도 하지만 자신의 모습을 드러내길 극도로 꺼리는 예민한 성격 탓에 사람 눈에 거의 띄지 않는 신화적인 동물이기도 하다.

눈표범은 가끔씩 방문하는 외부인에게는 더없이 멋진 동물이지만 고산의 유목민에게는 가장 큰 골칫거리다. 가축을 해치기 때문이다. 눈표범이 사는 곳이면 어디서나 유목민과의 갈등에 관한 이야기를 들을 수 있다.

라다크의 눈표범

히말라야의 은둔 왕국 라다크에서도 눈표범은 큰 골칫거리였다.

라다크에서는 밤이면 양이나 염소 같은 작은 가축은 지붕이 있는 튼튼한 우리 안으로 들이는데, 겉으로 봐서는 도저히 외부에서 침입이 불가능해 보이는 곳도 눈표범은 어떻게든 빈틈을 찾아 가축우리로 들어온다고 한다. 눈표범을 고산의 유령이라고도 하는데 하는 짓을 보면 틀린 말은 아닌 것 같다. 한번은 며칠 전 눈표범의 습격을 받았다는 집을 가 보았는데 지붕에 나 있던 작은 틈으로 침입해 여러 마리의 양을 해쳤다는 것이다. 흙벽에는 눈표범의 발톱 자국이 생생했다. 그런데 더 큰 문제는, 눈표범의 습격은 한 번으로 그치는 게 아니라 계속해서 반복되며 일단 가축우리에 들어오면 가축 수십 마리를 닥치는 대로 죽인다는 것이었다.

> 눈표범에게 많은 피해를 입었어요. 초겨울인 9월에서 10월 사이에 피해를 입었죠. 처음에 양을 공격해 열다섯 마리를 죽였어요. 그리고 이틀 후에 또 열 마리를 죽이고. 세 번째는 열세 마리의 양을 죽였어요.
>
> ─ 룬둡(히말라야 라다크 유목민)

라다크 사람들은 눈표범을 막기 위해 갖은 방법을 동원하는데 밤새 지붕 위에서 보초를 서기도 한다. 하지만 어찌나 은밀하게 접근하는지 아무리 눈을 부릅뜨고 있어도 놈의 침입을 알아차리기는 어렵다고 한다.

눈표범으로부터 가축을 지키기 위해 여러 마리의 조(야크와 소의

| 북인도 히말라야 라다크에서 만난 고산의 유령, 눈표범

교배종)를 양 우리 주변에 세워 뒀죠. 하지만 녀석이 너무나도 조용히 다가와서 눈표범이 다가온 것을 눈치채지 못했답니다.

- 룬둡

눈표범은 이렇게 가축에게 많은 피해를 주지만 사람을 해치지는 않는다고 한다. 실제로 눈표범이 사람을 해친 사례가 보고된 적은 한 번도 없다.

눈표범은 많은 가축을 죽이지만 실제 먹는 양은 적답니다. 또 눈표범은 고기보다 피를 좋아하죠. 그래서 눈표범이 죽인 가축은 원하는 사람이 있으면 싼값에 팔거나 우리가 먹기도 해요. 눈표범은 매우 강하지만 사람은 신성하게 여긴답니다. 우리 주변에 있지만 사람을 결코 해치지는 않아요.

- 룬둡(히말라야 라다크 유목민)

파미르의 눈표범

히말라야와 함께 세계의 지붕으로 불리는 파미르에서도 눈표범 이야기를 들을 수 있었다. 파미르의 바르탕계곡Bartang valley은 오지 중의 오지로 '바르탕'이라는 뜻은 타지크 말로 '길의 폭이 좁고 험하다'는 의미라고 한다.

2014년 11월 중순의 바르탕계곡, 계절은 가을에서 겨울로 향하고 있었는데 계곡 주변의 산에는 눈이 내리고 있었다. 신기하게도 이 오지에서 살고 있는 사람들의 외모는 주변의 타지크족과는 확연히 달랐다. 이들은 오히려 유럽의 백인종에 가까워 보였다. 이들이 어떻게 이곳에 살게 됐는지에 대해서는 여러 가지 설이 있는데, 그중 하나는 고대 알렉산드로스대왕의 원정군 중의 일부가 이곳에 눌러앉았고 그들의 후손이 이곳 파미르의 바르탕 사람이라는 설명이다. 그 이야기의 사실 여부는 모르겠지만 어쨌든 사람들의 외모, 특히 어린이의 외모가 영락없는 백인종이라 왠지 이곳은 유럽의 시골 마을 분위기가 풍겼다 (사실 유럽은 전혀 가 보지 못했기 때문에 짐작만 할 뿐이다).

바르탕계곡의 쉬폰이라는 작은 마을에서 보름 전에 눈표범에게

| 타지키스탄의 바르탕계곡

| 바르탕계곡 사람들
주변의 다른 사람과는 달리 유럽의 백인종과 같은
외모다.

| 타지키스탄 파미르의 수염수리
부리 옆에 난 수염 뭉치로 이런 이름을 얻었다.

가축을 팔십 마리나 잃었다는 불행한 아저씨를 만났다. 눈표범이 죽인
가축은 내다 버려 늑대와 개, 독수리가 때아닌 포식을 했다기에 그곳
을 찾아가 보니 가축의 뼈만 여기저기 뒹굴고 있었다. 그때 수염수리
가 뼈를 먹고 있었다. 수염수리는 부리 양옆에 털 뭉치가 수염처럼 나
있어 그런 이름을 얻었는데 특이하게도 동물의 뼈를 주식으로 한다.
단번에 삼키기 어려운 커다란 뼈는 주둥이로 물고 날아올라 공중에서
땅으로 떨어뜨려 조각을 내서 먹는다. 어쨌든 전 재산이나 다름없는
가축을 하룻밤 사이에 모두 잃은 아저씨는 망연자실해 있었다.

5월에 가축들을 이곳으로 데려와 11월까지 머무는데 보름 전에
눈표범이 우리 가축을 습격한 일이 있었습니다. 눈표범의 공격에

서 살아 남은 몇 안 되는 가축은 모두 마을로 데려갔습니다. 어느 날 아침에 여기에 나와 봤더니 간밤에 눈표범이 가축을 습격해 팔십 마리에 가까운 양과 염소가 죽어 있었어요. 뭐 어찌할 바를 몰랐죠. 눈표범에게 두세 마리 정도가 습격을 당한 적은 전에도 가끔 있었죠. 다른 마을에서도 비슷한 일이 있지만 이렇게 큰 피해를 입은 곳은 여기뿐입니다. 누구에게 호소해야 할지 모르겠어요.

— 초르샨베(파미르 바르탕계곡 쉬폰 마을 유목민)

이상행동, 과잉살육

어디 호소할 데도 없다는 아저씨의 말이 가슴 아팠다. 그런데 왜 눈표범은 먹지도 않을 가축을 마구잡이로 죽이는 것일까? 예전에 비슷한 상황을 직접 목격한 적이 있다. EBS 자연 다큐멘터리 〈공존의 그늘〉을 제작할 때의 일이다. 그 당시 나는 강원도 오대산의 한 농장에서 적외선 카메라를 이용해 한밤중 닭장에 들어와 닭을 잡아먹는 야생동물을 촬영하고 있었다. 제일 먼저 닭장에 들어온 야생동물은 너구리였다. 음흉하다는 속설대로 녀석은 잠자고 있는 닭 옆으로 슬금슬금 다가가서는 잽싸게 닭을 물고는 밖으로 도망쳤다. 너구리에 물린 닭은 "꼬꼬댁"거리며 요란하게 비명을 질렀지만 너구리의 이빨에서 벗어나지 못했다. 이때 주변에 있던 다른 닭들의 반응이 놀라웠다. 바로 옆에서 동료가 비명을 지르며 너구리에 물려가는데도 계속해서 잠만 자고 있었다.

| 강원도 오대산에서 본 닭장 안의 살쾡이
닭장과 같이 먹잇감이 밀집된 곳에 들어온 육식동물은 과잉살육을 저지르기도 한다.

　심지어 이런 경우도 있었다. 너구리의 공격을 받은 닭 한 마리가 운 좋게 약간의 털만 뽑힌 채 탈출에 성공했다. 그런데 황당하게도 그 닭은 몇 걸음을 도망가더니 그대로 주저앉아 다시 잠을 자는 것이었다. 그날 밤 결국 녀석은 너구리의 밥이 되었다. 한번은 이런 일도 있었다. 닭장 안에서 벌어지는 소란에 주인아저씨가 닭장으로 쫓아 들어갔는데 처음에는 아무것도 발견할 수 없었다. 한참 만에 주인아저씨는 한곳에 모여 잠자고 있는 닭 사이에 숨어 있던 너구리를 발견했다. 너구리는 주인아저씨에게 발견되자 줄행랑을 놓았다. 닭들 속에 숨어 있던 음흉한 너구리도 엉뚱하지만 자기들 사이에 너구리가 숨어 있는데도 평화롭게 잠만 자던 닭은 뭐란 말인가. 참 닭은 닭이다.

　그해 여름이 끝날 무렵, 덫에 앞발이 하나 잘린 외다리 너구리가 닭장 주변을 맴돌았다. 닭장 안은 인간의 땅으로 여기는 모양인지 녀석은 주변만 맴돌 뿐 닭장 안으로 쉽게 들어오지는 못했다. 그러던 어느 날 밤, 용기를 낸 녀석은 닭장 안에 들어와 손쉽게 닭 한 마리를 물고 달아났다. 처음이 어렵지 다음부터는 마치 제집을 드나들듯 거의 매일 밤 닭 한 마리씩 사냥해 갔다.

그러던 어느 날 녀석은 이해하기 힘든 행동을 했다. 그날 밤, 닭 한 마리를 물어 죽인 외다리 너구리는 다른 날과는 달리 밖으로 달아나지 않고 그 자리에서 닭을 몇 입 뜯어먹다가는 갑자기 옆에서 잠자는 다른 닭을 공격했다. 이런 식으로 녀석은 잠깐 사이에 무려 여섯 마리의 닭을 물어 죽였다. 마치 사이코패스 같았다. 그냥 두었다가는 닭장 안의 닭을 모조리 물어 죽일 것 같아 촬영을 중단하고 녀석을 쫓아 버렸다. 듣기로 야생동물은 필요 이상의 먹이는 사냥하지 않는다는데 녀석은 특이했다. 덫으로 한쪽 다리를 잃게 만든 인간에게 복수하려는 것이었을까? 아니면 기회가 왔을 때 잔뜩 먹이를 잡아 두려는 생각이었을까? 야생동물 전문가 최현명 선생의 설명에 의하면 이런 행동을 '과잉살육'이라고 하는데, 야생 육식동물이 가축을 밀집해 사육하는 곳에 들어올 때 발생한다고 한다. 육식동물이 가축이 밀집된 곳에 들어오면 너무도 쉽게 사냥을 할 수 있는데다 그 과정에서 먹잇감이 날뛰게 돼 육식동물의 공격성이 지나치게 자극받기 때문이라고 한다. 그 결과 맹수는 자신의 살육본능을 자제하지 못하고 먹지도 않을 가축을 닥치는 대로 죽인다고 한다.

이와 같은 현상은 야생에서는 벌어지지 않는다. 맹수의 과잉살육은 인간이 가축을 대량으로 기르면서 생긴 현상일 것이다. 눈표범이 먹지도 않을 가축을 여러 마리 해치는 것도 같은 이유일 것이다.

늙은 눈표범의 죽음

바르탕계곡을 나와 고원지대로 가는 길에 샤르트라는 마을에 들렀다. 이곳에도 눈표범이 가축을 습격한 집이 있다는 이야기를 듣고는 곧장 찾아갔다. 마을에서 벗어난 산밑의 외딴집이었다. 그런데 이번에 죽임을 당한 동물은 가축이 아닌 바로 눈표범이었다. 이곳 사람들은 추위를 견디기 위해 폐쇄적인 구조의 흙집을 짓고 사는데 가축 우리도 실내에 있어 외부에서의 침입이 어렵다. 눈표범은 단 하나의 빈틈, 지붕에 있는 환기구를 통해 집 안으로 침입해 양과 염소를 잡아먹다가 주인아저씨에게 죽임을 당했다고 한다. 나이가 많은 놈이었는데 오랫동안 사냥을 못해 굶주리고 허약해진 상태였다고 한다. 주인아저씨가 눈표범과 격투를 벌인 장소로 안내해 주었다. 어둡고 비좁은 곳이었다. 그날 격투의 현장을 목격했던 양과 염소 몇 마리가 멀뚱히 서 있었다.

여기에서 삽으로 놈을 때렸어요. 눈표범도 저를 두 번 공격했는데 한 번은 제가 넘어졌죠. 아내는 제 뒤에 있다가 벽에 머리를 찧었고요. 눈표범이 앞발로 저를 한 대 치고는 뒤로 물러서더라고요. 그러더니 다시 저와 아내를 공격하려고 했어요. 그때 아내는 이미 기절해 있었죠. 제가 삽으로 녀석을 두 번 때리니까 구석으로 도망가더군요. 그때 구석에 양 두 마리가 살아 있었는데, 눈표범이 그 뒤에 숨는 거예요. 제 자신과 아내를 구하기 위해 어쩔 수 없이 놈을 죽였어요.

— 투티쇼(파미르 유목민)

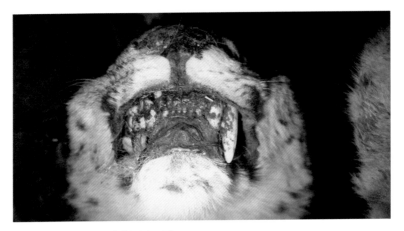

| 가축을 습격하다 죽임을 당한 늙은 눈표범
늙고 병들어 더 이상 야생동물을 사냥할 수 없었을 것이다.

| 투티쇼 아저씨와 늙은 눈표범이 격투를 벌인 장소
당시 사건의 목격자인 양과 염소들.

파미르에서 눈표범은 보호동물이다. 투티쇼 아저씨는 눈표범을 죽인 죄로 우리 돈으로 40만 원가량의 벌금을 내야 한다고 울상이었다. 가난한 파미르 사람에게는 엄청난 금액이다. 자신의 전 재산이나 다름없는 가축을 팔십 마리나 잃은 초르샨베 아저씨도, 정당방위였는데도 엄청난 벌금을 물게 된 투티쇼 아저씨도, 단지 생존을 위해 가축을 잡아먹으려다 죽임을 당한 늙은 눈표범도 모두가 안타까운 노릇이다. 인간이 가축을 기르며 생기는 피할 수 없는 비극이다.

척더 아저씨의 가을 이사

가축을 먹일 풀과 물을 찾아가는 끊임없는 이동은 유목민의 숙명이다. 몽골 유목민의 경우 적어도 1년에 네다섯 번은 이사를 하지만 이사 가는 거리는 그리 멀지 않은 하루 정도 거리다. 반면에 몽골에서 가장 먼 거리를 이동하는 다르하드 유목민은 짧으면 나흘, 길면 일주일이 걸리는 장거리 이동을 매년 봄과 가을에 두 차례 한다. 다르하드계곡은 몽골의 최북단으로 순록 유목민 차탄족이 살고 있는 차강노르 지역에 위치한다.

봄부터 초가을까지 다르하드계곡에서 보낸 사람들은 겨울이 다가오면 높이가 2,000~3,0000미터에 달하는 바얀산맥을 넘어 흡스굴(몽골 북부에 있는 호수로 제주도 면적의 1.5배에 달한다. 호수 주변은 울창한 침엽수림 지역으로 경치가 아름답기로 유명하다)로 가서 겨울을 보낸다. 이듬해 봄이 되면 다시 한 번 바얀산맥을 넘어 다르하드계곡으로 돌아가는 생활을 수백 년째 해 오고 있다고 한다.

가축 이야기

| 척더 아저씨

우리가 겨울에 이곳(흡스굴 부근)으로 오는 이유는 간단합니다. 여기가 다르하드계곡보다 더 따뜻한 곳이기 때문이죠. 우리는 앞으로 넉 달 정도 이곳에서 겨울을 보낼 겁니다. 그리고 봄이 되면 다시 바얀산맥을 넘어 봄 목초지로 이사를 가야 하죠. 그래야 이곳에 다시 풀들이 자라 내년 겨울에도 가축들이 먹을 수 있습니다. 이곳은 허르헉이라고 부르는 지역인데 좋은 풀들이 많이 자라 가축을 기르기 좋은 곳입니다. 사람들도 노력하지만 가축들도 이 땅에 오기 위해 열심히 노력하죠.

ㅡ 척더(몽골 다르하드 유목민)

2016년 10월, 우리는 다르하드 유목민 척더 일가족이 비얀산맥을 넘는 가을 이동에 동행했다. 다음은 그때의 기록이다.

2016년 10월 19일 - 이동 1일째

몽골의 최북단 다르하드계곡에는 이미 겨울이 시작되었다. 밤부터 내리는 눈이 찬바람에 이리저리 흩날려 을씨년스럽기 짝이 없었다. 이번 이동을 함께할 사람은 가장인 척더(61세) 아저씨와 큰아들 수헤(34세), 며느리 히시게(31세), 손자 둘루공(2세), 작은아들 보를쩌(27세). 그리고 이사를 도와줄 일꾼 뭉크바흐, 이렇게 총 여섯 명이다. 이들 가족은 양과 염소 6백 마리, 소와 하네크 1백 마리, 말 오십 마리, 낙타 일곱 마리, 이렇게 총 8백 마리에 가까운 가축을 데리고 바얀산맥을 넘어야 한다.

졸린 눈을 비비며 밖으로 나왔더니 아직 어두운 새벽인데 사람들은 짐을 싸느라 분주했다. 이삿짐은 낙타와 하네크에 싣는데, 낙타는 200킬로그램, 하네크는 100킬로그램 정도의 짐을 운반할 수 있다고 한다. 유목민의 살림이 아무리 단출하다 해도 짐을 꾸려놓고 보니 상당한 양이었다. 일단 이동이 시작되면 그날의 목적지에 도착할 때까지는 잠시도 쉴 수가 없기 때문에 도중에 끈이 풀리지 않도록 모든 짐은 단단히 결박해야 한다.

가축에 짐을 지울 때는 좌우의 무게 균형을 잘 잡아 한쪽으로 쏠리지 않게 하는 것이 가장 중요하다고 한다. 사람들은 손으로 들어 봐서 무게를 가늠해 보고는 조금도 망설임 없이 가축의 등에 짐을 척척 실었다. 부엌살림은 며느리 히시게의 몫으로 난로 안에 냄비와 그릇, 부엌살림 전부를 구석구석 집어넣었다. 퍼즐을 맞추는 듯한 그녀의 놀라운 포장 기술을 입을 벌린 채 멍하니 바라보았다. 가장 걱정스러운 건 이제 두 살이 된 막내아들 둘루공이었다. 말을 타기에 너무 어린 둘루

| 척더 아저씨의 장남 수헤

공은 나무상자에 담겨 고개를 넘어야 한다. 아버지 수헤는 둘루공을
넣은 나무상자를 낙타에 단단히 고정했다. 눈보라가 들이치는 추운 날
씨에 낙타에 매달려 쉴 없이 흔들리며 길을 가야 할 아이가 걱정되지
만 아빠도 별도리가 없다. 둘루공은 이제부터 이 긴 여행을 오롯이 혼
자 감당해야 한다. 갓난아기는 엄마 품속에 안겨 산을 넘기도 한다. 유
목민의 숙명이다.

> 초등학교를 졸업하자마자 아버지를 따라 가축을 기르기 시작했
> 어요. 이 산을 넘어 다니며 가축을 기른 지도 벌써 40년이 넘었어
> 요. 가축을 먹일 풀을 찾아 1년 내내 산을 넘어 다니며 이동해야
> 해요. 나는 40년째 이렇게 밖에서 살아가고 있는 유목민입니다.
>
> — 척더

저는 지금 서른네 살인데 걸어 다니기 전부터 상자 안에서 우트락 고개와 자르 고개를 넘어 다녔습니다. 지금부터 12년 전, 큰아이가 태어난 지 20일이 됐을 때는 걷지도 못할 정도로 어려서 옷 속에 넣어서 데리고 왔죠. 둘째는 봄(2월)에 태어난 아이를 그해 가을(11월)에 상자 안에 넣어 고개를 넘어왔습니다.

　　　　　　　　　　　　　　　　　　　　　　　　　− 수혜(척더의 장남)

　짐 싸기를 마칠 때쯤 날이 훤하게 밝아왔다. 드디어 척더 가족의 이동이 시작되었다. 이번 가을, 다르하드에서 흡스굴로 넘어갈 유목민 중에 첫 번째 이동이다. 처음 이동은 길을 개척하며 가야 하기 때문에 모두가 꺼린다고 한다. 반면에 나중에 출발하는 사람은 앞서 지나간 일행의 흔적을 따라갈 수 있으니 한결 수월할 것이다.

　이동에는 순서가 있다. 속도가 빠른 말이 제일 먼저 앞장서고 그다음을 야크와 소, 하네크 같은 덩치 큰 동물이 따르면서 눈 위에 길을 내면 마지막으로 양과 염소 같은 작은 가축이 따른다. 이동 기간 내내 사람들은 대열의 앞뒤를 쉴 틈 없이 오가며 가축을 돌보는데, 양과 염소가 제일 골칫거리다. 조금만 방심하면 이리저리 흩어져 버리고 엉뚱한 곳으로 가 버리기 때문이다.

　이동 첫날부터 날씨가 심상치 않았다. 하루에도 몇 번씩 날씨가 변덕을 부려 눈보라가 요동치고 칼바람이 불어왔다. 날씨가 너무 나빠지면 이동을 중단하고 며칠씩 날이 개기를 기다리기도 한다는데 걱정이었다. 일단 이동을 시작하면 그날의 목적지에 도착할 때까지는 절대 멈출 수 없다. 식사는 물론, 심지어 물 한 모금 마실 수 없다. 우리 촬영 팀도 대열에서 뒤떨어지지 않으려고 기를 쓰고 따라가야 했다. 촬영

　　　　　　　　　　　　　　　　　　　　　　가축 이야기

때문에 잠시만 멈춰서도 대열은 벌써 저 멀리 가 있곤 했다. 우리가 넘어야 할 바얀산맥이 눈보라 사이로 보였다. 거대한 장벽과도 같았다. 저 높은 산맥을 어떻게 넘어가나 하는 두려움이 엄습했다.

이동 첫째 날은 오후 3시 무렵 목적지에 도착했다. 오늘 하루 20킬로미터 정도를 이동했다고 한다. 목적지에 도착해도 쉴 틈은 없었다. 낙타와 하네크에서 짐을 내리고 온종일 아무것도 먹지 못한 가축들이 풀을 뜯어 먹도록 했다. 유목민은 항상 가축이 먼저다. 가축들이 배를 채운 후에야 사람들은 밤을 보낼 게르를 설치하고 식사 준비를 했다. 이미 캄캄한 밤이었다. 여성인 히시게는 더 고달프다. 남자들과 똑같이 온종일 가축을 몰면서 이동하고 야영지에 도착하면 식사 준비도 해야 하니 말이다. 유목민 여성들은 비할 데 없이 강인하다.

> 눈보라가 세게 몰아치거나 날씨가 안 좋을 때는 좀 힘들어요. 하지만 견딜 만해요. 괜찮아요. 임신했거나 아이를 낳은 지 얼마 안 됐더라도 당연히 산을 넘어야 해요. 저는 첫째를 출산한 지 20일 된 날에도 산을 넘었어요.
>
> – 히시게

척더 가족은 양을 한 마리 잡아 마른고기로 만들어 이동 중에 식량으로 사용했다. 저녁 메뉴는 보를테슐이라는 음식이었다. 미리 준비해 온 마른고기로 국물을 내고 국수를 삶는데, 우리나라의 칼국수와 맛도 모양도 비슷했다. 그러고 보니 오늘 제대로 먹는 첫 끼니였다. 저녁을 먹고도 편히 잘 수 없었다. 외진 곳에서의 야영이다 보니 늑대가 가축

| 우리나라 칼국수와 비슷한 보를테술

을 습격할 수도 있어 남자들은 교대로 밤새 보초를 서야 하기 때문이다.

2016년 10월 20일 – 이동 2일째

아침 6시, 이동할 준비를 시작했다. 지난밤 추운 날씨에 낙타와 소, 양, 염소 모두 입김이 하얗게 얼어붙어 입 주변으로 고드름이 주렁주렁 달렸다. 어제와 똑같이 짐을 싸고 가축에 지웠다. 얼어붙은 손으로 일하다 보니 손가락이 곱아서 제대로 펴지지도 않았다. 어둠 속에서 출발했다. 나무상자 안의 아기 둘루공은 낙타가 걸을 때마다 이리저리 흔들리는데도 세상모르고 잠에 빠져 있었다. 둘루공은 낙타에 매달려 가는 종일 한 번도 보채지 않았다. '무슨 아기가 이렇게 순하지?' 하는

| 상자 안의 둘루공

생각이 들었다.

　다행히 오늘은 눈이 그치고 날씨도 맑았다. 며칠째 내린 눈으로 주변은 온통 흰색이었다. 바얀산맥에 들어선 가축의 긴 대열은 숲 사이로 난 좁은 길을 따라 천천히 전진했다. 산으로 올라갈수록 눈은 점점 많아졌고, 가축들의 발걸음은 힘겨워 보였다. 가축을 모는 사람들의 휘파람 소리와 가축의 울음소리가 차갑고 고요하던 숲의 정적을 깼다. 유목민은 다양한 소리로 가축을 통제한다.

　가축들이 여기저기 흩어져서 다른 방향으로 갔을 때는 휘파람을 불거나 "차이"라고 외치면 걸음을 멈춰요. 양들에게 먹이를 먹일 때는 "차이, 차이" 소리를 내고, 몰고 갈 적에는 "두치, 두치" 하는

소리를 내요. 말을 몰 때는 "하, 하", 모든 가축들을 함께 몰 적에
는 "헉크, 헉크", 말을 빠르게 달릴 때는 "추, 추", 말을 세울 때는
"하이트, 부르르"라고 해요. 낙타를 몰 때도 "헉크, 헉크" 소리를
내요.

– 수혜

척더 아저씨가 잠시 대열을 벗어나 근방에서 가장 나이가 많은 태
왕 할아버지를 방문했다. 여든한 살의 태왕 할아버지는 모두에게 존경
받는 노련한 유목민으로, 산맥을 넘으려는 사람들은 할아버지 집에 들
러 조언을 듣는다고 한다. 태왕 할아버지는 척더 아저씨에게 이번 이
동 내내 날씨가 좋을 것 같다며 날을 잘 잡았다고 격려해주었다.

나는 올해 여든한 살이야. 지금도 나는 너희들처럼 산을 넘어 이
사를 다닌단다. 나는 이제 나이를 먹을 만큼 먹었어. 이 나이까지
참 오랜 세월을 산을 넘어가며 이사를 했지.

– 태왕(다르하드 유목민)

산 정상을 향해 올라갈수록 눈은 더 깊게 쌓여 있고 길도 험해졌
다. 가축들은 자꾸만 흩어지려고 했다. 흩어지는 가축의 대열을 정리
하려고 사람들 모두가 앞뒤로 정신없이 뛰어다녔다. 어찌하다 보니 내
바로 앞에서 양, 염소 무리가 옆길로 흩어지기에 얼떨결에 나도 가축
몰이를 하게 되었다. 다른 사람이 하는 것을 흉내 내서 가축을 몰아보
려 했지만 양과 염소는 내 말을 철저히 무시했다. "차이, 차이" "두치,

두치!" 아무리 소리치며 흩어지는 양과 염소를 모으려고 해도 놈들은 들은 체 만 체 제 갈 길로 가 버렸다. 가축에게 제대로 무시당하니 약이 오를대로 올랐다. 하긴 말에 익숙지 않아 제 한 몸 가누기도 힘들어하는 내 상태를 가축이라고 모를 리 없었다. 나를 철저히 무시하는 양과 염소 때문에 애를 먹고 있자면 어디선가 척더나 수혜, 혹은 히시게가 나타나 단번에 대열을 정리하고는 재빨리 다른 곳으로 달려가곤 했다. 그날 나의 존재감은 거의 없었다고 해도 과언이 아니다. 그 바쁜 와중에도 엄마 히시게는 낙타에 실린 상자 안의 둘루공을 틈틈이 돌보았다. 사실 그다지 돌볼 필요는 없어 보였다. 아기는 한 번도 칭얼거리지 않고 그 고된 여정을 씩씩하게 견뎌내고 있었다.

오후 3시 무렵 두 번째 목적지에 도착했다. 우트락 고개의 바로 아래 위치한 숲속의 빈터였다. 그 후의 일은 어제의 반복이었다. 짐을 내리고, 가축을 먹이고, 게르를 세우고 저녁을 먹는데 메뉴도 어제와 같았다. 그런데 밥을 먹는 동안 분위기가 심상치 않았다. 내일은 이번 이동의 최대 고비인 우트락 고개를 넘어야 하기 때문에 모두가 긴장한 탓이었다. 게다가 오늘 밤 야영지는 숲이 깊어 늑대가 우글대는 곳이라고 했다. 척더 아저씨는 식사 중에도 계속해서 아들들에게 이런저런 잔소리를 했다. 수십 년을 다닌 길이지만 그만큼 걱정도 많기 때문이다.

밥 먹고 2시간마다 교대해서 가축을 지켜야 해. 여기는 늑대가 많으니까 가축을 잘 봐야 해. 가축이 많고 길이 험하니 천천히 가야 한다. 내일 갈 길은 오르막길이고 눈도 많으니까 5시에 일어나야 해.

자, 이제 밥 빨리 먹고 양 보러 나가라. 양들이 한번 흩어지면 찾기 힘들다. 보를쩌, 오늘 밤에 말 관리 잘해라. 없어지면 큰일이 날 테니까 잘 묶어 놔야 해.

그날 밤, 수혜와 보를쩌가 교대로 밤새 가축을 지켰다.

| 지친 양을 안고 가는 히시게
이동 중 너무 지쳐 제대로 따라가지 못하는 가축은 사람이 안고 가기도 한다.

가축 이야기

2016년 10월 21일 – 이동 3일째

새벽 5시, 다른 날보다 훨씬 일찍 일어나 이동을 준비했다. 따뜻한 침낭에서 나오기가 죽도록 싫었지만 밖은 이미 출발 준비로 소란스러웠다. 이번 가을 이동의 최대 고비인 우트락 고개를 넘는 날이었다. 아무리 바빠도 한국인은 밥심이다. 밥을 하고 된장찌개까지 끓여 막 한 수저를 뜰 때, 갑자기 게르의 천장이 훌러덩 벗겨졌다. 짐을 모두 싸고 마지막으로 우리가 묵고 있는 게르를 철거하려는 모양이었다. 집이 철거되는 와중에도 악착같이 밥을 퍼먹는 우리를 몽골 사람들이 황당하다는 듯 쳐다보았다. 그래서 아쉽게도 밥을 다 먹지 못했다.

길을 나선 지 다섯 시간 만에 우트락 고개에 접어들었다. 눈보라가 어찌나 강한지 몸을 가누기가 어려워 몇 번이나 말에서 떨어질 뻔했다. 시간이 갈수록 바람이 더욱 거세게 불어 눈뜨기조차 힘들었고 눈보라가 사납게 얼굴을 때릴 때마다 마치 모래를 끼얹은 것 같았다. 이제부터는 모두가 각자도생이었다. 도움을 요청할 수도 도와줄 수도 없었다.

양과 염소는 물론이고 낙타나 야크 같은 덩치 큰 가축들도 엄청나게 쌓인 눈을 헤치고 가느라 애를 먹었다. 게다가 고갯마루로 갈수록 경사가 급해져 한 발 한 발 내딛는 게 고역이었다. "위이이잉" 휘몰아치는 눈보라가 모든 소리를 삼켜버려 바람 소리 말고는 오히려 고요했다. 강한 바람은 곳곳에 눈 웅덩이를 만들어 놓는데, 여기에 빠지면 사람도 가축도 헤어 나오기 어렵다. 어떤 곳은 타고 있는 말의 배에 닿을 정도로 깊게 눈이 쌓여 있기도 했다. 이런 곳에서 쓰러진 가축은 곧바로 얼어 죽는다. 쓰러진 가축의 털 속으로 파고 들어간 눈은 체온으로 바로 녹는데, 이렇게 녹은 물은 차가운 날씨에 곧바로 얼어버린다. 결국

| 가을 이동의 최대 고비인 우트락 고개

| 이동 중 동사한 염소
이동 중 힘이 빠져 쓰러진 가축은 끔찍한 모습으로 얼어 죽는다.

쓰러진 가축은 온몸이 얼음에 덮인 끔찍한 모습으로 얼어 죽게 된다.

사실 올해 날씨는 좋은 편입니다. 3년 전 가을에 이사를 할 때는 눈이 1미터나 쌓여 있었어요. 당시 여기 우트락 고개를 넘는데 갑자기 바람이 불면서 엄청난 추위가 몰려왔어요. 눈보라도 심하게 몰아쳤죠. 그때는 우리 가족을 포함해서 유목민 세 가족이 함께 우트락 고개를 넘어가고 있었어요. 그런데 갑자기 닥친 추위 때문에 백 마리 정도의 양과 염소가 한꺼번에 죽었습니다. 사실 이건 종종 있는 일입니다. 날씨가 변하는 것은 자연의 이치니까요. 그런 일이 있더라도 어쩔 수 없는 거죠.

– 척더

우트락 고개 정상에 다가가면서 눈보라는 절정을 이루었다. 한순간도 지체해서는 안 되기에 모두가 마지막 힘을 짜내고 있었다. 그야

가축 이야기

말로 죽을힘을 다해 묵묵히 걷고 또 걸었다.

태어난 지 얼마 안 된 새끼들이나 작은 동물들은 배에 있는 털에 눈이 자꾸 닿아서 털이 젖고 결국 얼어 버립니다. 그러면 몸이 더 무거워지고 이동하기 더 힘들어져 결국은 죽고 맙니다. 그래서 따라가지 못하는 가축들은 우리가 직접 안고 가기도 합니다.

– 척더

고갯마루에 오르자 일순간 놀라운 일이 벌어졌다. 그토록 집요하게 불어오던 눈보라가 순식간에 딱 걷히더니 파란 하늘이 나타난 것이다. 정상을 기준으로 날씨가 극단적으로 변한다더니 마치 누군가 요술을 부리는 것 같았다. 고개를 넘어서자 그다음은 내리막길이고 눈도 많지 않아 여정이 순조로웠다. 그렇게 얼마를 내려가다 보니 조그마한 강물이 앞을 가로막았다. 강이라기에는 폭이 좁고 수심도 깊지 않았지

| 가을 이동 3일째
우트락 고개를 넘자마자 요술을 부린 듯 날씨가 변한다.

| 강을 건너는 가축들
수혜가 염소 한 마리를 강제로 강을 건너게 한다.

만 대신 물이 엄청나게 차가웠다. 낙타와 말, 소나 야크 같은 덩치 큰 짐승들은 물가에서 잠시 망설이다가 하나 둘 강물로 뛰어들어 강을 건너기 시작했다. 문제는 양과 염소인데 뒤에서 사람들이 아무리 거세게 몰아대도 우왕좌왕 대기만 할 뿐 물가에서 꼼짝도 하지 않았다. 차갑고 빠른 물살에 겁을 먹은 모양이었다. 한참 동안 실랑이를 벌여도 양과 염소가 강을 건너지 않자 수혜가 비상수단을 사용했다. 숫염소 한 마리를 잡아서 뿔에다 줄을 묶고는 강제로 강물로 끌고 들어간 것이다. 숫염소는 물에 들어가지 않으려고 발버둥을 쳤지만 결국 질질 끌려서 강을 건넜다. 그리고 다음 순간, 생각지도 못한 굉장한 일이 벌어졌다. 그토록 완강하게 물에 들어가기를 거부하던 양과 염소들이 경쟁

가축 이야기

적으로 강물에 뛰어든 것이다. 그렇게 강을 건너기 시작하더니 순식간에 한 마리도 남김없이 모두 강을 건넜다. 이것은 먼저 나서기는 꺼리지만 따라 하기는 좋아하는, 무리로 생활하는 가축의 특성이다. 이번 경우는 비록 강제였지만 숫염소가 강을 건너는 것을 지켜본 양, 염소 무리가 '어? 괜찮네? 그럼 나도!' 하며 안심하고 강을 건넌 모양이다. 강을 건넌 후 얼마를 더 내려와 이번 가을 이동의 마지막 야영을 했다. 최대 고비인 우트락 고개를 무사히 넘어서인지 모두들 무척이나 여유로운 표정이었다. 더구나 가축을 한 마리도 잃지 않았으니 이런 경사가 없었다. 하지만 히시게는 오늘도 분주했다. 히시게가 식사를 준비하는 과정은 다음과 같다.

1. 개울로 간다.
2. 도끼로 얼음을 깬다.
3. 난로에 얼음을 녹인다.
4. 밥을 한다.

얼음을 녹여 만든 물이 갈색빛을 띠고 있어 내 눈에는 생맥주와 무척이나 비슷해 보였다. '촬영을 마치고 울란바토르에 가면 꼭 생맥주를 마셔야지' 하는 생각을 하다 잠이 들었다.

2016년 10월 22일 - 이동 4일째

이동의 마지막 날이 되었다. 다른 날보다 조금 여유 있게 느지막이 출발했다. 최종 목적지는 허르헉이라고 불리는 곳이었다. 우트락 고개를 넘어오니 기후가 극적으로 변했다. 바얀산맥 너머의 다르하드에 비해 5~6도는 따뜻한 것 같았다. 이들이 힘들게 바얀산맥을 넘는 이유를 알 것 같았다. 출발 후 얼마 되지 않아 늑대가 말을 잡아먹은 흔적을 발견했다. 지난밤 우리가 묵었던 야영지에서 멀지 않은 곳이었다. 다행히 척더 아저씨네 말은 아니었다. 굵은 뼈와 가죽만 조금 남은 말의 사체 주변으로 핏자국이 선명했는데, 이는 적어도 서너 마리의 늑대가 한 짓이라고 했다.

점심 무렵, 척더 아저씨는 가축을 한 마리도 잃지 않고 무사히 목적지에 도착했다. 낙타와 하네크에서 짐을 내리고 모든 가축을 풀어서 배불리 풀을 먹도록 했다. 일곱 달 만에 돌아온 겨울 집, 녹슨 자물쇠를 열고 들어간 실내는 썰렁하기 짝이 없었다. 집에 도착해서 제일 먼저 할 일은 난롯불 피우기였다.

근방에 시집와서 살고 있는 척더 아저씨의 딸이 아버지를 만나러 온 덕분에 가족이 모두 모였다. 척더 아저씨의 가족은 이곳에서 겨울을 보내고 내년 3월에 다시 바얀산맥을 넘어 다르하드로 갈 것이다. 봄에는 우트락 고개보다 조금 더 남쪽에 있는 자르 고개를 넘는데, 가을 이동보다 훨씬 힘들다고 한다. 가축들이 겨울을 보내며 허약해지기 때문이다.

이곳은 깊은 산속이라 외부와 완전히 고립되어 있습니다. 우리가 이런 오지에 사는 이유는 오직 가축 때문이죠. 우리 어머니의 조상들도 300년 전부터 여기에서 살아왔습니다. 가축은 우리 삶의 근원이자 살아가는 이유입니다. 그래서 우리는 1년 내내 이 고된 생활을 이어가고 있습니다. 수천 년 전 우리 조상들이 그랬듯이 말이죠. 이것이 바로 우리 다르하드 유목민의 역사입니다.

                                                                   – 척더

    매년 두 번씩 몽골에서 가장 먼 거리를 이동하는 다르하드 유목민의 전통이 앞으로 얼마나 더 지속될지는 미지수다. 고된 이동을 피하려는 사람들이 점점 늘어나고 있기 때문이다. 실제로 2016년 당시에도 바얀산맥을 넘는 유목민은 몇 가구 되지 않았다. 아마도 얼마 지나지 않아 이 고된 이동의 전통은 사라질 것이다. 이 글을 쓰는 2020년에는 몇 가족이나 바얀산맥을 넘는 고된 여행을 했을지 궁금하다. 상자에 담겨 산을 넘던 둘루공은 올해 여섯 살이 되었으니 말을 타고 산을 넘었을지도 모르겠다. 그나저나 척더 아저씨는 올해도 산을 넘었을까?

| 홉스굴
바얀산맥 너머에 있는 차강노르에 비해 기온이 따뜻하고 눈이 적다.

차강사르와 오츠

    2016년 2월, 나는 몽골 바이홍고르의 한 시골 마을에 머물고 있었다. 마침 그때는 몽골의 가장 큰 명절인 차강사르였는데 우리의 설날 풍습과 비슷한 점이 많았다. 날짜 또한 음력 1월 1일로 우리와 같았다. 다만 차강사르의 정확한 날을 라마교 승려가 정하기 때문에 어떤 해는 평년과 달리 하루이틀 날짜가 달라지기도 한다. 설날에 설빔을 입듯이 차강사르가 되면 몽골에서도 새 옷으로 '델Deel(몽골의 전통의상으로 롱코트처럼 품이 넓은 옷)'을 차려입는다. 우리나라에서는 한복을 특별한 날에만 입지만 몽골 사람들은 평상시에도 델을 입는다.

    설 이야기에 음식을 빼놓을 수는 없다. 우리나라에서 설날에 떡국을 먹듯, 몽골에서는 양고기를 소로 넣은 몽골 만두 보츠를 1,000개 이상 만들어 두고 손님에게 대접한다. 차강사르 때 우리가 묵었던 간바 할아버지 집에서는 오츠라는 유목민의 전통이 담긴 특별한 요리를 만들었는데, 우리말로 하면 '양고기 통찜'쯤 될 것이다. 차강사르 전날, 간바 할아버지는 자신이 기르는 양 중에서 가장 좋은 녀석을 골라 도

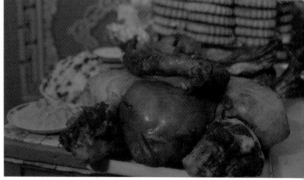

| 차강사르를 위한 음식 준비
우리의 설날과 비슷한 점이 무척 많다.

축을 했다. 유목민에게 좋은 양이란 몸집이 크고 살이 찐 녀석, 특히 엉덩이에 지방이 많은 놈이다. 요리법은 양에서 다리와 갈비만 분리하고 찜통에서 통째로 삶는 것이 전부였다. 이렇게 간단한 요리법으로 완성된 오츠는 오히려 장식과 상차림에 엄청난 정성을 쏟는다. 삶은 양을 식탁 위에 올리는데, 엉덩이가 앞을 향하도록 몸통을 두고 여기에 미리 분리해 둔 다리와 갈비를 붙여 마치 양이 뒤돌아 앉아 있는 모습이 되도록 진열한다.

오늘은 겨울의 마지막 날입니다. 내일은 차강사르(봄의 첫날)라서 오늘 저녁에 겨울을 따뜻하게 지냈다는 의미로 이날을 기념합니다. 이렇게 차강사르 음식 준비를 다 마친 다음에는 향을 피워 연기로 음식을 깨끗하게 정화시켜 줍니다. 조상들을 모시는 제단에 음식을 먼저 올리고, 그다음에 만들어 놓은 오츠를 잘라 나눠 먹습니다.

— 간바(몽골 바이홍고르 유목민)

유목민의 설날 풍경

차강사르 날이었다. 이른 아침부터 사람들이 간바 할아버지에게 문안 인사를 왔다. 우리나라 세배와 똑같다. 할아버지는 손님의 손을 잡고 볼에 입을 맞추며 덕담을 건넸다. 손님의 볼에 입을 맞추는 간바 할아버지를 보니 처음 몽골에 갔을 때 만났던, 이제는 돌아가신 몽골 할아버지 한 분이 생각났다. 첫 만남 후로도 몽골을 갈 때마다 그 할아버지를 찾아뵙고 인사를 드리곤 했는데, 헤어질 때가 되면 할아버지는 내 뺨에 입을 맞춰 주셨다. 항상 한쪽 뺨에만 뽀뽀를 해 주시기에 한 번은 다른 쪽 뺨에도 해 달라고 했더니 "다른 쪽 뺨은 다음에 만나기를 기약하면서 남겨두는 것이다"라고 대답하셨다. 정말 멋진 분이었다.

인사를 마친 간바 할아버지는 자신의 분신과도 같은 코담배를 손님에게 권했다. 내게도 코담배를 권했는데, 마치 향이 나는 밀가루처럼 고운 분말을 코로 흡입하는 것 같았다. 코담배의 향은 가장의 냄새로 간바 할아버지를 상징한다. 이제 가장 중요한 순서가 다가왔다. 간바 할아버지는 손님에게 보드카를 한 잔 권하더니 정성 들여 준비한 오츠의 엉덩이에서 지방 덩어리를 칼로 잘라 손님에게 주면서 한마디 하셨다.

"자! 내가 기른 양고기 맛을 보게."

흐뭇한 표정에 자긍심 또한 느낄 수 있었다. 유목민의 가장 큰 자랑은 가축을 잘 기르는 일이다. 그러니 이렇게 엉덩이에 살이 찐 양을 대접하는 일은 지난해 자신이 얼마나 가축을 잘 길렀는지를 상징적으로 말해 준다. 한마디로 양의 살찐 엉덩이는 할아버지의 얼굴이자 목축 능력을 보여 주는 상징인 것이다. 그렇게 사람들은 양고기를 맛보고, 지난해 가축을 돌보다 생긴 울고 웃었던 일들을 서로 공유하며 즐거운 차강사르를 보내고 있었다. 그러고 보니 차강사르 때도 우리 설날과 같이 세뱃돈을 주었다. 그런데 어른이 세뱃돈을 주는 우리 설날과 달리 차강사르에서는 문안을 온 젊은이가 어른에게 돈이나 선물을 드린다.

차강사르 때도 대화의 주제는 가축이다. 오랜만에 만난 사람들은 가족의 안녕을 묻고는 꼭 가축들의 상태나 건강을 물어보았다. "지난여름, 많이 더웠는데 네 가축은 별 탈이 없었는가?" "지난겨울에는 영하 50도가 넘기도 했는데 너의 가축에게 문제는 없었는가?"

몽골 사람들은 가축이 탈이 나면 서로 아파해 주고 위로를 건넨다. 또 기르던 가축이 한 마리라도 죽으면 하늘이 무너져 내리는 듯한 표정으로 슬퍼하는 것을 종종 보았다. 가축을 잘 돌보지 못했다는 자책감과 창피함이 얼굴에 묻어났다. 차강사르를 보내며 또 한 번 느낀 사실이지만 유목민에게는 가축이 전부다.

안데스의 목동

안데스의 나라 페루의 루카라스 지역, 해발 4,000미터의 황량한 고산지대에서 만난 목동 바르코를 생각하면 지금도 마음이 짠하다. '사는 게 뭔지'라는 생각도 든다. 그는 돌과 흙으로 엉성하게 지은 오두막에서 어머니와 단둘이 살고 있었는데 오두막집의 한쪽 벽이 허물어져 있었다. 처음에는 무슨 사고로 벽이 무너진 게 아닌가 생각했는데 알고 보니 애초에 이렇게 지었다는 것이다. 가축을 노리는 퓨마 같은 맹수가 접근하는 것을 재빨리 알아채기 위해서라는데 그렇다고 벽을 없애다니 황당했다.

> 만약 야생동물이 가축을 사냥하러 들어오면 빠르게 내쫓아야 합니다. 늦으면 맹수가 근처에서 가축을 죽여 버리거나 가축들이 다른 곳으로 도망가 버려요.
>
> — 바르코(안데스 목동)

어디나 유목민의 생활 형편은 어렵지만 안데스 목동의 삶은 특히 고단해 보였다. 밤이면 고산은 엄청 추워지는데 가축을 돌보느라 마음 편히 잠을 잘 수도 없기 때문이다. 해가 떠오르고 그나마 기온이 올라 가자 바르코가 해바라기를 하면서 밤사이에 언 몸을 녹였다. 아침 식 사 또한 부실하기 짝이 없었다. 삶은 감자 몇 알과 멀건 옥수수수프가 전부였는데, 이렇게 먹고 어떻게 살까 안쓰러웠다.

신대륙의 가축, 라마와 알파카

몽골과 같은 중앙아시아의 유목민은 고기를 많이 먹는 데 반해 안 데스 목동의 밥상에는 기름기라고는 조금도 찾아볼 수 없다. 바르코가 먹어 보라며 내게 건네준 다 찌그러진 그릇에 담긴 옥수수수프는 내 얼굴이 비칠 정도로 내용물이 부실했다. 감자와 옥수수의 원산지는 바 로 이곳 남미의 안데스다. 강원도 여행 때 먹었던 알이 굵고 차진 감자 와 옥수수와는 달리 이곳 원산지의 감자와 옥수수는 씨알이 작고 그나 마도 군데군데 벌레가 파먹어 먹을 게 없었다.

구대륙에 비하면 신대륙에서 가축화된 동물은 아주 적은데 낙타 과의 라마와 알파카가 대표적이다. 12세기 안데스에서 찬란하게 꽃피 웠던 잉카문명을 일구는 데는 라마가 가장 중요한 역할을 했다고 한 다. 주로 짐을 나르는 일을 했는데 한 번에 50킬로그램 정도를 운반할 수 있다. 라마는 생각보다 넝치가 커서 녀석이 가까이 다가오면 겁이 날 정도다. 게다가 낙타과의 동물답게 이 녀석은 누구든 제 마음에 들 지 않으면 함부로 침을 뱉어 댄다.

라마는 예전에 굉장히 필요한 동물이라 여겼지만 요즘은 사용 가
치가 없습니다. 예전에는 라마를 이동 수단으로 사용했죠. 잉카인
들은 라마에 짐을 실어 쿠스코에서 푸노(옛 잉카의 도시)로 여행했
습니다.

– 바르코

현재 안데스에서는 짐 동물로 쓸모없어진 라마 대신에 고급 털을
생산하는 알파카를 많이 기른다. 알파카의 곱슬곱슬하고 빽빽한 털은
아주 부드럽고 보온성이 좋아 고급 옷의 원재료로 사용한다. 알파카는
덩치가 라마의 반밖에 되지 않고 털이 길고 곱슬거려 무척이나 귀엽
다. 아무에게나 침을 뱉고 성격도 거친 라마에 비하면 성격도 온순해
기르기도 쉽다고 한다. 알파카를 한 번 만져봤는데 어찌나 털이 부드
러운지 손을 떼기가 싫을 정도였다.

바르코는 마당에 걸린 빨랫줄에 알파카 고기를 말리고 있었다. 얼
마 전 퓨마가 잡아먹고 남긴 것이라고 했다. 그런데 자신이 먹을 게 아
니라 말려서 내다 팔 거라고 했다. 야생동물이 먹고 남은 고기조차 먹
기 힘든 안데스 목동의 처지가 무척이나 안타까웠다.

| 알파카 털 깎기
현재는 짐 동물로 쓸모없어진 라마 대신에 알파카를 많이 기른다.

똥 이야기

얼마 전까지만 해도 방송에서 '똥'이라는 단어는 금기어였다. 아마도 시청자들에게 불쾌감을 준다고 생각했던 것 같다(물론 지금도 방송에서 똥이라는 단어는 조심해서 사용한다).

그래서 똥을 똥이라 부르지 못하고 대신 배설물 같은 단어를 사용했는데, 지금 생각하면 조금 어이없는 일이다. 어찌 됐든 우리는 매일 똥을 눈다. 그리 오래되지 않은 1970년대까지도 똥은 거름으로 이용했는데, 그 후로는 하천에 무단 방류하거나 배에 싣고 나가 바다에 버렸다고 한다. 엄청나게 큰 컨테이너선에 똥을 가득 싣고 공해상으로 나가서 방류했다는데, 재미있는 것은 똥을 버린 해역은 물고기가 떼로 모여들어 황금어장을 이루었다고 한다. 요즘은 수세식 화장실에서 일을 보고 버튼을 누르면 끝이다. 똥과 마주할 일이 없는 것이다.

초원草原은 분원糞原이다

똥과 맞대면하지 않고 사는 우리와 달리 가축과 함께 살려면 똥과도 함께 살아야 한다. 유목민과 가축의 땅, 몽골을 처음 방문했을 때 가장 인상적이었던 장면 중의 하나는 드넓은 초원을 가득 덮고 있는 가축의 똥이었다. 어디서든 똥을 피할 수가 없었다. 밥을 해 먹을 때도, 야영을 할 때도, 촬영을 할 때도, 주위에는 항상 가축의 똥이 있었다. 처음에는 더럽다고 생각해 똥이 없는 곳을 찾았지만 곧 그것이 불가능하다는 것을 깨달았다. 그러면서 점차 똥에 익숙해져 갔다.

얼마 지나지 않아 똥 위에서 밥을 먹고, 똥을 깔고 잠을 자고, 똥 밭에서 똥을 누어도 별다른 느낌이 들지 않았다. 실제로 순수하게 풀만 먹는 가축의 똥에서는 별다른 냄새가 나지 않으며(같은 가축이라도 풀이 아닌 사료를 먹으면 냄새가 고약하다), 게다가 건조한 지역이라 똥이 금세 바짝 말라 더럽다는 생각도 그다지 들지 않았다. 똥은 항상 있는 풀과 같고 돌과도 같았다. 유목민에게는 가축의 똥도 중요한 자원이다. 허투루 버리지 않는다.

중요한 연료, 똥

똥의 가장 중요한 용도는 연료다. 나무가 자랄 수 없는 초원이나 사막, 높은 고원에서 가축의 똥은 거의 유일한 연료다. 파미르고원에서는 여름 내내 야크의 똥을 모아 벽돌 모양으로 예쁘게 빚어 햇볕에 바짝 말려 둔다. 이것은 아주 중요한 월동 준비다. 어떤 집은 야크의 똥으로 만든 벽돌을 산처럼 쌓아 놓기도 한다.

가축 이야기

어린 시절, 가장 중요했던 우리 집 겨울 준비는 연탄을 들여놓는 일이었다. 연탄을 충분히 쌓아 두면 어린 마음에도 무척 든든했다. 야크 똥 벽돌을 쟁여 둔 사람들의 마음도 다르지 않을 것이다. 연료로는 소나 야크 똥이 최고다. 일단 크기부터 큼직한 만큼 오래 타고 쓰기도 편하다. 제대로 불이 붙은 똥은 푸른빛을 내며 활활 타오르는데 멍하니 바라보게 될 만큼 예쁘다. 하지만 똥은 나무에 비하면 화력이 약해 밥을 한 솥 하는데도 막대한 양이 필요하다. 최소한 소나 야크 똥 30개는 필요하다. 라면 하나를 끓이는 데도 15개는 필요하다.

무슨 까닭인지는 모르지만 말똥을 연료로 쓰는 것은 보지 못했다. 어쩌면 말똥에서는 고약한 냄새가 나는지도 모르겠다. 양이나 염소 똥은 크기가 작아 연료로는 별로여서 좋은 똥이 없는 경우에 어쩔 수 없이 사용한다. 양과 염소 똥을 몇 번 사용해 본 적이 있는데 열량은 비교적 괜찮았지만 오래가지 않아 계속해서 퍼 넣어야 했다.

똥방

네팔의 카트만두에서 자동차로 몇 시간째 히말라야를 오르고 있었다. 도로의 상태는 끔찍했다. 군데군데 패이고 무너진 낭떠러지를 끼고 가는 길은 아찔하기 그지없었다. 게다가 심심하면 산적이 나타나 돈을 요구했다. 산적의 정체는 동네 꼬마들이었다. 패이고 무너진 길을 수리해 놓고는 그곳을 지나가는 자동차에 도로 수리비를 달라고 떼를 쓰는 어린 꼬마들이 귀엽고 안쓰러워 약간의 돈을 쥐어주었다. 그런데 이것도 한두 번이지 계속해서 나타나는 꼬마 산적들에 슬슬 짜증

| 야크 똥으로 만든 벽돌

이 나기 시작했다. 그렇게 산적들에게 시달리며 신두팔촉 마을에 도착해 어느 집에서 며칠을 묵게 되었다.

방으로 들어가니 약초 냄새가 은은하게 풍기는 것이 나를 위해 천연 방향제라도 뿌려둔 것 같아 기분이 좋았다. 그런데 잠시 후 마을을 둘러보다 조금 전 맡은 향긋한 약초 향의 정체를 알게 되었다. 한 여성이 자기 집 외벽에 무언가를 열심히 바르고 있었는데, 알아보니 진흙과 소똥을 50:50으로 섞은 '똥흙'이었다. 그렇게 외벽을 바른 뒤에는 집 안 내부를 똥흙으로 꼼꼼히 칠했다.

소똥만 가지고 바닥에 붙이면 잘 떨어져요. 붉은 흙과 소똥을 섞어 주어야 잘 달라붙어요. 원래 바닥과 하나인 듯 딱 잘 붙어요. 저희는 해충들을 없앨 마땅한 수단이 없는데, 소똥을 섞으면 해충이

가축 이야기

잘 안 들어오거든요. 방역을 위해 하는 거예요.

– 로드 낫 어쩔여(네팔 신두팔촉 마을의 주민)

쉽게 이해하기는 힘들지만 똥흙을 집에 바르는 이유는 청결을 위해서라고 한다. 처음에는 소를 신성시하는 힌두교의 종교적인 이유 때문으로 여겼는데 그것만이 아니었다. 정말로 소똥흙을 바른 벽에는 파리 한 마리 붙어 있지 않았다. 히말라야에서는 소가 먹는 풀 중에 약초가 많아 똥에도 약재 성분이 들어 있어서 벌레가 붙지 않는다는 것이 참으로 신기했다. 며칠을 '똥방'에서 잠을 잤는데 자리에 누우면 향긋한 풀냄새가 나고 파리, 모기 같은 벌레도 없어 단잠을 잘 수 있었다. 히말라야의 풀을 먹으면 똥도 범상치 않다.

건강한 똥을 생산하던 히말라야의 소를 보면서 깨달은 중요한 사실 하나는 똥의 건강성은 무엇을 먹느냐가 결정한다는 것이다. 요즘 'You are what you eat(당신은 당신이 먹은 음식이다)'이라는 말이 있다. 맞는 말이다. 우리가 먹은 음식이 우리를 만들기 때문에 건강한 몸을 가지려면 건강한 먹을거리를 먹으라는 말일 것이다. 똥도 마찬가지다. 무엇을 먹느냐는 어떤 똥을 만들어 내는가를 결정한다. 공장식으로 소를 기르는 축사에 가 보면 그 냄새란 말할 수 없이 역하고 축산 분뇨 또한 수질 오염원으로 악명이 높다. 이유는 대량으로 소를 사육하는 곳에서는 풀이 아닌 이것저것 뒤섞인 사료를 먹이기 때문이다. 먹을거리가 중요한 것은 인간만이 아니다. 소를 포함한 가축 역시 그들은 그들이 먹은 음식이다.

남은 이야기

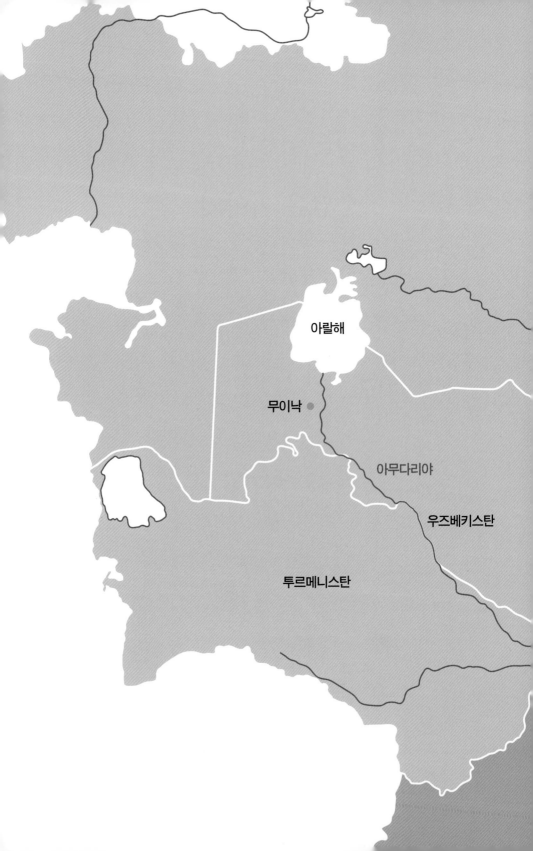

아랄해

무이낙 ●

아무다리야

우즈베키스탄

투르메니스탄

카자흐스탄

시르다리야

비슈케크   이식쿨

키르기스스탄

나른

카라쿨호수

타지키스탄   무르가브

두샨베   페드첸코빙하   알리추르

아미르벡의 집

바르탕계곡

티그로바야발카

호록

아프가니스탄

| 중앙아시아 지도

PD 생활의 대부분을 국내외에서 자연 다큐멘터리를 제작하며 보냈다. 야생동물을
화면에 담으려면 어쩔 수 없이 사람이 없는 외진 곳을 찾아다녀야 했고, 그 결과 국
내와 해외를 막론하고 일반적인 여행에서는 찾기 힘든 외진 곳을 다녀야 했다. 특
히 주로 다닌 곳은 중앙아시아였는데 그 과정에서 쉽게 체험하기 힘든 많은 경험
을 했다. 그때의 이야기를 모아 봤다.

중앙아시아의 수원지, 파미르

물은 가장 흔하면서도 가장 귀한 물질이다. 지구의 물은 거의 전부가 바닷물로 존재하며, 인간을 포함한 육지에서 살아가는 동식물이 사용하는 담수는 극히 일부분이기 때문이다. 그런 담수의 70퍼센트 이상이 빙하의 형태로 존재한다니 결국 지구의 모든 육지 생명에게 빙하는 엄청나게 소중한 생명수라고 할 수 있다.

빙하는 겨울에 내린 눈이 미처 녹지 못하고 오랜 시간 쌓이고 다져져 만들어진 얼음덩어리로, 대부분이 극지방에 있지만 일부는 내륙의 고산지대에도 존재한다. 히말라야, 티베트고원, 파미르고원, 톈산 같은 아시아 고산지대의 빙하는 하류로 끊임없이 물을 공급해서 중국의 장강과 황하, 인도의 갠지스와 인더스, 브라마푸트라 같은 거대한 강을 이룬다. 그리고 이 물은 수없이 많은 생명이 살아가도록 한다.

물이 귀한 건조한 땅, 중앙아시아에서 가장 중요한 두 개의 강, 아무다리야와 시르다리야 역시 각각 파미르고원과 톈산의 빙하지대에서 발원한다. 그래서 파미르를 중앙아시아의 수원지水源池라고도 부른다.

거대한 내륙빙하, 페드첸코

파미르에만 1,000개가 넘는 크고 작은 빙하가 있다는데, 그중 페드첸코빙하는 지구에서 가장 큰 내륙빙하로 그 면적은 서울시보다 훨씬 넓다. 페드첸코빙하에 가려면 타지키스탄의 파미르 입구에 위치한 호록이라는 도시 부근의 반즈계곡을 따라서 올라가야 한다. 이 반즈계곡의 최상류에 바로 페드첸코빙하가 있다. 페드첸코빙하는 우리 기준에서 보면 무척이나 외진 곳이다. 우리나라에서 가려면 족히 일주일은 걸린다. 게다가 길이 너무 험해 여름철 단 두 달만 페드첸코빙하에 접근할 수 있다.

빙하에 대한 오해 중 하나, 모든 빙하는 순백의 깨끗한 얼음덩어리라는 생각이다. 고산의 내륙빙하는 중력에 의해 아래쪽으로 흘러내리는데, 흘러내려온 가장 끝부분을 '빙하의 혀'라고 부른다. 동물의 혀를 닮아 붙여진 이름이다. 빙하의 혀에 가까이 가 보면 얼음과 흙, 돌이 한데 뒤섞여 있는 것을 볼 수 있는데 빙하의 얼음덩어리가 아래로 흘러내려오며 흙이나 돌과 뒤섞이기 때문이다. 그러니 당연히 빙하가 녹은 물도 흙탕물이다. 여름이 되면 이 빙하의 혀에서 녹은 물이 모여서 삽시간에 엄청난 물줄기를 이룬다.

지구온난화의 영향으로 가끔 페드첸코빙하가 평상시보다 많이 녹는 경우가 생기는데, 이때는 빙하 녹은 물이 흘러드는 판지강과 아무다리야 주변에 큰 홍수가 난다. 특히 하류인 우즈베키스탄 쪽에 피해가 크다는데, 지난 2010년에는 1만 명이 훨씬 넘는 인명피해가 나기도 했다.

페드첸코빙하지대는 물이 풍부해 다양한 꽃과 풀이 자라는데, 그

가축 이야기

| 페드첸코 '빙하의 혀'
내륙빙하는 중력으로 인해 아래로 흘러내리는데, 끝부분이 마치 동물의 혀와 같은 모습이다.

중 가장 인상적인 식물은 레이온이었다. 레이온은 파미르와 톈산에서만 볼 수 있는 토종식물이라는데 배추와 매우 비슷하게 생겼다. 그래서 빙하 주변으로 레이온이 군집을 이루고 있는 모습은 마치 강원도의 고랭지 배추밭을 연상시킨다. 현지인들은 레이온을 식용하는데, 특히 고산병 예방에 효과가 있다고 한다. 우리를 빙하지대로 안내해 준 현지인들이 레이온을 한 움큼 뜯더니 겉껍질을 벗기고는 맛있게 먹었다. 겉모습이 배추와 같아 그 맛을 기대했지만, 실상은 질기고 거친 열무 줄기를 씹는 느낌이었고 게다가 쓴맛이 났다. 한마디로 맛없는 식물이었다. 야생동물보다 가축의 고기가 맛이 있는 것과 같이 식물도 인간이 오랜 시간 개량한 채소나 과일이 야생종에 비해 훨씬 맛이 있다.

중앙아시아에서 오래 머물다 보면 가장 생각나는 음식 중 하나는 싱싱한 채소다. 푸른 채소에 굶주린 우리는 주변에서 쉽게 찾을 수 있는 야생 파와 야생 마늘을 뜯어다 먹곤 했는데, 역시 이것들도 맛이 없었다. 야생의 파와 마늘은 무엇보다 크기가 작은데다 야생 파는 부추처럼 가늘었고, 야생 마늘의 씨알은 땅콩만큼 작았다. 게다가 파와 마늘이 가진 독특한 향이 없는 싱거운 맛에 식감 역시 질기기만 했다. 마치 잡초를 뜯어 먹는 것과 비슷한 느낌이었다. 이렇게 야생 파와 마늘을 먹고 있는 우리를 보며 현지인들은 염소라고 놀리곤 했다. 그들이 보기에 우리의 모습이 잡초를 먹는 염소와 다를 바 없었던 모양이다.

눈물의 땅, 아프가니스탄

페드첸코빙하의 물은 반즈계곡을 통해 판지강으로 흘러들어 크고 작은 여러 물길과 합쳐져 아무다리야란 이름을 얻고, 마지막에는 아랄해Aral sea로 흘러든다.

먹지 말라면 더 먹고 싶고, 하지 말라면 더 하고 싶고, 가지 말라면 더 가고 싶은 게 인간의 청개구리 심성이다. 사실 나는 지극히 체제 순응적이고 겁도 많아서 하지 말라는 일은 하지 않는 편이지만 단 한 가지, 가지 말라는 곳은 더 가고 싶어 하는 습성이 있다. 내가 제일 가 보고 싶은 곳은 아프가니스탄이다. 하지만 우리나라는 아프가니스탄을 여행 금지국으로 지정해 놓아서 특별한 이유가 없다면 일반인은 입국 자체가 불가능하다. 아프가니스탄을 방문하는 것은 불가능하지만 가까이에서 아프가니스탄을 볼 수 있는 곳이 있으니 타지키스탄의 판지강 유역이 바로 그곳이다.

| 판지강에서 바라본 아프가니스탄
당나귀에 짐을 싣고 가는 소년의 모습이 보였다.

　　판지강은 타지키스탄과 아프가니스탄을 사이에 두고 흐르는데 강
의 폭이 좁아 반대편에 있는 아프가니스탄을 쉽게 바라볼 수 있다. 하
지만 물살이 거세 건너기는 어렵다고 한다. 판지강 너머로 보이는 아
프가니스탄은 오래전에 시간이 멈춘 듯 마치 흑백사진을 보고 있는 것
같았다. 당나귀에 짐을 싣고 가는 사람들, 머리에는 짐을 이고 양손에
는 어린아이 손을 잡고 길을 가는 여인, 강가에서 빨래하는 여인, 밭에
서 옥수수를 키우는 노인, 양 떼를 몰고 가는 어린아이까지, 아프가니
스탄 사람들의 옷차림이나 일상생활의 모습은 옛날 필름을 보는 것 같
았다. 그런데 한 가지 이상한 것은 성인남자들은 어디로 간 것인지 일
하는 사람들은 대부분이 여성과 어린아이들이었다. 19세기부터 영국,

러시아, 구소련, 미국 등 열강의 침략으로 전쟁이 끊이지 않는 땅, 그래서 아프가니스탄을 '슬피 우는 사람들의 땅'이라 부르기도 한다는 이야기를 들었다.

파미르를 촬영하던 중, 아프가니스탄의 고아원에서 아이들을 돌보다 왔다는 분의 이야기를 들은 적이 있는데, 가장 인상적인 장면은 아프가니스탄식 물고기잡이였다. 하루는 동네 사람들과 함께 물고기를 잡으러 가게 됐는데, 놀랍게도 고기잡이 도구가 그물이나 낚시가 아닌 수류탄이었다는 것이다. 수류탄을 강물에 던지자 "쿵!" 하는 폭발음과 함께 물이 뒤집어졌는데, 아쉽게도 그 충격으로 물위에 떠오른 물고기는 얼마 되지 않았다고 한다. 장소가 아프가니스탄인 만큼 수류탄까지는 상상할 수 있었지만 그다음 이야기가 어마어마했다.

수류탄을 이용한 물고기잡이가 시원치 않자 한 남자가 집에 가더니 바주카포를 들고 왔다는 것이다. 이 이야기를 해준 분은 바주카포라고 말했지만, 실제로는 해외 뉴스나 영화에 나오는 게릴라들이 사용하는 RPG라는 무기였을 것으로 추측한다. 그러더니 강물에다 바주카포를 "펑!" 하고 발사했다는 것이다. 물에서 포탄이 터지자 그 충격으로 물고기가 수면 위로 하얗게 떠올랐고, 어린아이들은 앞다투어 물로 뛰어들어 물고기를 건져왔다고 했다. 믿기 힘든 이 이야기를 듣고 있자니 어이가 없기도 했지만 한편으로 그 현실이 참으로 안타까웠다.

말라 버린 바다, 아랄해

20세기의 최대의 환경 재앙, 말라 버린 바다 아랄해.

중앙아시아의 우즈베키스탄과 카자흐스탄에 걸쳐 있는 아랄해는 세계에서 네 번째로 큰 호수로 이름처럼 호수라기보다는 바다에 가깝다. 아랄해는 아무다리야, 시르다리야와는 떼려야 뗄 수 없는 관계다. 파미르에서 발원한 아무다리야와 톈산에서 발원한 시르다리야, 이 두 강 모두 아랄해로 흘러 들어가기 때문이다. 중앙아시아에서 가장 풍요롭던 강과 호수. 하지만 현재 아랄해는 20세기 최악의 환경 재앙을 상징하는 슬픈 이름이 되었다.

중앙아시아의 건조한 기후는 면화 재배에 적합해 지금도 가을이면 곳곳에서 면화를 수확하는 모습을 쉽게 볼 수 있다. 면화는 일일이 사람의 손으로 수확해야 하는데, 이는 대부분 어린 소녀늘의 몫이다. 타지키스탄에서 면화를 수확하는 소녀들을 만난 적이 있다. 종일 땡볕 아래 허리를 굽혀야 하는 중노동이지만 고된 노동의 대가가 너무 적어 일당이 우리 돈으로 채 만 원이 되지 않았다. 그래도 소녀들은 밝게 웃

| 면화를 수확하는 타지키스탄의 소녀들

으며 예쁘게 찍어 달라고 포즈를 취해 주었다.

　면화는 부드럽고 따뜻해 훌륭한 섬유를 만들 수 있지만 물을 많이 필요로 하는 작물이다. 구소련 시절인 1960년대 초, 면화 농사를 위해 아무다리야와 시르다리야에 수로를 만들어 인접한 건조지대로 물길을 돌리기 시작했는데, 관개시설이 부실한 탓에 대부분의 물은 유실되었다고 한다. 강이 마르면 강물을 받아들이던 호수도 말라 버린다. 먼저 아무다리야와 시르다리야가 마르고 결국에는 아랄해도 전체 면적의 90퍼센트가 말라 버렸다. 상황은 시르다리야가 흘러드는 북쪽(카자흐스탄)보다 아무다리야가 흘러드는 남쪽(우즈베키스탄)이 더 심각하다.

　2014년 3월, 말라 버린 바다 아랄해를 촬영하기 위해 우즈베키스탄을 찾았다. 우즈베키스탄은 국토의 대부분이 황량한 사막이지만 아무다리야가 흐르는 유역만큼은 물이 풍부하고 식생도 풍요롭다. 고대도시 히바의 시장에는 아무다리야에서 잡았다는 팔뚝만 한 잉어가 즐비했다. 메마른 중앙아시아에서 정말 풍요로운 강이다.

가축 이야기

하지만 아무다리야의 하류로 내려갈수록 강물이 점점 줄어들더니 누쿠스에 이르자 완전히 강이 말라 바닥이 드러나 있었다. 아무리 봐도 황량한 벌판인 이곳이 한때는 강이었다고 보기 어려웠다. 이곳이 강이었다는 유일한 증거는 버려진 여객선이었다. 한때 3백 명이 넘는 사람을 태우고 강을 건너다녔다는 커다란 배 한 척이 고철이 되어 녹슬고 있었다.

공장 잔해, 배의 무덤, 그리고 소금 먼지

아랄해 최대의 어항이었다는 무이낙Muinak. 아랄해는 어업이 발달해 철갑상어 같은 고급 어종을 포함해 30여 종의 물고기가 잡혔다고 한다. 전성기인 1960년에는 무려 4만 톤의 어획량을 기록했다는데, 잡힌 물고기는 통조림으로 만들어 소련 전역에 공급했다고 한다. 그 당시 물고기를 가공하던 공장의 잔해가 남아 있었다. 바닥을 뒹구는 벽돌과 폐드럼통, 무너진 건물은 을씨년스럽기 짝이 없었다. 무이낙에는 아랄해의 비극을 상징하는 배의 무덤이 있다. 바다가 마르면서 모습을 드러낸 배들을 모아 전시해 놓은 곳이다.

무이낙에서 보이는 풍경은 끝없는 사막이었다. 아득히 멀리 지평선이 보이고 가끔 모래바람도 불어오는 전형적인 사막의 모습이었다. 불과 몇십 년 전, 눈앞의 모래사막은 물고기가 넘쳐나던 바다였고, 멀리 보이는 지평선은 수평선이었다는 것을 도무지 믿을 수 없었다. 도대체 우리 인간들이 무슨 짓을 한 건지 알 수가 없다. 하지만 모래를 조금만 파도 조개껍데기가 무더기로 나오니 얼마 전까지 이곳이 바다였

| 아랄해 배의 무덤
이곳은 원래 바다였다.

다는 것을 믿지 않을 수 없었다. 그동안 여기저기 참 많이도 돌아다녔지만 가장 잊을 수 없는 풍경이다.

전체 면적의 90퍼센트가 말라 버린 아랄해에서 남아 있는 바닷물을 보려면 무이낙에서 200킬로미터를 더 들어가야 한다. 이번 촬영의 최종 목적지다. 불과 수십 년 전에 깊은 바닷속이었던 모래사막을 몇 시간째 자동차로 지나는데 군데군데 싹사울Saxal이 자라고 있었다. 싹사울은 사막에서 자라는 유일한 관목으로 뿌리가 땅속으로 100미터 이상 뻗어 물을 찾는다(싹사울은 화력이 좋아 고기를 구워 먹는 데는 최고다). 바다사막에서는 수시로 강한 바람이 어지럽게 불어와 모래 먼지를 사방으로 날려 보냈다. 어쩔 수 없이 우리 일행 모두가 모래 먼지를

가축 이야기

| 무이낙에서 200킬로미터를 들어와 만난 아랄해
염분이 너무 높아 생물이 살지 못한다.

뒤집어썼는데 혀를 대보니 무척 짠맛이 났다. 모래 먼지에 소금이 섞여 있기 때문이다. 아랄해에서는 소금 먼지가 매년 1억 톤이나 만들어진다는데 바람을 타고 공중 15킬로미터까지 올라가 멀리 파미르까지 날아가며 중앙아시아 전역을 오염시킨다고 한다. 소금 먼지를 뒤집어쓴 식물은 말라 죽고 사람들은 호흡기 질환에 시달린다. 그래서 사람들은 이 먼지를 '소금비'라고 부르며 두려워한다.

아랄해가 마르면서 바닷속에 감춰졌던 비경이 모습을 드러내기도 한다는데 엄청난 바위 협곡이 눈앞에 나타났다. 바다 물에 잠겨 있을 때 이곳은 물고기들의 은신처와 산란장이었을 것이다. 협곡의 바위 위로 올라가 보았다. 머릿속의 지식은 이곳이 바다였다고 이야기하지만

| 아랄해의 물을 보기 위해 가는 길
원래는 깊은 바닷속이었다.

눈에 보이는 풍경은 그 사실을 믿기 어렵게 했다. 감각과 지식의 부조화였다.

이제 아랄해 주변에는 아무도 살지 않는다. 하늘을 나는 새조차도 찾아볼 수 없다. 살아 움직이는 생명이라고는 벌레 한 마리 찾을 수 없는 죽음의 공간이다. 아랄해의 물을 찾아가는 반나절 내내 우리 일행 외에는 한 사람도 만나지 못했다. 드디어 아랄해의 물을 만났다. 파도가 치고 있었다. 파도가 만든 흰 거품들이 여기저기 굴러다니며 쓸쓸함을 더했다. 염분이 너무 많아 물고기가 살 수 없는 죽음의 호수라고 불리지만, 아랄해의 북쪽 카자흐스탄의 시르다리야가 흘러드는 곳에서는 부분적으로 어업이 이루어진다고 한다.

아랄해를 가까이서 보려고 물가 쪽으로 가다가 곤혹스런 위기를 맞았다. 별생각 없이 들어간 곳이 마침 진흙으로 된 펄이어서 발이 빠졌는데 쉽게 빠져나올 수가 없었다. 빠져나오려고 발버둥칠수록 다리가 진흙 속으로 더 깊이 빠져들어 가는데 이러다가 꼼짝없이 소금에 절여진 굴비 꼴이 될 것 같았다. 결국 원치 않는 진흙 팩을 하고는 주위의 도움으로 펄에서 간신히 빠져나왔다.

돌아가는 길에 우리를 지나치는 승합차 한 대를 만났다. 우리 외에는 아무도 없으리라고 생각한 곳에서 사람을 만나니 무척이나 반가웠다. 맞은편 자동차에는 대학생으로 보이는 젊은이들 여럿이 타고 있었는데, 얼핏 보았지만 다양한 인종과 국적의 모임 같았다. 어디로 가느냐고 서툰 영어로 물으니 조금 전에 우리가 왔던 아랄해의 바닷가를 가는 길이란다. 우리 일행이 한국말로 이야기를 하니 대뜸 "한국에서 오셨어요?" 하는 소리가 들렸다. 이럴 수가! 승합차의 젊은이 중 한 여학생이 한국 사람이었다. 이런 곳에서 동포를 만나다니 너무 놀랍고 신기하고 반가웠다. 그제야 자랑스러운 한국어로 대화를 나누었다. 이야기를 들어 보니 카자흐스탄의 알마티(아스타나였는지도 모르겠다)에서 같은 대학을 다니는 친구들인데 방학을 맞아 여행을 왔단다. 그 학생과 무슨 이야기를 나누었는지 자세히 기억나지 않지만 물가에 가면 진흙 펄에 빠지지 않게 조심하라는 말을 해 준 것만은 확실하다.

최근에 들은 소식에 의하면 아무다리야와 시르다리야가 점차 회복되고 그에 따라 아랄해의 상황도 많이 개선됐다고 한다. 다행이다.

티그로바야발카에서

오지를 다니다 보면 힘든 일이 많지만 특히 내가 싫어하는 세 가지가 있다. 더위, 습기, 그리고 모기다. 반면에 추위에는 누구보다 강한 편이며 무엇이든 잘 먹는다는 장점도 있다. 그런데 내가 싫어하는 더위, 습기, 모기가 완벽히 조화를 이룬 곳이 있었으니 그곳은 바로 티그로바야발카Tigro Baya Balka였다. 티그로바야발카는 '호랑이 숲'이라는 뜻인데 현재는 멸종된 카스피호랑이가 마지막까지 살던 곳으로 타지키스탄, 아프가니스탄, 우즈베키스탄 세 나라의 국경이 만나는 곳에 있다. 판지강과 반치강은 이곳에서 합쳐져 중앙아시아의 가장 큰 강인 아무다리야라는 이름을 얻는다. 그래서 이곳은 건조한 중앙아시아라는 공식과 달리 물이 풍부하고 넓은 습지로 되어 있다.

5월 말, 타지키스탄의 수도 두샨베Dushanbe를 출발해 티그로바야발카로 향했디. 본격적인 여름이 시작되기 전이지만 기온은 상상을 초월할 정도로 치솟아 50도에 육박하고 있었다. 언제부터인지 '운행 거리 표시' 게이지가 60만 킬로미터에 멈춰 있는 일제 도요타 자동차는

냉방이 전혀 되지 않아 실내는 완벽한 사우나였다. 습도가 낮은 건식 사우나인 게 그나마 다행이었다. 창문을 열어 봐야 뜨거운 바람만 들어올 뿐, 무엇보다 비포장길의 엄청난 먼지를 감당하기 힘들어 먼지라도 피하자는 생각으로 창문을 닫았다. 체온이 올라가면 인체에 변화가 온다. 모든 의욕이 상실되고 정신이 혼미해지는데 이때부터는 고통도 느끼지 못하는 상태가 된다.

그렇게 하루를 달려 티그로바야발카에 도착하자 자연환경이 극적으로 변했다. 메말랐던 공기부터 눅눅하게 바뀌었다. 건식사우나에서 습식사우나로 바뀐 느낌이었다. 가만히 있어도 땀이 줄줄 흘렀다. 더위보다 더 힘든 것은 모기의 습격이었다. 새까맣게 모여든 모기 떼에 둘러싸여 속수무책으로 당할 수밖에 없었다. 웬만하면 모기에게 반격을 해볼 텐데 너무나 압도적인 모기 군단의 공격 앞에 완전히 전의 상실이었다.

| 티그로바야발카

티그로바야발카는 구소련 시절부터 자연보호구역으로 지정돼 외부인의 출입이 엄격히 통제된 곳이다. 관리사무소를 찾아가니 우리를 위해 식사를 준비하고 있었다. 메뉴는 생선튀김이었다. 그 덥고 습한 날씨에 모닥불을 피웠다니 놀라울 뿐이었다(이 상황을 달리 표현할 방법이 없다). 메뉴는 붕어, 잉어, 가물치 튀김이었는데, 맛있는 부위라며 내게 대가리를 권했다. 여기도 '어두육미魚頭肉尾'라는 말을 아는 것인가? 살이 많은 몸통이 좋은데 어쩔 수 없었다. 게다가 가물치 대가리는 어쩐지 생긴 것이 뱀과 비슷해 먹기가 꺼려졌다. 무엇보다 너무 더운데다 모기에 시달리다 보니 아예 식욕이 없었다. 하지만 이 더위에 불을 피워 가며 준비한 음식을 깨작거리며 먹을 수도 없는 노릇이었다. 과장된 몸짓으로 맛있게 먹었더니 이후의 식사는 계속해서 대가리 위주의 생선튀김이었다.

세상은 넓고 이런 곳도 있다

실핏줄처럼 흐르는 물줄기를 따라 갈대밭이 끝없이 펼쳐져 있고, 갈대 사이로 드문드문 '투랑가'라는 나무가 숲을 이루고 있었다. 투랑가는 이 지역에서만 자라는 나무라는데 특이하게도 땅에서 소금 성분을 빨아들여 잎에 저장한단다. 현지인은 투랑가 나무의 소금을 먹기도 한다기에 잎을 따서 맛을 보니 정말 짭짤했다. 뜬금없이 삼겹살을 싸 먹으면 좋겠다는 생각이 늘었다.

물가에는 야생동물의 발자국이 무수히 찍혀 있었다. 이곳에 가장 많은 동물은 사슴과 멧돼지다. 천적인 카스피호랑이가 사라지면서 개체 수가 크게 늘었다고 한다. 고슴도치를 뻥튀기한 모습의 호저豪豬라는 동물은 엄청 굵고 날카로운 가시가 전신을 덮고 있어 호랑이도 함부로 공격하지 못한단다. 믿는 구석이 있다 보니 요놈들의 태도가 자못 거만해 보였다. 갈대밭 사이로 난 길을 따라서 주변을 둘러보는데 갈대 사이로 무언가 동물의 모습이 언뜻언뜻 보였다. 꽤 큰 동물이었다. '사람인가? 아니면 멸종됐다는 카스피호랑이? 그렇다면! 한국 EBS 제작팀, 멸종된 카스피호랑이 최초 촬영!' 세계적인 특종을 꿈꾸며 살금살금 다가가 보니 고양잇과 동물은 맞는데 호랑이라기에는 너무 작았다. 살쾡이의 일종인 정글캣Jungle cat이었다. 놈은 갈대숲으로 유유히 사라졌다.

드디어 공포의 밤이 찾아왔다. 습도가 높다 보니 해가 지고 나서도 찜통 같은 더위는 조금도 수그러들지 않았다. 아무것도 보이지 않는 칠흑 같은 어둠 속에 있다 보니 오히려 낮보다 더운 것처럼 느껴졌다. 모기의 공격은 갈수록 심해져 정말로 미칠 지경이었다. 게다가 쥐는 왜 그리 많은지 어떤 놈은 달리기를 하다가 내 몸에 와서 부딪치고는 재빨리 달아나기도 했다. 모기의 공격이 얼굴에 집중되기에 수건으로 얼굴을 덮었더니 이번에는 너무 덥고 갑갑해 견딜 수가 없었다. 이것이 바로 진퇴양난, 속수무책이었다. 결국 잠을 포기하고 밖으로 나왔다. "우우우우!" 자칼의 울음소리가 아주 가까이서 들렸다. 자칼은 늑대와 비슷해 얼핏 봐서는 구분하기 힘들다. 다만 늑대보다 덩치가 훨씬 작은데 그래서인지 울음소리가 늑대에 비해 가늘고 날카롭다. 자칼의 우는 소리가 구슬프게 느껴졌다. '저 녀석도 너무 덥고 모기에 시달려 저렇게 울부짖는 건가?' 그렇게 뜬눈으로 밤을 새우는데 새벽이 되

| 파미르고원에서 함께 걸어가는 할아버지와 손자의 모습

자 선선한 바람이 불어오고 모기의 극성도 좀 잦아들었다. 오늘 밤은 또 어떻게 보내나 하는 걱정이 시작되었다.

티그로바야발카를 떠나는 날이 되었다. 이곳에서 꼭 가 보고 싶은 곳이 있었다. 아프가니스탄과의 국경 근처였다. 여러 번 부탁했지만 모두 거절당해 포기하고 있었는데, 떠날 준비를 하는 내게 관리책임자가 찾아와 "상황을 봐서 허락해 줄 수도 있다"고 이야기했다. 조금 더 조르면 그곳에 갈 수도 있겠다는 생각이 잠시 들었지만 그랬다가는 며칠 밤을 여기서 묵어야 한다는 사실을 깨닫고 단호하게 길을 나섰다.

다음 목적지는 파미르고원이었다. 습지를 벗어나자마자 습식사우나가 즉시 건식사우나로 바뀌었다. 그 후 호룩까지의 여정은 거의 기억이 나지 않는데 아마도 너무 심한 더위로 제정신이 아니었기 때문일 것이다. 다행히 고지대를 향하자 점점 기온이 낮아졌다. 다시 정신을 차린 곳은 해발 2,000미터의 도시, 호록이었다. 차가운 계곡물을 끼고 있는 레스토랑에서 마셨던 엄청나게 시원했던 맥주, 인도 음식점에서 먹었던 쌀밥과 치킨 커리, 지금도 호록이라는 곳을 떠올리면 이 두 곳의 식당만이 생각난다.

호록에서 파미르고원에 오르는 길은 급경사의 도로가 계속되는데 놀이공원에서 롤러코스트를 타는 기분이었다. 타지키스탄의 수도 두샨베와 키르기스스탄의 오쉬를 연결하는 이 도로를 '파미르 하이웨이'라고 부르는데, '하이웨이'라는 단어의 원래 의미와는 전혀 다른 비포장의 험한 도로가 대부분을 이룬다.

파미르고원을 오르면서 계절이 여름에서 가을로 바뀌더니 저녁 무렵 고원에 올랐을 때는 눈보라가 치기 시작했다. 겨울잠에서 깨어나 굴 밖에 나와 있던 마못 일가족이 갑작스런 눈보라에 당황해 우왕좌왕하고 있었다. 당황한 건 나 또한 마찬가지였다. 불과 며칠 사이에 영상 50도에서 영하로의 변화라니, 세상에는 이런 곳도 있다. 세상은 넓다.

| 파미르 하이웨이

타지키스탄의 두샨베와 키르기스스탄의 오쉬를 연결하는 도로다.

강원도의 기억

꽤 오래전의 일이다. 내 기억으로는 2002년 월드컵 무렵이었을 것이다. 강원도 정선의 고랭지 채소밭에서 농민과 야생동물 간의 갈등을 다룬 다큐멘터리를 촬영 중이었다. 그 당시 고랭지 채소를 키우는 농민들에게 가장 골칫거리는 고라니와 멧돼지였다. 특히 고라니는 어린 배추 모종만을 쏙쏙 뽑아 먹어 농사를 망쳐 놓기 일쑤였다. 농민들은 갖가지 대책을 강구했는데, 밭 주변으로 울타리를 두르기도 하고 어떤 경우는 아예 움막을 짓고 밤새 밭을 지키기도 했다.

야생동물로부터 농작물을 지키는 가장 손쉬운 방법은 개를 보초로 세우는 것이었다. 품종도 크기도 제각각인 개 여러 마리를 밭을 둘러 묶어 놓았는데, 심지어 어린 강아지도 볼 수 있었다. 한낮의 뜨거운 햇볕과 차가운 밤공기, 그리고 수시로 내리는 차가운 비를 온몸으로 견디며 개들은 하루 24시간 내내 채 1미터도 안 되는 짧은 줄에 매여 있어야 했다. 그런 개를 보기가 불쌍하고 안타까웠다. 몰래 줄을 풀어 주고 싶을 정도였다. 어쨌든 우리는 여러 날을 개와 함께 밭에서 보냈다.

도깨비불

농민들의 말에 따르면 고라니는 매일 밤 밭에 내려온다는데 며칠을 기다렸지만 놈은 나타나지 않았고, 어둠 속에서 개 짖는 소리만이 들려올 뿐이었다. 그렇게 며칠 밤을 보내다 보면 주변의 모든 사물이 야생동물처럼 보이는데 달빛에 반사된 돌은 동물의 눈빛으로 보이고, 바윗덩이는 웅크리고 있는 고라니로 보이기도 한다.

그러던 어느 날 자정 무렵이었다. 배추밭 위의 산등성이에서 우리 쪽으로 시퍼런 불빛이 다가오는 게 보였다. '이렇게 깊은 밤에 누가 랜턴을 들고 오나?' 하고 생각하는데 무언가 이상했다. 사람이라면 걸을 때마다 아래위로 불빛이 움직여야 할 텐데 그 빛은 일직선으로 우리를 향하고 있었다. '그럼, 사람은 아닌데 무얼까. 일단 찍어 보자' 하는 생각을 하며 옆에 있던 카메라맨을 불러 막 촬영하려는 순간, 그 정체 모를 불빛은 갑자기 여러 개의 작은 조각으로 나뉘더니 순식간에 시야에서 사라져 버렸다. 두려움보다는 촬영을 하지 못한 아쉬움이 컸다.

다음날 마을에서 그 이야기를 했더니 한 어르신이 그게 바로 도깨비불이라는 것이었다. 지난밤 우리가 있던 밭 부근에 살던 사람도 도깨비장난에 집을 버리고 이사를 갔다는 이야기를 들려주었다. 그런데 도깨비가 했다는 장난이 참 엉뚱했다. 아침에 일어나면 솥 안에 솥뚜껑이 들어가 있었다는데, 이사를 떠난 이유도 도깨비가 무서워서가 아니라 솥에서 솥뚜껑을 꺼낼 수 없어 밥을 해 먹을 수 없어서였다고 했다. 배고픔은 도깨비보다 무서운 것이라고 덧붙였다.

도깨비 이야기를 해 준 어머님을 처음 만났을 때 있었던 일이다. 정선 어머님은 우리 일행을 보시더니 대뜸 "마카 커피 마실래요?"라고 물으셨다. 이 산골에서 모카 커피를 주신다니 '강원도 정선은 커피 맛에 일가견이 있구나' 생각하고 있는데 잠시 후 평범한 믹스 커피를 내오셨다. 알고 보니 '마카'는 강원도 말로 '모두'라는 뜻이었다. 어머님의 말씀을 번역하자면 "모두 커피 마실래요?"였다. 그때를 생각하면 순박한 산골 인심이 생각나 마음이 따뜻해진다.

이제는 도깨비도 우리 곁을 떠난 것 같다. 그날 이후 다시는 도깨비불을 보지 못했다.

개고생

개를 보초 세우는 게 고라니 퇴치에 효과가 있었을까? 도깨비불을 보고 나서도 한참 만에야 배추밭에 들어와 모종을 뽑아 먹는 고라니를 촬영할 수 있었다. 고라니는 생각보다 영리한 동물이었다. 처음에는 개를 두려워하더니 얼마 지나지 않아 개가 묶여 있다는 것을 알아채고는 유유히 밭에 들어와 배추 모종을 거리낌 없이 뽑아 먹고는 사라졌다. 하룻밤에도 두세 번이나 배추밭에서 밤참을 즐겼다. 묶여 있는 개는 그런 고라니를 향해 목이 쉬도록 짖는 일 말고는 할 수 있는 게 없었다.

개고생이란 말이 있다. 사전을 찾아보니 '어려운 일이나 고비가 닥쳐 톡톡히 겪는 고생'이라고 되어 있다. 가장 많이 쓰이는 예는 '집 나가면 개고생'이다. 내가 보기에 배추밭에서 밤낮으로 보초를 서는 개가 겪는 고생이 진정한 개고생이다. 내 나름대로 내린 개고생의 새로운 정의다.

개고생: (명사) 별 소득 없이 겪는 헛된 고생.

강원도 양구 평화의 댐 부근에서도 개고생하는 개를 본 적이 있다. 평화의 댐으로 가는 도로는 DMZ와 인접해 있어 주변에는 사람이 거의 살지 않는다. 인적 없는 도로가에 꽤 넓은 공터가 하나 있었는데, 얼마 전에 끝난 댐 보강공사에 사용하던 장비와 자재를 보관하던 곳이라고 한다.

어느 봄날, 그 공터 입구에 검은색의 작은 강아지 한 마리가 묶여 있었다. 아마도 공사가 끝난 빈터를 지키라고 누군가가 데려다 놓은 것 같았다. 훔쳐갈 거라고는 아무것도 없는 텅 빈 곳에 개를 묶어 둔 것이 이해되지 않았다. 그날 이후 그 길을 지날 때마다 늘 그 강아지를 볼 수 있었는데 녀석은 항상 혼자였다. 엎드려 잠을 자거나 우두커니 앉아 있고는 했다.

그렇게 봄과 여름이 가고 가을이 되자 작았던 강아지가 어느새 부쩍 자라 있었다. 그리고 언제부터인가 녀석이 보이지 않았다. 주인이 데려갔는지, 아니면 줄을 끊고 탈출해 들개가 됐는지도 모르겠다. 녀석이 어떻게 사는지 궁금했다. '있을 때 잘해줄 걸' 하는 후회도 들었다. 진달래가 피던 봄날, 장맛비가 억수같이 쏟아지던 날들, 소쩍새가 울던 여름밤, 그 모든 시간 깊은 산속 빈터에서 늘 혼자였을 녀석을 생각하니 왠지 눈물이 핑 돈다.

오지의 묘약

　신입 PD 시절, 한 선배가 네팔에서 촬영을 마치고 귀국하면서 귀하다는 '히말라야 꿀'을 한 병 사 온 적이 있었다. 전해 들은 이야기에 의하면 선배의 노고를 위로하는 술자리를 가졌다는데, 귀한 물건이라며 참석자들 모두가 꿀을 한 수저씩 나눠 먹었다고 한다. 그런데 놀랍게도 그 히말라야 꿀을 먹은 사람은 순간적으로 정신을 잃고 뒤로 "쿵" 하고 쓰러졌다고 한다. 그런데 이때 더 이해하기 힘든 것은 사람들의 반응이었다고 했다. 멀쩡한 사람이 정신을 잃는 모습을 눈앞에서 보고도 "어디 나도 한 수저" 하며 다투어 꿀을 먹고는 또다시 정신을 잃고 "쿵", 또다시 "쿵", 또다시 "쿵".

　이런 식으로 히말라야 꿀을 먹고 여럿이 정신을 잃었는데 다행히 잠시 후 모두가 정신을 차렸고 별다른 후유증도 없었다고 한다. 더욱 예상 밖이었던 것은 멀쩡한 사람이 꿀을 먹고 쓰러졌는데 "역시 히말라야 꿀이야" "약발 죽인다" 하는 말이 나오더니, 어느 순간 그 꿀이 신비의 영약으로 둔갑했다는 것이다. 그 꿀의 객관적이고 과학적인 효과

가축 이야기

가 증명된 것은 전혀 없었고, 오히려 꿀을 먹은 사람이 정신을 잃었는데도 히말라야라는 이름에서 신비로운 무언가를 기대했기 때문일 것이다.

히말라야의 야차굼바

히말라야, 파미르고원, 안데스산맥, 고비사막. 톈산, 알타이, 힌두쿠시.

쉽게 찾기 어려운 이런 오지에는 이름에 걸맞은 신비롭고 놀라운 무언가가 있을 것만 같다. 심지어 설인雪人 같은 괴생물체의 전설도 끊이지 않는다(전설적인 등반가인 라인홀트 메스너는 히말라야 설인을 찾는 과정을 담은 책을 쓰기도 했다).

네팔의 돌포에서의 일이다. 돌포는 해발 3,800미터에 있는 폭순도 호수를 경계로 상上돌포와 하下돌포로 나뉘는데, 특히 상돌포는 북쪽으로 티베트와 닿아 있는 곳으로 사람이 거의 찾지 않는다. 그런데 아무도 살지 않아 무인지경의 땅이라던 상돌포에서 남자와 여자 어른과 어린아이까지 포함한 가족 단위의 행렬을 여럿 볼 수 있었다. 솥부터 이부자리까지 모든 살림살이를 메고 진 사람들의 행렬이었는데, 그 모습은 마치 피난민 무리와도 같았다. 티베트와 히말라야에서만 자란다는 동충하초冬蟲夏草의 일종인 '야차굼바'를 채취하려는 사람들의 행렬이었다. 박쥐나방의 유충에 기생하는 곰팡이의 일종인 야차굼바는 중국에서 만병통치약으로 비싼 값에 팔린다고 한다. 야차굼바는 단 몇 개의 가격이 네팔 노동자의 한 달 월급과 맞먹을 정도의 값비싼 약재로,

| 야차굼바

가난한 히말라야 사람들은 해마다 6월이면 모든 일을 접어두고 산에
오른다. 그런데 문제는, 야차굼바는 대부분의 부위가 땅속에 묻혀 있
고 밖에서 보이는 부분은 아주 작아 차가운 땅 위를 기어 다니며 찾아
야 한다는 것이다. 특히 눈 밝은 어린아이들이 잘 찾는다고 한다. 그
래서 6월이면 어린아이들도 모두가 학교를 쉬고 부모와 함께 산에 오
른다.

히말라야에서만 나는 신비의 영약이란 말에 혹해 주머니를 털어
한 개를 구입해 여섯 명이 나눠 먹었다. 어린 시절에 많이 먹던 번데기
맛이었다. 하긴 야차굼바나 번데기나 나방의 애벌레니 맛이 비슷한 게
당연할 테지만 약효는 잘 모르겠다. 성냥개비만 한 것을 6등분해 먹다
보니 양이 너무 적어서였는지 몰라도 별 효과가 없었던 것도 같다. 우

가축 이야기

| 야차굼바를 채취하러 산에 오르는 사람들

여곡절은 겪었지만 해발 5,400미터의 캉라 고개를 넘어 목적지를 무사히 다녀온 것이 야차굼바의 약발 덕분인지도 모르겠다. 원래 신비의 영약이란 약효가 있는지 없는지 알기 어려워야 한다.

이쉬카심 바자르

타지키스탄과 아프가니스탄의 국경 마을 이쉬카심Eshkashem에서 파미르에서만 난다는 신비의 약 '무미요'를 처음 알게 되었나. 이곳에서는 일주일에 한 번 바자르場가 열리는데, 물건을 파는 상인은 주로 아프가니스탄 쪽에서 오고 손님은 타지키스탄 사람이 많다(아프가니스탄의 북부와 타지키스탄 사람은 같은 민족인 타지크족이다. 19세기 영국과 러시아가 이곳에서 영토 분쟁을 벌이며 멀쩡한 한 민족이 두 나라로 분단되었다. 원래가 같은 일족이었으니 지금도 국경을 넘나들며 교류하고 친척을 방문한다).

이쉬카심 바자르는 아마도 가장 살벌한 시장 중의 하나일 것이다. 이곳은 아프가니스탄에서 생산된 마약의 운반 루트로, 가끔 국경 수비대와 마약상의 총격전이 벌어지고 기습적인 테러도 발생한다. 그래서 무장한 군인과 경찰들이 삼엄하게 경계를 하는 가운데 시장이 열린다. 그래도 시장은 시장이다. 옷감, 곡식, 그릇, 화장품, 길거리 음식까지 없는 게 없다. 이 시장에서 손님이 가장 많이 몰리는 곳은 아프가니스탄에서 왔다는 아크람 아저씨의 만물상이다. 아크람 아저씨는 현란한 몸짓과 화술로 손님을 끌어모으는데, 예전 우리나라 시골장에서 보던 약장수 아저씨와 분위기가 비슷하다. 당시에는 무슨 말인지 전혀 알아들을 수 없었지만, 나중에 번역해 보니 내 예상과 딱 들어맞았다. 이런 말이었다.

아기들 요람 묶는 끈 팔아요. 스카프 팔아요. 무미요 팔아요. 할아버지, 할머니 관절염에 좋은 무미요 팔아요. 쥐약 팔아요.
— 아크람(이쉬카심 바자르의 만물상 아저씨)

아크람 아저씨의 최고 히트상품은 단연 무미요라는 약이다. 무미요는 만병통치약으로 알려져 있는데, 특히 뼈나 관절이 아픈 데 효과가 탁월하다고 한다.

가축 이야기

| 이쉬카심 바자르의 만물상 아크람 아저씨

무미요의 정체

처음에는 무미요를 약초의 일종으로 여겼는데, 몇 년 후 다시 파미르를 갔을 때 무미요의 정체를 알고는 당황했다. 무미요의 원료는 현지에서 칼랴르라고 부르는 멧쥐의 똥이었다. 부지런한 멧쥐 칼랴르는 아침 일찍 일어나 파미르에서만 난다는 약초를 실컷 먹고는 바위틈에 들어가서 햇볕에 몸을 따뜻이 데운다고 한다. 일광욕을 즐긴 녀석들은 그곳에다 똥을 싸는 습관이 있다는데, 특이하게도 항상 같은 장소를 화장실로 이용한다고 한다. 그래서 칼랴르가 애용하는 바위틈에는 멧쥐의 똥이 구석구석 수북이 쌓이게 된다. 시간이 지나면서 똥 무더기는 점점 단단한 덩어리로 변하는데, 이것을 모아서 끓이고 불순물을 걸러내면 무미요가 되는 것이란다. 칼랴르는 특별한 약초만을 먹기 때문에 파미르 사람들은 그 똥으로 만든 무미요에도 약초 성분이 농축되어 있다고 믿는다.

무미요는 조상들로부터 약효가 좋은 것으로 전해져 왔습니다. 파미르의 키르기스 사람들은 뼈가 부러지거나 할 때 약으로 쓰죠. 발에 염증이 생겼을 때는 무미요를 끓여서 그 수증기를 염증 부위에 쐬어 줍니다. 코에 고름이 차서 곪는 병이나 위궤양 같은 여러 질병에도 사용되고 있습니다.

– 마한(파미르고원 키르기스족)

| 무미요

가축 이야기

험한 고원에서 매일같이 바위산을 다니며 촬영하다 보니 우리 일행 모두 허리, 무릎, 다리, 안 아픈 데가 없었다. 그런 우리를 지켜보던 현지인이 자신들이 쓰려고 가지고 있던 무미요를 나눠 주었다. 파미르가 만든 신비의 영약이라니 당연히 먹어야 했다. 무미요는 검은색의 양갱처럼 보이는데 조금 떼어내 따뜻한 물에 타서 마셔야 한다.

맛은 어땠냐고요? 쥐똥이 원료라기에 숨도 안 쉬고 그냥 꿀떡 삼켰더니 잘 모르겠습니다. 효과는 있었냐고요? 그것도 잘 모르겠습니다.

– 서준 PD

별다른 효과가 없었던 것도 같고 약발이 뛰어난 듯도 싶다. 히말라야나 파미르의 신비한 묘약의 효능은 믿음이 결정한단다. 효과가 있다면 있고 없다면 없는 것이란다. 그래서 신비한 영약인 것이다.

하지만 내 경험상 신비한 묘약이 있다는 히말라야, 파미르 사람들에게 가장 좋은 선물은 우리가 늘 사용하는, 전혀 신비하지 않은 일반 의약품이다. 혹시 이런 오지로 여행을 가게 된다면 감기약, 두통약, 해열제, 소화제 같은 전혀 신비하지 않은 의약품을 선물할 것을 추천한다. 장담하는데 다른 어떤 선물보다 훨씬 고마워할 것이다.

| 파미르고원

파미르에 가면

    꽤 오랫동안 중앙아시아 곳곳을 다녔다. 야생동물을 촬영하러 다니다 보니 현지인도 찾지 않는 외진 곳을 주로 찾아다녔다. 하지만 어디를 가든 사람 사는 모습은 비슷하다. 우리 상상 속의 세계, 외부와 격리된 진정한 오지란 내 경험상으로는 존재하지 않았다. 그래도 내게 다녀 본 곳 중에 가장 외진 곳이 어디였느냐고 묻는다면 파미르고원이라고 대답할 것이다. 그리고 어디를 가 보면 좋겠느냐고 물어보면 파미르라고 말해 주곤 한다. 이유는 지금 우리가 살고 있는 곳과 가장 다른 곳이기 때문이다.

    파미르고원은 타지키스탄, 아프가니스탄, 파키스탄, 중국의 신장성에 걸쳐 있는데 대부분이 타지키스탄의 고르노바다흐샨Gorno Badakhshan 지역에 속한다. 주변 사람에게 타지키스탄의 파미르고원에 간다고 하면 대부분은 처음 듣는 곳이라 말하곤 했는데 지금도 여전히 그럴 것이다. 가는 길도 참 멀다. 우리나라에서 파미르고원의 촬영지까지 가려면 보통 일주일은 걸린다. 비행기를 갈아탄 후 자동차를 타고 일주일 만에 파미르고원에 도착하면 며칠 전과는 전혀 다른 생활을 하게 된다. 물론 그곳에서의 생활은 길어야 한 번에 한 달, 몇 차례 스쳐가는 짧은 여정이었지만 내게는 잊을 수 없는 많은 추억을 남겼다(계산해 보니 모두 합쳐 100일 정도 파미르에 있었다).

고립

파미르고원에 도착한 순간 고립이 시작된다. 외부와의 모든 연락 수단은 두절이다. 인터넷은 물론 전화도 되지 않는 완전한 고립이다. 스마트폰, TV, SNS, 인터넷으로 연결되어 있던 모든 관계가 일시에 단절되면 불안해지기 시작한다. '가족은 잘 있을까?'부터 시작해 나중에는 '외계인이 지구를 침공한 것 아닐까?' 하는 엄청난 걱정까지 하게 된다. 하지만 걱정이 사실이 된 경우는 단 한 번도 없었다. 나 없이도 우리 가족은 잘 지내고 있었고, 외계인 침공은 없었으며, 세상은 잘 돌아가고 있었다. 한국에 돌아왔을 때 어쩌면 우리는 지나치게 외부와 연결되어 있을 수 있다는 생각이 들고는 했다.

삶을 살아가는 데 몰라도 아무 지장 없는, 너무도 많은 정보가 우리를 힘들게 할 수도 있다. 이제는 정보의 홍수에서 벗어나자, 하는 생각을 하곤 했지만 얼마 지나지 않아 원래의 모습으로 돌아오곤 했다. 외부와 연결되는 곳에 나오자마자 허겁지겁 전화를 걸고 인터넷에 접속해서 정보의 허기를 채웠다. 파미르고원에서 어쩔 수 없이(비자발적으로) 고립된 생활을 했지만, 한 번쯤은 이렇게 외부와 완전히 단절된 생활을 해 보기를 추천한다.

| 파미르고원의 저녁노을
마치 다른 행성에 와 있는 것 같다.

결핍

파미르고원에서는 우리가 일상에서 당연히 누리던 모든 것을(심지어 공기까지도 부족했다) 돈이 있어도 누릴 수 없다(돈을 쓰려면 차를 타고 하루는 나가야 한다).

겨울철, 키르기스 유목민 아미르벡의 방 한 칸을 빌려 생활했다. 우리가 생활하던 공간의 구조는 이렇다. 밖에서 문을 열고 들어가면 현관과 비슷한 작은 공간이 있고, 다시 한 번 문을 열고 들어가면 5~6평 정도의 작은 방이 나온다. 살림살이로는 난로가 딱 하나 있었다. 아, 부서진 찬장도 하나 있었다. 이 단칸방이 우리의 침실 겸 부엌, 식당, 그리고 거실이었다. 실내는 햇빛이 거의 들지 않아 대낮에도 어두컴컴했는데, 차라리 안 보이는 게 나을지도 모른다. 엄청난 먼지 때문이다.

훌륭한 난로 당번

파미르의 겨울철 일과는 보통 이렇다. 아침에 일어나면 당연히 세수는 하지 않는다. 먹을 물도 부족하니 세수는 사치다. 겨울이 되면 고원의 모든 물은 꽝꽝 얼어붙어 마치 고체로만 이루어져 있는 외계 행성과도 같다. 얼음을 녹여 물을 만들어야 하니 먹는 물도 아껴야 할 판이다. 아침 식사는 보통 전날 저녁에 먹다 남은 밥에 물을 넣고 끓여 먹는데, 이렇게 하면 따로 설거지를 하지 않아도 되는 장점이 있다. 밥을 먹고 나면 종일 촬영을 한다. 해가 지면 촬영이 끝나고 숙소로 돌아오는데 그때부터 아주 바빠진다. 영하 20~30도의 추위에 온종일 떨다가 숙소에 돌아와도 온기 하나 없는 차가운 냉기만이 우리를 기다린다. 제일 먼저 난로에 불을 피워야 하는데, 주위에서 내가 불 피우기에 소질이 있다고 부추기는 바람에 언제부턴가 난로 당번은 내 몫이 되었다 (지금 생각하면 무언가 당한 느낌이 들기도 한다).

파미르고원에는, 나무는 전혀 없고 테레스켄이라는 키 작은 관목만이 자란다. 테레스켄과 야크 똥이 파미르고원 사람들의 연료인데 이 둘은 나름의 장단점이 있다. 테레스켄은 쉽게 불이 붙는 대신 오래 타지 않고, 반면에 야크 똥은 불은 잘 붙지 않지만 일단 불이 붙으면 오래간다. 이 둘을 제대로 조합할 줄 알아야 훌륭한(나 같은) 난로 당번인 것이다. 밖에 나가 야크 똥과 테레스켄을 한 아름 안고 들어오면 세상을 얻은 듯 마음이 흐뭇해진다. 가축의 똥과 나뭇가지 얼마로도 사람은 충분히 행복해질 수 있다.

난롯불을 잘 피우는 요령은 전날 타고 남은 재를 깨끗이 비우는 것인데, 이때 귀찮다고 난로 안에 재가 남아 있는 상태에서 불을 붙이면

가축 이야기

| 불을 피우고 나서 환하게 웃고 있는 서준 PD
파미르에서는 약간의 관목과 가축의 똥만으로도 행복할 수 있다.

안 된다. 재가 산소 공급을 방해해 불이 잘 붙지 않고 설령 불이 붙어도 쉽게 꺼지기 때문이다. 청소를 깨끗이 한 난로에 테레스켄과 야크 똥을 적당히 넣은 후에 성냥을 그어 불을 붙이면 황 냄새가 향긋하게 퍼진다. 이때는 반드시 성냥을 사용해야 하며 라이터를 사용해서는 안 된다. 불쏘시개인 테레스켄의 잔가지에서 시작된 작은 불꽃이 "타닥타닥" 기분 좋은 소리를 내면서 점점 커지다가 어느 순간 야크 똥도 맹렬히 타오른다.

파미르에서 먹는 비빔국수

온종일 추위에 떨던 사람들이 하나둘 난로 주위로 모여든다. 난로의 깨진 틈새로 새어 나온 주황색 불빛이 꼬질꼬질한 얼굴에 일렁이고 따뜻한 온기가 모두를 감싼다. 온몸의 근육이 기분 좋게 이완되고 긴장이 풀리는 참으로 행복한 순간이다. 야크 똥만 태웠을 뿐인데 이렇게 모두가 행복할 수 있다.

불을 피우고 나면 그제야 저녁밥을 준비한다. 해발 4,000미터의 고지대라 밥이 잘되지 않지만 그래도 밥 냄새가 구수하게 퍼진다. 시간이 지나면서 준비해 간 반찬도 거의 떨어졌는데 무슨 반찬을 먹었는지는 기억조차 없다. 그래도 따뜻한 한 끼의 밥은 너무도 소중하다.

하루는 파미르고원에서 가장 큰 마을인 무르가브에서 장을 봐 와서 스파게티 면으로 비빔국수를 만들어 먹었다. 마지막 남은 고추장을 닥닥 긁어 넣고, 고명으로 오이와 당근, 삶은 달걀을 얹었다. 맛은 굳이 설명할 필요가 없을 것 같다.

별똥별

저녁을 먹은 후 완전히 어두워진 밖에 나가면 차가운 바람이 "윙윙"거리며 울부짖고 어떤 날은 늑대무리의 "우-우-우-우!" 하는 울음소리가 멀리서 들리기도 한다. 높은 곳이기 때문일까? 밤하늘을 올려다보면 별똥별이 여기저기서 무수히 떨어지는데 그렇게 짧은 시간에 그렇게 많은 별똥별을 볼 수 있던 곳은 어디에도 없었다.

파미르고원에는 카라쿨Karakul이라는 서울시 면적의 절반쯤 되는 크고 아름다운 호수가 있다. '카라'는 검다는 의미로 '카라쿨'은 '검은 호수'를 뜻한다.

이 호수는 깊이가 200미터가 넘어요. 너무 깊어서 호수 바닥이 보이지 않고 어두운 빛을 띠고 있죠. 깊기 때문에 바람이 불면 호수

가 거칠어지고 주변 흙과 물이 섞여 더욱 까맣게 보여요. '카라쿨'
이라는 이름이 붙여진 이유이기도 하죠.

－ 이사거브(파미르고원 키르기스 유목민)

카라쿨은 몽골의 홉스굴, 키르기스스탄의 이식쿨과 함께 중앙아
시아의 3대 아름다운 호수로 꼽힌다. 세 호수 각각 특징이 있는데, 몽
골의 홉스굴은 물속 깊이 환히 보이는 맑은 물과 호수를 둘러싼 울창
한 타이가 숲, 무리 지어 피어나는 야생화가 특징이다. 한마디로 예쁜
호수다. 그래서 여름이면 홉스굴 주변으로 수많은 관광 캠프가 들어서
고 세계 각지에서 모여든 관광객으로 붐빈다. 최근에는 우리나라에서
도 많은 관광객이 찾는 까닭에 한글 간판도 쉽게 볼 수 있고, 한국어 서
비스까지 제공한다.

키르기스스탄의 이식쿨은 '따뜻한 호수'라는 뜻 그대로 물이 따뜻
해 겨울에도 호수가 얼지 않는다. 텐산에 둘러싸인 이식쿨 역시 홉스
굴만큼이나 아름다워 관광객이 끊이지 않는다. 구소련 시절에는 이식
쿨이 당 간부를 위한 휴양지로 이용됐다고 하는데, 그래서인지 교통이
편리하고 숙박 시설을 포함한 관광 인프라가 비교적 잘 갖춰져 있다.
하지만 카라쿨은 두 호수와는 전혀 다르다. 파미르고원 깊숙이 자리
잡아 접근이 너무 어렵기 때문에 외부에는 거의 알려지지 않은 곳으
로, 거칠고 황량함이 주는 아름다움을 느낄 수 있다. 언젠가 한 프로그
램을 녹화하던 중 음식 전문가 한 분이 냉면 이야기를 하면서 심심한
맛에 빠지면 헤어 나오지 못한다고 했던 기억이 난다. 달고 짠 화려한
맛이 아닌 무미無味의 싱거운 맛이 중독성이 강하다는 이야기였다. 아

름다움도 마찬가지라는 생각이 든다. '아름다움'이라는 단어와는 전혀 상관없을 것 같은 '황량함'에서 종종 눈물이 날 만큼 아름답다는 생각이 들곤 하기 때문이다. 내게는 파미르와 카라쿨이 그런 곳이다. 카라쿨 부근으로는 혁명봉峰, 모스크바봉峰 같은 높은 봉우리가 많아 지형이 특히 험하다(구소련 시절에 이름을 붙여 가장 높은 산은 레닌봉이란다). 신기하게도 카라쿨은 거대한 운석이 떨어져 땅이 움푹 패여 생겨난 것이라고 한다. 얼마나 큰 운석이 떨어졌기에 카라쿨 같은 거대한 호수가 생겼는지 생각할수록 신비롭다.

별똥별을 보면 재빨리 소원을 빌라고 했는데 그때 내가 빌었던 소원은 뭐였을까? 집에 가고 싶다였을까? 돌아보면 추억이지만 막상 그곳에 있으면 집이 무척 그립다. 추위에 더 이상 견딜 수 없으면 이제는 잠잘 시간이다. 난로에 마지막으로 채워 넣은 야크 똥이 모두 타고 나면 그때부터는 체온만으로 긴 겨울밤을 견뎌내야 한다. 잠자리에 들기 전 보드카를 한 잔씩 마신다. 피로를 풀고 추위를 잊기 위해서다. 고산에 가는 여행객을 위한 안내서에는 고산지대에서의 알코올 섭취는 절대 금물이라고 되어 있지만 내 경험으로는 꼭 그렇지도 않은 것 같다.

잠자리에 들 때는 두꺼운 패딩 점퍼까지 다 껴입고 침낭으로 들어가야 한다. 몸을 움직이기조차 힘든 불편한 잠자리지만 밖에서 들려오는 매서운 바람 소리가 오히려 내가 누운 비좁은 공간을 더욱 아늑하게 느끼게 한다. 도란도란 이야기를 나누다 보면 어느새 하나둘 잠이 든다. 그렇게 파미르에서의 하루가 가고 집에 돌아갈 날이 하루 가까워진다.

잠들기 전의 유일한 문화생활은 음악 감상이다. 스마트폰에 저장된 음악을 듣는데, 충전이 어렵기 때문에 배터리를 아껴서 들어야 한다. 내 스마트폰에 저장되어 있던 음악은 모차르트의 〈한밤의 소야곡〉, 드뷔시의 〈달빛〉, 슈만의 〈자장가〉였다. 재즈도 참 좋았다. 도시의 음악이라는 재즈와 도시와는 가장 먼 공간인 파미르고원. 그런데 둘은 묘하게도 잘 어울렸다.

시모네 코프마이어Simone Kopmajer의 〈A Blossom Fell〉, 마사 틸턴 Martha Tilton의 〈And the Angels Sing〉, 헤일리 로렌Halie Loren의 〈A White Shade of Pale〉, 레베카 바켄Rebekka Bakken의 〈Any Pretty Gir〉, 그리고 로라 피지Laura Fygi의 음악들.

언젠가 파미르에 가게 되면 꼭 한 번 해 보세요.
유목민의 집에서 하룻밤 묵어 보기.
테레스켄으로 난롯불 피우기.
비빔국수 만들어 먹기(삶은 달걀 고명은 필수).
바람이 우는 소리(가능하면 늑대 울음소리도 함께)를 들으며 별똥별 보기.
보드카 한 잔 마시고 침낭에 들어가 잠들기.
그리고 꼭 재즈를 들어 보시기를.

가축
이야기

1판 1쇄 발행 2021년 6월 25일

지은이 서준 | 김규섭

펴낸이 김명중
콘텐츠기획센터장 류재호 | **북&렉처프로젝트팀장** 유규오
북팀 박혜숙, 여운성, 장효순, 최재진 | **북매니저** 전상희 | **마케팅** 김효정, 최은영

책임편집 박민정 | **디자인** 디자인 [연;우] | **인쇄** 재능인쇄

펴낸곳 한국교육방송공사(EBS)
출판신고 2001년 1월 8일 제2017-000193호
주소 경기도 고양시 일산동구 한류월드로 281
대표전화 1588-1580
홈페이지 www.ebs.co.kr | **전자우편** ebs_books@ebs.co.kr

ISBN 978-89-547-5890-1 (03800)